25
mulheres que estão fazendo a nova literatura brasileira

LUIZ RUFFATO
Organizador

25
mulheres que estão fazendo a nova literatura brasileira

2ª EDIÇÃO

EDITORA RECORD
RIO DE JANEIRO • SÃO PAULO
2004

CIP-Brasil. Catalogação-na-fonte
Sindicato Nacional dos Editores de Livros, RJ.

V791 25 mulheres que estão fazendo a nova literatura
2ª ed. brasileira / organização Luiz Ruffato. – 2ª ed. –
Rio de Janeiro: Record, 2004.

ISBN 85-01-06970-1

1. Antologias (Conto brasileiro). 2. Mulheres na literatura. 3. Escritoras Brasileiras.

04-0638
CDD – 869.93008
CDU – 821.134.3(81)-3(082)

Copyright © 2004, Luiz Ruffato

Capa: Tita Nigrí

Direitos exclusivos desta edição reservados pela
DISTRIBUIDORA RECORD DE SERVIÇOS DE IMPRENSA S.A.
Rua Argentina 171 – Rio de Janeiro, RJ – 20921-380 – Tel.: 2585-2000

Impresso no Brasil

ISBN 85-01-06970-1

PEDIDOS PELO REEMBOLSO POSTAL
Caixa Postal 23.052
Rio de Janeiro, RJ – 20922-970

EDITORA AFILIADA

Sumário

Mulheres: contribuição para a história literária   7
  Luiz Ruffato

Psycho   21
  Clarah Averbuck
Bondade   27
  Simone Campos
Pão físico   53
  Fernanda Benevides de Carvalho
No céu, com diamantes   67
  Luci Collin
Silver tape   77
  Mara Coradello
O sétimo mês   89
  Cecília Costa
Gertrudes e seu homem   125
  Augusta Faro
Minha flor   135
  Livia Garcia-Roza
Glória   141
  Guiomar de Grammont
Drinque com azeitona dentro   151
  Índigo
Uma alegria   159
  Claudia Lage

Um elefante	179
Állex Leilla	
Mãe, o cacete	203
Ivana Arruda Leite	
Desalento	209
Tatiana Salem Levy	
Caligrafias	219
Adriana Lisboa	
Considerações sobre o tempo	227
Adriana Lunardi	
Nós, os excêntricos idiotas	239
Ana Paula Maia	
D.T.	255
Tércia Montenegro	
Um oco e um vazio	267
Cíntia Moscovich	
Por acaso	275
Nilza Rezende	
Madrugada	285
Heloisa Seixas	
A um passo	299
Rosa Amanda Strausz	
Flor roxa	311
Claudia Tajes	
Mundos paralelos	323
Paloma Vidal	
O morro da chuva e da bruma	329
Leticia Wierzchowski	

Mulheres: contribuição para a história literária

LUIZ RUFFATO

Embora ainda hoje, começo do século XXI, o papel intelectual que a mulher exerce na sociedade brasileira não corresponda à sua verdadeira importância, muito já se caminhou. É possível organizar um livro de contos que reúne mais de duas dezenas de escritoras, somente levando em conta aquelas que começaram a publicar na década de 1990, e ainda ficar com a sensação de estarmos sendo injustos, ao deixar de fora talvez igual número de autoras que, por um motivo ou outro, infelizmente não têm seus nomes inscritos nesta coletânea.

Nem sempre foi assim, entretanto. Na prosa de ficção, em tudo espelho do mundo que a alimenta, reina absoluto o homem. Salvo alguns admiráveis esforços para ressaltar a escrita da mulher brasileira (por exemplo, os *Contos femininos*, organizados por R. Magalhães Jr., em 1959; *O conto da mulher brasileira*, por Edla van Steen; em 1978 e mais recentemente o trabalho de Zahidé Lupinacci Muzart, com os dois volumes de *Escritores brasileiros de século XIX*), pouco ou nada há, deixando entrever, sobre parte da rica história da literatura brasileira, o verniz de silêncio que se estabeleceu.

Até mesmo uma congregação como a Academia Brasileira de Letras, fundada pelo maior dos nossos escritores, Machado de Assis, poderia ter tido uma destinação diferente, caso para uma de suas quarenta cadeiras iniciais tivesse ido Júlia Lopes de Almeida ("a maior figura entre as mulheres escritoras de sua época").[1] O nome da ficcionista carioca consta da primeira lista de membros efetivos, divulgada na imprensa por Lúcio de Mendonça, idealizador da Academia. Mas, quem acabou ganhando o assento foi o escritor português naturalizado brasileiro Filinto de Almeida... marido de Júlia Lopes de Almeida.[2]

Ironicamente, a mesma Academia Brasileira de Letras bateu-se, em 1945, pela primazia de uma mulher como fundadora do romance nacional. Naquele ano, com endosso da Casa de Machado de Assis, foi publicada a edição brasileira de *Aventuras de Diófanes*, de Teresa Margarida da Silva e Orta, com um longo estudo introdutório de Rui Bloem, no qual defendia que esse livro, editado originalmente em 1752, sob o título *Máximas de Virtude e Formosura*, e com pseudônimo Dorothea Engrassia Tavareda Dalmira, inaugurava a prosa de ficção no Brasil. Hoje, amenizada a controvérsia sobre a questão em que se debateu parte de nossa intelectualidade durante décadas, parece que a autora, embora nascida em São Paulo, pertence por direito à literatura portuguesa.[3]

Consenso é o nome de Júlia Lopes de Almeida (1862-1934) como a primeira prosadora brasileira possuidora de obra relevante esteticamente. Aclamada em sua época pela crítica e pelo público, iniciou sua carreira com uma coletânea, *Traços e iluminuras* (1887), à qual se seguiram vários romances (entre eles, *A família Medeiros*, folhetim no jornal carioca *Gazeta de Notícias*, em 1891, e livro em 1919;

---

[1] PEREIRA, Lúcia Miguel. *Prosa de Ficção – de 1870 a 1920*, 3ª ed. Rio de Janeiro/Brasília: José Olympio Editora/MEC, 1973 (p. 270).
[2] V. MAGALHÃES JR., R. *Vida e Obra de Machado de Assis*, Vol. 3. Rio de Janeiro/Brasília: Civilização Brasileira/INL-MEC, 1981 (p. 287).
[3] V. SANTA CRUZ, Maria de. Introdução. In: ORTA, Teresa Margarida da Silva e. *Aventuras de Diófanes*. Lisboa: Caminho, 2002.

A viúva Simões, 1897; *Memórias de Marta*, 1899; *A falência*, 1901; *Correio da roça*, 1913; *A Silveirinha*, 1914), contos (*Ânsia eterna*, 1903; *Pássaro tonto*, 1934), peças de teatro, textos de reflexão sobre a situação da mulher e literatura infantil. A primeira antologia brasileira de contos, publicada em 1922, trazia 35 homens e uma única mulher, Júlia Lopes de Almeida.[4]

É possível mapearmos mais de uma dezena de nomes, aparecidos antes ou concomitantes a Júlia Lopes de Almeida, e que, de uma maneira ou de outra, contribuíram para imprimir visibilidade ao trabalho feminino, descolando-o dos estereótipos então em voga. Sem querer ser exaustivo, cumpre destacar algumas pioneiras.

Em 1847, portanto quatro anos depois da publicação daquele que é considerado o primeiro romance verdadeiramente nacional, *O filho do pescador*, de Teixeira e Sousa, a potiguar Nísia Floresta (pseudônimo de Dionísia Freire Lisboa, 1810-1885) lançava *Fany ou O modelo das donzelas*, episódio da Guerra dos Farrapos. Considerada por Nelly Novaes Coelho "a primeira voz feminista, no Brasil, a se erguer contra os preconceitos da sociedade patriarcal, em relação à mulher",[5] Nísia Floresta foi ainda tradutora, jornalista, poeta, educadora, ensaísta e polemista, empenhada em questões abolicionistas, indianistas, republicanas e feministas. Dona de uma história pessoal inacreditável para a época (abandonou o marido um ano após o casamento, unindo-se a outro homem, com quem teve três filhos; mudou-se mais tarde para a França, onde freqüentou a alta roda literária de Paris), publicou mais dois romances, *Dedicação a uma amiga* (1850) e *Paris* (1867).

A catarinense Ana Luísa de Azevedo Castro (1823-1869), sob o pseudônimo Indígena do Ipiranga, lançou, em 1858, o romance his-

---
[4] V. OLIVEIRA, Alberto e JOBIM, Jorge. *Contos brasileiros*. Rio de Janeiro/Paris: Livraria Garnier, 1922.
[5] In: *Dicionário crítico de escritoras brasileiras*. São Paulo: Escrituras, 2002 (p. 517-519).

tórico *D. Narcisa do Vilar*, folhetim no jornal *A Marmota*, e livro em 1859. No mesmo ano, surgiu o romance *Úrsula*, da maranhense Maria Firmina dos Reis (1825-1917), seguido de *Gupeva*, quatro anos depois. São de 1875 os folhetins *Rapto jocoso* e *Nuvens*, da cearense Ana Facó (1855-1922), em livro em 1907. A baiana Ana Ribeiro (1843-1930) publicou em 1882 *A filha de Jephte*, romance de inspiração bíblica, e em 1885, *O anjo do perdão*, no qual discutia a problemática da escravidão, tema que iria ocupá-la em outros romances e livros de contos.

Antes dos novecentos, ainda anotamos as estréias da gaúcha Maria Benedita de Bormann (1853-1895), que a partir de 1883 dá ao público vários romances (*Aurélia*, 1883; *Lésbia*, 1890; *Angélica*, 1894; *My lady* e *Celeste*, 1895), todos em torno da mulher e dos preconceitos que tolhem a liberdade; da baiana Amélia Rodrigues (1861-1926), teatróloga, poeta e contista, autora do romance em folhetins *O mameluco* (1888); da gaúcha Andradina de Oliveira (1878-1935), com os contos *Preludiando* (1897); da pernambucana Anna Alexandrina (1860-?), com o romance abolicionista *O escravo*; da cearense Francisca Clotilde (1962-1932), com *Coleção de contos* (1897) e o romance *A divorciada* (1902); da gaúcha Julieta de Melo Monteiro (1863-1928), com os contos *Alma e Coração* (1898); da cearense Emília de Freitas (1855-1869), autora do primeiro romance fantástico brasileiro, *A rainha do ignoto* (1899); e Carmem Dolores, única a ter seu nome destacado, junto com Júlia Lopes de Almeida, pela rigorosa Lúcia Miguel-Pereira em sua obra-prima *Prosa de ficção* (*de 1870 a 1920*).

Carmem Dolores (1852-1911) nasceu em São Paulo, mas foi criada no Rio de Janeiro. Estreou com os contos de *Gradações* (1897) e publicou ainda dois romances, *Um drama na roça* (1907) e *A luta* (1911), este, na opinião de Lúcia Miguel-Pereira, um grande livro, que "focaliza a instabilidade social e moral das mulheres que nem se resignam à sujeição da existência familiar, nem lhe querem perder os benefícios".[6] Carmem Dolores (pseudônimo de Emília Moncorvo Bandeira de Melo) foi ainda cronista por mais de dez anos do jornal *O País*.

Ainda antes de 1930, momento em que o Brasil efetivamente tenta se livrar das amarras de uma ideologia reacionária agrário-aristocrática e se deixa respingar pela "modernidade", várias autoras fizeram-se presentes na literatura brasileira. Na virada do século, estreou Adelina Vieira (1850-?) com os contos de *Destinos*. Depois sucederam-se, em 1902, outras contistas: a piauiense Amélia Bevilácqua (1863-1946) com *Alcione*; a paulista Rafaelina de Barros (1878-1943) com *Almenara*; a gaúcho-mineira Maria Clara da Cunha (1866-1911) com *Painéis*. Em 1903, a paulista Elisa Teixeira Leite de Abreu (1874-?) lança o romance *A Viúva Barros*; em 1904, a cearense Úrsula Garcia (1864-1905) publica *O romance de Áurea* e a também paulista Luiza de Camargo Penteado (1884-?), *Alice*. Paulista também era Anália Franco (1853-1919), autora de *A filha do artista* (1908).

Em 1909, outra paulista, Graciema Nobre de Campos, lança os contos de *Crepúsculos*. Sete anos depois, aparece Albertina Bertha (1880-1953) com um romance, *Exaltação*, e dez anos depois, com *Voleta*, "ousadamente erótico".[7] Iracema Guimarães Vilela (?-1941), filha do poeta Luís Guimarães Júnior, autor do célebre soneto "Visita à casa paterna", publicou, em 1918, o romance *Nhô-nhô Resende*. Chrysanthéme (pseudônimo de Cecília Bandeira de Melo Rebelo de Vasconcelos — 1870-1948), filha da romancista Carmem Dolores, ganhou notoriedade em sua época pelo seu engajamento no Naturalismo, com temas que pretendiam romper os preconceitos da socie-

---
[6] Op. cit, p. 139.
[7] Op. cit, p. 30.

dade. Estreou em 1921 com o romance *Flores modernas* e continuou com títulos como *Enervadas, Gritos femininos, Vícios modernos.*

Na década de 1920 apareceram as paulistas Emiliana Delminda do Amaral (1865-?) com o romance *Segredo fatal* (1926); Ercília Nogueira Cobra (1891-?), que ao lançar em 1927 o romance *Virgindade inútil. Novela de uma revoltada,* causou furor na sociedade, não só por tratar de um tema vetado a uma mulher, a prostituição, mas principalmente por ser um libelo contra a hipocrisia falocêntrica; e a contista Cacy Cordovil (pseudônimo de Maria Cassimira de Albuquerque Cordovil — 1911-2000) que, embora estreando em 1931, com *Raça,* pertence esteticamente à geração anterior ao aparecimento da romancista cearense Rachel de Queiroz, a primeira voz feminina indiscutível da moderna literatura brasileira.

É interessante observar que, nesse período, que antecede à Revolução de 1930, quatro mulheres se destacaram com significativas obras poéticas: Narcísia Amália (1852-1924), Francisca Júlia (1871-1920), Auta de Souza (1876-1901) e Gilka Machado (1893-1980). E que mais uma, a paulista Adalzira Bittencourt (1904-1976), pioneira na tentativa de organizar em dicionário o trabalho intelectual da mulher brasileira, publicou um romance, em 1929, que conta a história de uma mulher que chegou ao governo do Brasil, exercendo uma administração honesta, responsável e progressista, *Sua Excelência, a presidente da República no ano 2500.*

Dignas de destaque são as irmãs gaúchas Revocata de Melo (1858-1945) e Julieta de Melo Monteiro (1863-1928), contistas, poetas e educadoras, que durante seis décadas (1883-1943) mantiveram a revista feminina *O Corimbo,* em cujas páginas brilharam "vários nomes e pseudônimos femininos pertencentes a alguns Estados da federação".[8] Segundo Nelly Novaes Coelho, "embora não fossem

---

[8]COELHO, Mariana. *A evolução do feminismo — subsídios para a sua história,* 2ª ed. Org. Zahidé Lupinacci Muzart. Curitiba: Imprensa Oficial do Paraná, 2002 (p. 332).

a favor da independência econômica feminina, por meio do trabalho profissional, (...) ambas se mantiveram graças à profissão de jornalistas e editoras de jornal, atividade absolutamente insólita para ser desempenhada por mulheres".[9]

Mais ousada foi *A Mensageira* — revista literária dedicada à mulher brasileira, dirigida pela mineiro-paulista Presciliana Duarte de Almeida (1867-1944). Quinzenal, resistiu 36 números, entre outubro de 1897 e janeiro de 1900. No primeiro número, no editorial intitulado "Duas palavras", a diretora afirmava: "estabelecer entre as brasileiras uma simpatia espiritual, pela comunhão das mesmas idéias, levando-lhes de quinze em quinze dias, ao remansoso lar, algum pensamento novo — sonho de poeta ou fruto de observação acurada, eis o fim que, modestamente, nos propomos".[10]

Mil novecentos e vinte e dois marca o advento de uma nova era nas artes brasileiras e aponta para as mudanças políticas, ideológicas e econômicas que só ocorreriam na Revolução de 1930, que pôs fim à aliança mineiro-paulista do café-com-leite e pincelou, à força, um arremedo de modernidade no país. O governo Vargas é a entrada vigorosa da mulher no cenário literário, rompendo barreiras e estabelecendo novos parâmetros de avaliação de suas obras, até aqui, salvo raras exceções, construídas sobre o frágil argumento do caráter histórico e não sobre os rigores da fundamentação estética.

Mil novecentos e trinta é o ano de publicação de *O quinze*, de Rachel de Queiroz (1910-2003), autora de vasta obra de indiscutível qualidade. Rachel, que havia publicado anteriormente, em folhetim, *História de um nome*, no jornal *O Ceará*, em 1927, será a primeira mulher investida na Academia Brasileira de Letras, em 1977, quebrando uma tradição de 80 anos, logo seguida por Dinah Silveira de

---

[9] Op. cit., p. 565.
[10] In: *A Mensageira*, Vol I. Ed. fac símile. São Paulo: Imprensa Oficial do Estado de São Paulo, 1987 (p. 1).

Queiroz (1911-1982), que lançou em 1939 o romance *Floradas na Serra*. Na década de 1930 ainda estrearam Patrícia Galvão (1910-1962), a Pagu, e a hoje esquecida Eneida de Morais (1904-1971).

A década de 1940 vê aparecerem duas das maiores vozes da literatura brasileira: Clarice Lispector (1920-1977), com *Perto do coração selvagem* (1944), e Lygia Fagundes Telles (1923), com *Praia viva* (1944). Embora tenham estreado no mesmo ano, a obra de Clarice já está surpreendentemente pronta nesse primeiro romance. Não há evolução até os contos de *A bela e a fera*, publicação póstuma, de 1979, mas alargamento. Em Lygia, é nítido o caminho percorrido destes primeiros contos até seus últimos livros. Os anos 1940 registraram ainda as estréias de Lia Correia Dutra (1908-1989), Ondina Ferreira (1909), Elisa Lispector (1911-1989), Helena Silveira (1911-1984), Elsie Lessa (1912-2000), Lúcia Benedetti (1914-1998) e Alina Paim (1919).

Rosalina Coelho Lisboa (1900-1975), Adalgiza Nery (1905-1980), Maria de Lourdes Teixeira (1907-1987), Heloneida Studart (1925) e Maria Alice Barroso (1926) lançaram-se nos anos 1950, enquanto os anos 1960 ocuparam-se de Ruth Bueno (1925-1985), Maura Lopes Cançado (1930-1997), Helena Jobim (1931), Julieta de Godoy Ladeira (1932-1997), Nélida Piñon (1935), Edla van Steen (1936), Sônia Coutinho (1939), Tânia Jamardo Faillace (1939) e Ana Maria Machado (1941).

O chamado boom literário brasileiro da década de 1970 (quando os livros de autores "difíceis" como Murilo Rubião saíam com 30 mil exemplares na primeira edição) alcançou também as mulheres. O momento era de contestação, não só política, ideológica e comportamental, mas também das formas artísticas, esgotadas em suas limitações. As autoras que surgem nesse momento refletem esse caos criativo, e, sem querer compartimentar os inúmeros rumos posteriores, podemos afirmar que as várias tendências consubstanciadas em algumas delas vão dar o tom da produção das décadas de 1980 e 1990. Assim, a prosa hermética de Hilda Hilst (1930-2004), em *Fluxo-floema* (1970); o memorialismo de Rachel Jardim (1926), em *Os anos 40* (1973); o experimentalismo de Vilma Arêas (1936), em *Partidas* (1976); o retrato da nova mulher cosmopolita, por Márcia Denser (1949), em *Tango-fantasma* (1976); a reconstrução do passado histórico por Heloísa Maranhão (1925), em *Lucrécia* (1979); a intensidade da vivência interior de Adélia Prado (1935), em *Solte os cachorros* (1979) e a angustiada busca existencial de Ana Cristina César (1952-1983). Mais ou menos esses atalhos percorreram as autoras que estrearam nesses tumultuados anos 1970: Anna Maria Martins (1924), Martha Antiero (1927-1985), Helena Parente Cunha (1930), Renata Pallottini (1931), Maria José de Queiroz (1936), Marina Colasanti (1937), Myriam Campello (1940), Regina Célia Colônia (1940), Ieda Inda (1942), Luiza Lobo (1948), Joyce Cavalccante (1949) e Socorro Trindad (1950).

E, na década de 1980, essas linhas-mestras se firmam ainda com maior vigor nas obras de Zélia Gattai (1916), Patrícia Bins (1930), Zulmira Tavares Ribeiro (1930), Nilza Amaral (1934), Lya Luft (1938), Vera Albers (1941), Betty Milan (1944), Branca Maria de Paula (1946), Nilma Gonçalves Lacerda (1948), Ana Miranda (1951), Maria Amélia Mello (1952) e Marilene Felinto (1958).

Sobre as mulheres enfeixadas nesta antologia, algumas palavras. Como em tudo há que estabelecer parâmetros, eis o deste livro: todas que aqui estão começaram a publicar prosa de ficção a partir de 1990. Não houve limite de idade, tema, ideologia, estilo ou extensão do trabalho, apenas exigiu-se ineditismo dos textos. Portanto, trata-se de uma coletânea que se quer panorâmica e não se arroga definitiva, nem em relação aos nomes, nem à qualidade dos textos. Ao leitor, à leitora, caberá, identificando-se com essa ou aquela tendência, sinalizar sua estrada no intuito de percorrê-la mais detidamente. São apostas que convido-o(a) a fazer.

Antecipando um pouco o prazer da leitura, podemos apontar, para efeitos meramente ilustrativos, algumas características comuns à prosa dessas mulheres, que, a bem da verdade, não divergem substancialmente das dos homens. Ficção essencialmente urbana (à exceção da goiana Augusta Faro e da gaúcha Leticia Wierzchowski), é possível enumerar, a partir dos contos aqui apresentados (que não significam, necessariamente, a corrente principal a que se deixam levar as autoras), algumas coincidências. Para não nos alongarmos (ainda mais!), escolheremos dois aspectos: um referente aos temas, outro à linguagem, pois que ambos viajam de mãos entrelaçadas.

Profundamente mergulhadas num universo mudo pela internet, surdo pela música altíssima e cego pelas paredes dos *shoppings*, poderíamos circular os nomes de Clarah Averbuck, Simone Campos, Mara Coradello, Állex Leilla, Ana Paula Maia e Claudia Tajes. Luci Collin e Guiomar de Grammont, de maneiras diversas, debochada a primeira, auto-reflexiva a outra, estabelecem um diálogo com a própria linguagem.

O cinismo pode estar presente tanto em um texto refinado como o de Fernanda Benevides de Carvalho, quanto no de um ilusoriamente simples como o de Ivana Arruda Leite. A frustração (basicamente a sexual), que leva à solidão, encontramo-la em Livia Garcia-Roza, em Cíntia Moscovich, em Nilza Rezende. A morte como expiação sobrevoa os contos de Tatiana Salem Levy, Adriana Lunardi e Paloma Vidal. Em Claudia Lage a redenção pelo corpo; em Índigo, pela alma. O viés engajado[11] encontra abrigo em Tércia Montenegro e Rosa Amanda Strauss, com faturas diversas. O lado terrível da amizade, expõe Cecília Costa; os pequenos cortes no cotidiano banal, Adriana Lisboa; a paixão

---

[11]Engajado aqui visto como "situação de quem sabe que é solidário com as circunstâncias sociais, históricas e nacionais em que vive e procura, pois, ter consciência das conseqüências morais e sociais de seus princípios e atitudes", conforme define o Dicionário Aurélio.

que arrebata, Heloisa Seixas. O fantástico habita Augusta Faro. A inventividade marca Leticia Wierzchowski.

Sobre as que não serão encontradas aqui, homenageio-as desculpando-me e citando seus nomes (sempre com risco de mais uma vez estar sendo injusto): Beatriz Bracher, Gisela Campos, Márcia Carrano, Adriana Falcão, Ana Ferreira, Lílian Fontes, Stella Florence, Andréa del Fuego, Pólita Gonçalves, Simone Greco, Ana Teresa Jardim, Maria Rita Kehl, Miriam Mambrini, Patrícia Melo, Bianca Ramoneda, Maria Valéria Resende, Regina Rheda, Maria Teles Ribeiro, Rita Ribeiro, Rosângela Vieira Rocha, Marília Sodré, Adelice Souza, Verônica Stigger, Daniela Versiani, Fernanda Young... Como visto, 25 mulheres, outra antologia...

Finalmente, deixo registrado o alerta da romancista francesa Simone de Beauvoir, que, em seu livro *O segundo sexo*, escreveu: "Toda a história das mulheres foi escrita pelos homens." Este modestíssimo levantamento que aqui termina é, como explícito no título, uma pequena mas bem-intencionada contribuição à história da literatura brasileira, sem outras pretensões. Feito isso, devolvo à Simone o carinho, ofertando-a esse trabalho.

25
mulheres que estão fazendo a
nova literatura brasileira

Psycho

CLARAH AVERBUCK

Clarah Averbuck (Porto Alegre, 1979) — Jornalista. Mora em São Paulo (SP).

Bibliografia:

Máquina de pinball (novela) — 2002
Das coisas esquecidas atrás da estante (narrativas) — 2003

Baby, you're driving me crazy
I said baby, you're driving me crazy
The way you turn me on
then you shot me down
well, tell me baby
am I just your clown?

— THE SONICS

Eu era uma escritora bêbada, perdida em uma cidade enorme e sem nenhum lugar decente. Saudosista do rock de ontem e amante do rock de hoje que soa como o de ontem. Um livro publicado, nenhum dinheiro no bolso. Alguns frilas me salvavam, as contas dos bares aumentavam, os amigos emprestavam dinheiro quando podiam. Mamãe e papai, coitados, falidos e fodidos, ajudavam quando podiam. Sem amor e com poucos amigos, me restaram as minhas droguinhas controladas pelo Doutor Fajuto, que não controlava porra nenhuma além de sua própria conta bancária; desde que você pagasse a consulta, estava tudo certo. O convênio pagava, então ele me mantinha feliz com as minhas receitas azuis. Sem amor. Quase murchando.

Então eu me apaixonei.

PSYCHO

Só poderia mesmo me apaixonar pelo dono de um bar. Se bem que me apaixonaria de qualquer jeito, fosse ele um geólogo ou um advogado ou um torneiro mecânico. Mas era dono de um bar, e lá estava ele sentado no sofá, debaixo de uma garota, em cima de uma poltrona. A odiei. A garota, não a poltrona. Quis que morresse, que sumisse. Tinha cara de burra. Feia. Boba. Chata. Namorada. Ignorei. Fingi que ela não existia e puxei papo. Em dois minutos eu estava apaixonada. Ela saiu e o papo engatou até o ponto em que ele disse "parei, deixa eu parar com isso", todo perturbado. E eu soube que era ele. E era mesmo. No dia seguinte ela não estava lá e foi lindo, foi como voltar para casa depois da guerra, como uma janela aberta na minha alma claustrofóbica, nós dois girando no meio dos discos, nós dois grudados, nós dois um. Então ele estragou a minha noite falando que era devotado à namorada. Devotado. Apagaram a luz, fecharam a porta. Devoção. Eu também já fui devotada, mas pelos motivos certos. E pela pessoa errada. Fui embora a pé, sozinha, falando sozinha na rua de manhã. Sozinha. Bêbada. Quase sem memória.

Merda, merda. Quero lembrar. Quero saber tudo, mas não sei. Quero pisar na cara da sensação de ridículo. Sumir esse gosto da boca. Me encher de tabefes pra ver se eu paro com essa merda toda. Um creminho, sabe, pra tirar a maquiagem borrada. Como uma coisinha tão pequena pode me derrubar com tanta força? Bolinhas no chão, no meio do caminho, blam. Ploft. Olha lá a mina estirada no chão, toda fodida, sentada na porta do metrô. Chutem o rabo dela por mim.

Ah, foda-se.

Focof.

Não fala antes de saber, não comenta antes de ler, não seja espertinho comigo, querido. Não comigo.

Olha a mina caminhando de manhã na rua, bem pequenininha, todo mundo olhando. Olha a cara dela, aquela cara de idiota. Olha a mina se perdendo no metrô, oh, a grande & assustadora mina com um metro e meio de altura e diminuindo, diminuindo, cabendo no bolso de alguém. Indo pra casa sozinha no meio de todos aqueles prédios tagarelas e daquelas pessoas de gravata. Dando telefonemas absolutamente patéticos para sua única amiga, tentando achar um lugar macio pra deitar. Olha, olha, olha ela sem dinheiro de novo, toda fodida. Que maldição. Meu avô disse que o amor é um cão do inferno, Arturo disse que o amor é feio, que é uma cicatriz na palma da nossa mão. Arturo, como eu queria que você estivesse errado. Que o amor fosse bonito e construísse casinhas e famílias e tudo. Damn, damn, damn. Olha a cicatriz na palma da minha mão sangrando de novo. Olha a mina, que babaca, ainda acreditando em alguma coisa. Ela não aprende, não quer aprender, recusa-se. Ela também não sofre de pena e autocomiseração inúteis, não se perde nessas coisas. Mas se perde o tempo todo porque escolhe se perder. Olha o sol cegando a noite, dor nos pés, a mina falando sozinha e andando sozinha e indo para lugar nenhum. Mas ela vai, ela caminha porque não consegue ficar parada. As bolinhas voltaram junto com o enjôo de manhã. As coisas voltam o tempo todo, será que estou andando em círculos? Nesse caso, melhor seria ficar parada. Quietinha. Sem respirar. Mas eu não consigo. Corre, corre, vai, rápido. Corre pra chegar logo em lugar algum.

    Correndo, correndo, voltei ao bar na noite segunda, no cantinho com meus amigos, bem longe, era um lugar público, não era? Eu poderia ir lá se quisesses, mesmo que ele fosse devotado, aquele filho da puta que afagou meu coração pra me mandar embora. No fim da noite, fui pagar a conta e ganhei um beijo de troco, assim, sem aviso, por cima do balcão, como um tapa pela minha ousadia de aparecer lá. Só um beijo e lá estava eu sozinha de novo, indo embora sozinha, de novo sozinha, a louca. Bêbada de novo, cheia de bolinhas na cabeça. Cansada dessa história, sempre a mesma coisa, sempre a mesma rejeição. Sempre trocada.

Já me sentindo um caroço morto no canto do prato, atendo a porta de casa e lá está ele sorrindo o sorriso mais lindo do mundo, aqueles olhos, ai meu deus aqueles olhos dele. Ficamos bêbados e ele me deu um tapa na cara. "Sua filha da puta. Você é minha. Minha, entendeu? Minha!" Entendi. Fomos para o bar, ligamos a jukebox e ficamos lá no sofá de zebrinha escutando Sonics. *Oh baby, you're driving me crazy.* Estávamos ficando loucos, os dois. Ele por causa de mim, eu por causa dele, nós dois por causa da namorada. Uma namorada de seis anos não se larga assim. Eu discordava, foda-se a sua namorada, foda-se tudo, vamos fugir daqui. Nós bebíamos demais e brigávamos, rolávamos pelo chão e acabávamos trepando. A síndica reclamava. Cartas chegavam reclamando do barulho. Os dias passando, o telefone tocando e ele finalmente contando tudo para a namorada. Lágrimas, escândalo. Queria conversar comigo e me dizer "umas poucas e boas". O quê, exatamente? Deveria me desculpar por amar o namorado dela? Deveria me sentir culpada? Não desculpe, eu não sou assim, eu vou lá e pego, porque ele era meu, ele nasceu para mim, me desculpe, você está sentada no meu lugar, garota. Ele chorava e dizia que não queria fazer ninguém sofrer. Eu olhava e queria chorar também, porque todo mundo estava sofrendo demais e tudo era horrível e lindo. Ele dormia comigo e saía correndo de manhã, morrendo de culpa.

Até que um dia ele ficou. Quatro, cinco da tarde de segunda-feira. Ele ficou. O dia inteiro enroscado nos lençóis comigo, a noite inteira e mais uma manhã. Foi ficando. Voltava todos os dias. Nunca mais foi embora. Agora ele está ali, deitado na cama, na nossa casa, cuidando da nossa filha enquanto os ônibus e a vida passam. E a síndica parou de reclamar.

Bondade

SIMONE CAMPOS

Simone Campos (Rio de Janeiro, 1983) — Estudante de Comunicação Social. Mora no Rio de Janeiro (RJ).

Bibliografia:

No shopping (romance) — 2000

Sempre quis escrever alguma coisa. Não precisava ser livro, conto estava bom. Mas só escrevo em primeira pessoa. Não sai nada se eu imaginar um personagem; ele não me diz coisa alguma. Também preciso me inspirar em fatos reais. E nada de interessante jamais aconteceu comigo. Trabalho há algum tempo na redação de um *site*, cheia de pirralhos sub-23 como eu. Éramos um grupo feliz e unido, pelo menos aparentemente. E, como se sabe, sem conflito não há literatura.

Por um bom tempo, tentei escrever para falar mal da minha mãe. Afinal, tínhamos problemas de sobra. Mas descobri que só falar mal de alguém não era um motivo bom o suficiente para escrever; nunca saía bom. Talvez fosse preciso uma situação onde eu também tivesse participação – e com ela eu estava sempre na defesa. Aliás, com tudo – eu nunca me arriscava sem necessidade; meus desejos eram razoáveis, aceitáveis.

De qualquer forma, já tinha esquecido isso e estava tocando a vida suavemente. Mas aí aconteceram muitas coisas de uma vez. Eu arrisquei. De repente, estava de posse de uma matéria-prima. Comecei a escrever para organizar minha cabeça naquele terremoto – e nunca algo esteve tão claro dentro dela.

BONDADE

Já perguntei a todo mundo, ninguém acha normal romper uma amizade. Bom, não perguntei a todo mundo, mas fica óbvio que fica todo mundo achando qualquer coisa que não isso.

Na verdade, não perguntei a ninguém. Seus olhares nem me deixavam defesa.

Esbarrei com a doutrina da não-violência e, mesmo sem abandonar meu querido pragmatismo de todo, adicionei-a à lista de procedimentos emergenciais. E a primeira ocasião em que resolvi proceder não-violentamente lembrava bem a da Índia pré-independência, em polvorosa, louca para se dissolver num massacre de corpo e alma, igual ao nosso pequeno feudo naquele momento.

Eu aos 9 anos, minha mãe gritando pelo quarto que eu deveria responder à altura, e eu gritando de volta "mas eu não quero! eu não quero!". Eu tinha dificuldades de comunicação; o que realmente queria dizer era que não desejava fazer o esforço para me maliciar o suficiente para pensar rápido em respostas ferinas; não era o que eu queria me tornar, uma pessoa desse tipo; alguém exatamente como ela. Não importa; mesmo que eu fosse capaz de expressá-lo na época, ela não me entenderia; como não me entendeu mais tarde, quando comecei a ter saco de elaborar as respostas. Passei a assustá-la. Foi pior.

Isto é outra história. Como dizia, romper um namoro é normal. Até mesmo quando não foi parar no esgoto, mas na geladeira. Todos são intimados a se comportar bem: o terminante não pode aparecer dali a dois dias com um novo namorado, o terminado não pode expressar o seu rancor fora dos limites da boa educação e amigos em comum não podem expressar interesse imediato nem em terminante, nem em terminado.

Agora, às amizades só é permitido acabarem em barraco ou traição. Quer dizer, mesmo que eu sinta cheiro forte de merda antes dela ser atirada no ventilador, sou teoricamente obrigada a permanecer ali, bem ao lado. Não existe "terminar uma amizade", o que, para mim, soa como... pára-quedismo sobre campo minado. Sei que muito provavelmente vou me ferir, mas não posso tomar qualquer atitude. Quer dizer, pude. Rompi as cordas das convenções e me feri de outra forma.

Unhas negras e saias longas. Sem franja, gótica. Olhos verdes rasgados. O sonho de consumo dos garotos inseguros e solitários. Namorava um no momento.

Andávamos há muito tempo no mesmo grupo sem falarmos uma com a outra. Um dia, por acaso, falamos — e descobrimos um monte de coisas em comum.

Os problemas que eu tinha com a mãe, ela os tinha com o pai. O que explica muita coisa, mas na época eu não poderia saber.

A primeira vez foi no dia da blusa ridícula. Ela aproximou-se, namorado a tiracolo, e desabotoou-a no meio da lanchonete ante minha estupefação.

— Porra, que isso?
— Só queria ver se desabotoava de verdade.

Ela desabotoou os três botões. E depois abotoou-os de volta, a pedido meu. Depois virou as costas e foi embora, o cara atrás.

Por que, meu Deus, eu viera com aquela maldita camisa de botões? Estava frio, mas jamais pensaria que...

E não queria pensar, porque obviamente era uma coisa estúpida dar em cima de alguém num ambiente em que todos são próximos.

Não sei como surgiu o assunto, mas contei que fora numa boate e uma loira me passara uma cantada.

O grupo todo achou pitoresco, mas a reação dela foi muito mais, digamos, vivaz. Seus olhos brilharam. Chegou até a declarar:

— Queria ser cantada por uma mulher.

BONDADE

De qualquer forma, o desfecho que eu contara fora descontextualizado. Eu mandara mesmo a loira passear — mas por causa do odiável cabelo amarelo. É, eles ainda não sabiam.

Depois desse dia, decidi relaxar a paranóia — quem quisesse, que desconfiasse. Aqui e ali, soltava pistas da minha admiração pelas meninas.

Fiquei feliz quando soube que eles terminaram.
Ora, porra. Feliz por quê?
Exame de consciência.

Sim, eles se tratavam mal, as pessoas comentavam, ficávamos todos com azia e ressaca espiritual. Estavam sempre brigando, não víamos, mas o clima ruim era quase palpável. Estavam longe de ser aquele casal do qual se diz: feitos um para o outro. Por isso, bom.

Mas havia mais do que isso. Eu também estava feliz porque eles terminaram de comum acordo. E estava feliz porque ela estava livre e desimpedida. E estando livre, eu poderia ficar com ela sem trair ninguém.

Apaixonada?

Não, nem tanto. Eu ainda estava completamente crítica com relação a ela. Por mim, se ela não aparecesse naquele dia, estava tudo ótimo. E ainda tinha muitos olhos para outras meninas.

Ainda bem.
Conclusão final: tesão em amiga.
Coisa estúpida.

Vai passar, pensei.

Mas, com o fim do namoro, os pequenos sinais que ela mandava foram ficando mais comuns. O assunto da loira, por exemplo, voltou à baila mais algumas vezes. Especialmente quando estávamos sozinhas, ela reafirmava:

— Eu queria ser lésbica. Só que não consigo.
— Como assim não consegue? Já tentou?
— Não, mas...
E aí seguia-se uma discussão sobre como as mulheres sentem tesão: só de olhar a pessoa? Só no toque? Conhecendo a pessoa? Depois de se apaixonar?
Ela era partidária da última; dizia que só sentia tesão quando estava apaixonada. Por isso é que só conseguia namorar alguém que tivesse sido seu amigo primeiro. Como jamais se apaixonara por uma mulher, então não podia ser lésbica.
Desde a primeira vez que ouvi isso, a coisa me pareceu... assim... por demais controladinha.
Passado um mês, o ex ainda jogava um braço esporádico sobre o ombro dela. Mas não parecia sério; parecia mais aquele lance de tentar ficar ocasionalmente com a ex, coisa até saudável, se me perguntarem.
Quedei a esperar passar, assim como os que não gostam do inverno ficam olhando o céu branco, esperando o verão. Já estava até achando que não era unilateral, mas queria que passasse; era estúpido.
Mas um belo dia, todo mundo se reuniu em volta de um monitor.
— Todo mundo vai ter que fazer esse teste de pureza.
Era um daqueles questionários de internet com itens como "já pagou boquete?", "já fumou maconha?", "já transou em local público?" — e que atribui uma espécie de nota à sua impureza. Idéia dela.
Já havíamos feito aquilo antes e mandado a pontuação para a lista; o maior número foi o meu, o que intrigou todo mundo. Eu era tão quietinha...
— Você não marcou nada na parte de drogas? Nada mesmo?
— E mesmo assim...
— Não! A parte dela é só o sexo.
— Peraí...

Eu me recusei a fornecer explicações ou a fazer o teste em público, mas fiquei por lá espiando os podres alheios. Só por isso, depois quiseram me obrigar a fazer também. Fingi que concordava, e, enquanto corria até a porta:
— Não!
— Ai!
Ela saltou, agarrou minhas pernas e me derrubou como no futebol americano.
— Já que fazem tanta questão...
Sentei-me ao computador com a condição de não ouvir nenhum "é mesmo?". Fui marcando os itens que se aplicavam. Chegou o quadrado fatídico sobre "membros do mesmo sexo". Respirei fundo e esperei. Felizmente ninguém falou nada. Três em volta do computador, ninguém falou nada. Me considerei com sorte.

Mas durante o horário de almoço, enquanto caminhávamos pelo shopping, ela comentou com alguém logo à minha frente:
— Sentiu atração por membro do mesmo sexo...
E, olhando para trás:
— Era o que eu queria saber.
E, como se eu fizesse um esforço terrível para não mover um músculo da face, ela achou que eu não tinha ouvido e repetiu:
— Era o que eu estava querendo saber.
Não resisti; sorri. Duas sonsas, uma tocaiando a outra... que tolice. E ao mesmo tempo, uma graça.

Desta vez, pensei, não há porque ter dúvida. Pelo menos notar meu interesse, ela notou. E se não estava passando, e se ela era minha amiga mesmo, era melhor dizer. Nem que fosse só para não ficar pelas costas dela.

Eu sabia muito bem o que queria. Tinha até nome. Um nome ridículo, diga-se de passagem, inventado quando todas as sacanagens foram testadas: "amizade colorida". Mas ela era muito confusa. Tão confusa, aliás, que começou a me confundir.

Eu esperava um sim ou um não, quem sabe um talvez. Eu não esperava:

— Mas... você está apaixonada por mim?
— Ah... não estou. Só estou... atraída.
— Mas... você pensa muito em mim?
— Como assim?

E "você me imagina com você?", "você sonha comigo?". Saquei que o que ela queria saber, em última instância, era se eu me masturbava pensando nela, mas não tinha coragem de perguntar (e a resposta, pasme, era não). Mas não conseguia entender: estava atraída. Com tesão. Quando estava perto, sentia vontade de ficar mais perto; era isso. Por que ela precisava saber mais que isso para me dar alguma resposta? Seria daquelas pessoas que só querem ficar com quem está de quatro por elas?

Só sei que depois de meia hora disso, dei por finda a minha paciência para com jogos e declarei que queria uma resposta rápida, fosse ela sim ou não.

Uma das coisas mais odiosas com que já me deparei nesta vida foram homens que acham que a mulher que diz não está fazendo cu doce e insistem. Insistem *ad nauseam*. Sim, às vezes conseguem, ou por esgotamento da paciência dela, ou porque a moça estava mesmo adoçando. Mas quando é comigo, sinto vontade de cometer suicídio. Ou homicídio.

Já do lado paquerante, não acredito em cus doces. Eu mesma sou franca, direta e estúpida. Portanto, se uma mulher me diz não, por coerência moral devo parar de atormentá-la e esquecer o assunto imediatamente. (Claro... se estou apaixonada mesmo, o buraco é mais embaixo.)

BONDADE

E ela me dissera não. Ou, pelo bem da exatidão:
— Não. Mas fiquei... lisonjeada.
E eu resolvi deixar para lá. De agora em diante, eu faria meu melhor esforço para continuar a amizade como era antes. Era muito bom e eu rezava para que nada tivesse se perdido.

Perguntada se desconfiara antes de eu contar, ela respondeu:
— Nunca achei... nem desconfiei.
Isso não fazia sentido nenhum, mas fiquei calada. Vamos em frente, pensei.
Continuando o plano da "amizade normal", certa noite marcamos um cinema: todo mundo no Odeon para a maratona. No dia, todo mundo furou e só sobramos — adivinhe — eu, ela e o ex.

De início, até me animei; de certa forma, parecia que todas as possibilidades românticas naquele trio estavam esgotadas. Seria como uma excursão escolar (peraí; péssimo exemplo...). Mas não podia me enganar mais redondamente.

Primeiro, aquela tal insistência que eu julgara inofensiva se tornou ostensiva. Ele puxava assuntos sem graça, buscava contato físico e os olhos dela. Ele era meu amigo também, e no meio daqueles sentimentos confusos tive tempo para pensar: "O que aconteceu? Por que voltou atrás, imbecil, você estava se comportando tão bem."

Merda. Simplesmente merda.

— Ah, não. Você não vai fazer essa cara aí toda vez que eu te convidar pra ir no banheiro comigo.
Desfiz a cara e entramos na fila do banheiro, deixando o garoto sozinho. Tentamos falar de amenidades. Porém:
— Pensei que ele estivesse bem. Sim, eu vi, ele vive tentando ficar perto de você. Mas eles sempre ficam das ex.
— Não! Ele está enchendo o saco!

— Eu vi.

Depois de ouvi-la contar mais algumas gafes recentes, a fonte do "merda" escrito dentro da minha cabeça dobrou de tamanho.

— É... ele está forçando. Engraçado, achei que ele estivesse aceitando bem... hum, de início achei até que vocês tivessem terminado de comum acordo...

"...senão eu nem tentaria", e guardei o pensamento para mim, para não aumentar ainda mais a merda. Nisso, nossa vez havia chegado e havia uma cabine vaga.

— Vai você — ela estava na minha frente, mesmo.

Em vez de sumir pela porta, porém, ela virou e:

— Quer vir comigo?

Era desnecessário; por alguma complexa equação da mecânica das filas, não havia mais ninguém atrás de mim. Lembrei das últimas vezes em que fora ao banheiro com uma amiga (ou até mais, meu recorde é três); se não tinha tesão nelas, era completamente inofensivo.

Mas não era esse o caso. Óbvio que eu não poderia compartilhar sobriamente daquele metro quadrado. Ficar encurralada no vão entre o papel higiênico, o vaso e a lixeira, pôr os olhos não sei onde para não enxergar coisas que estava curiosa demais para ver, e depois que ela terminasse, se limpasse, se vestisse, era preciso mudar de lugar, tentar não roçar a pele, não dizer nada, não comentar nada, não ficar vermelha, tirar a minha roupa...

Parecia complicadíssimo, apesar de interessante.

Acordei e olhei para ela. Ela sabia! Acompanhara a ida das minhas pupilas lá pra cima, a contração dos meus lábios, a imaginar coisas. Tive certeza.

De repente estava só de sacanagem.

Ou será que reconsiderou? Agora?

Mas sabia.

BONDADE

Olhei para a cabine do lado, querendo escapar, mas a porta não se abria. Então tentei captar sua expressão; observei-a por um momento e seu rosto era realmente um retângulo de expectativa na fresta da porta, mas bizarro!, os olhos apontavam demais para fora, a boca encolhida.

Tudo isso se processou em dois segundos. Depois, enquanto esperava do lado de fora, eu repassei meu primeiro não, tão simples, tão curto; eu até parecera adulta.

— Por quê, porra?

Tive que dizer mais dois nãos, um pouco mais ríspidos. E ela, finalmente aceitando a resposta, recuara parecendo tão frágil e insegura que eu cheguei a hesitar: será que era pra ter desistido mesmo?

Mas logo ela estava de volta. Sentada na poltrona entre nós dois, puxou o coro de *Bizarre love triangle*, às gargalhadas.

Aos poucos, eu começava a compreender o que eu não queria. Era absurdo demais. Para mim, só existia gente assim em novela.

De repente, ela me pega para dançar, estilo machão-da-pista. Com vozeirão e tudo.

— Como é que eles fazem mesmo? Puxam o cabelo?

Isso no meio de todo mundo. Depois, mesmo notando meu constrangimento, praticamente me obriga a fazer o mesmo com ela. Detalhe, ela não estava bêbada.

Fiquei aborrecida. Prometi a mim mesma tirar isso a limpo. Algum tempo depois, quando fomos ao cinema de novo, questionei o significado daquilo.

— Ah, é. Cara, desculpa. Eu ia falar com você, você deve ter achado que era pra te sacanear. Foi mal.

Ela explicou: o objetivo do teatrinho fora debochar do ex, que confessara já ter caçado mulher em boate antes do namoro — o que ela achava patético.

Ah, tá, pensei, irritada. Então, ela me usara — e para pregar uma peça num cara que supostamente não valia muito para ela. Mas não parecia percebê-lo. Não, não podia ser intencional. Não pude tomar aquilo como ofensa.

Depois do filme, ela me apresentou a outro ex-namorado — outro com quem terminara. Prometera segredo quanto às outras pessoas, mas aí já tinha contado a ele.

— Ele não vai me dar dois beijinhos perto da boca, vai?
— Não, ele não é assim.

E não era mesmo. Nem me tocou. Sequer chegou perto. Realmente, não era assim, nem assado. Era tímido, inseguro... e usava uma t-shirt lisa de cor indefinida. Óbvio: namorada, namorada mesmo, só ela. E notei uma odiosa servidão, um correr atrás, um sair de vez em quando porque agora somos apenas amigos. Ela parecia esquadrinhar as feições dele, procurando por sinais de contrariedade à minha presença que inevitavelmente surgiram.

As semanas foram passando e eu continuava esperando que aquilo fosse se diluindo. Sem que eu pedisse, ela declarou que poderíamos conversar sobre O Assunto. Então, aqui e ali, comecei a citar mulheres que eu achava interessantes. Parei porque ela sempre fazia perguntas que me forçavam a dar uma idéia da "competição".

— Ela é mais branca que eu?

Enquanto isso, já escaldada, fui percebendo aquela proximidade pra lá de suspeita com o Pietro, outro camisa-lisa — sinais indo daqui e voltando de lá, que fofo! Falei: pronto. Aquele "pronto" de amiga que fica feliz pela outra. Feliz bônus, porque isso também apontava para a purificação das minhas intenções.

Quando surgiu oportunidade, perguntei se ela e o Pietro estavam tendo alguma coisa. Foi pela internet, meio pobre: ela não me viu rindo feito uma alcoviteira enquanto digitava. Eu não tasquei sequer um smiley nas mensagens, porque detesto.

BONDADE

Ela asseverou, veementíssima, que jamais-em-tempo-algum teria algo com o Pietro. Segundo ela, eram muito diferentes e, mesmo que ficassem, não daria certo.

Achei aquela seriedade toda muito engraçada e mandei umas provocações. Eu estava num dia travesso. Disse, por exemplo, que ele combinava muito com ela. Que preferia ele ao antigo. E que ela devia pensar no assunto.

Eu estava em outra.

Quem não estava era ela. Deve ter pensado que eu estivesse maldisfarçando negros ciúmes. Parecia não aceitar o fato de eu voltar a agir como só amiga. Também, curiosamente, não parecia disposta a mudar de idéia.

Então que diabos ela queria?

A resposta veio dali a algumas semanas, com a notícia do namoro com o Pietro.

Liana e eu, sentadas no banco, fitávamos o chão apreensivas. Ela também era uma grande amiga. Ela não quisera contar o que a preocupava, mas eu adivinhara e então, tensa, ela assentira.

O Pietro se declarara há séculos, e permanecera ao lado dela como amigo, mudo em sua camisa cinza, esperando a fila andar.

O ex fora convocado para ouvir a notícia na presença do novo casal. Ela "não queria nada pelas costas de ninguém".

Enciumado, pelo telefone, o ex passou a insinuar algo com respeito a Liana, donde a nova namorada do Pietro ligou para ela para brigar sem motivo.

Então eu entendi a estranha pergunta que ela me fizera sábado: você acha que a Liana gosta de alguém? Talvez do...?

Estávamos boquiabertas, esgazeadas, pensando com os fatos que cada uma trouxera.

Pensando o quê? Ninguém queria dizer.

Finalmente abri a minha boca:
— Posso falar uma coisa?
Liana me olhou nos olhos.
— Eu acho... que ela é...
Descobri que tinha um nó na minha garganta. Eu não podia pronunciar a palavra... "manipuladora".
— Acho que ela fica... jogando charme... de propósito. E não gosta de... perder poder.
Pronto. Mal disse isso, senti medo. Agora Liana poderia pensar as piores coisas de mim. Talvez eu fosse a única a enxergar todas aquelas jogadas de cabelo e olhares oblíquos. Pensei, serei acusada de tudo. Tratava-se de um fato tão podre, e parecíamos, todos, tão inseparáveis... Uma constatação dessas era como uma punhalada pelas costas.
— É, às vezes... eu acho ela a maior manipuladora!
Ambas exalamos puro alívio. A palavra estava livre e solta; agora pertencia ao mundo. Agora era um juízo, um coro:
"Meu Deus! Meu Deus! Eu pensei que só eu achava isso!"
— Ela fica se vangloriando... quando alguém pede pra ficar com ela.
— Ela finge que reclama... e está contando vantagem.
— "Ele me cantou... que ridículo."
— "Sabe o que ele disse?"
Demos os nomes aos bois — às cabeças estacadas na terra.
— Parece que ela está organizando uma fila... o cara se declara enquanto ela tem namorado, ela termina, começa a ficar com o outro, enquanto isso outro já se declara...
— ...achando que não vai acontecer com ele também...
E percebi que não poderia contar nada mais para Liana. Nossa cumplicidade teria que terminar ali, na "manipuladora de homens". Mulheres não. Seria demais para a cabeça dela. Para a minha, pelo menos, era.

— Como é que não percebem... homens idiotas!

— É, homens idiotas...

Mas falávamos, e tantas eram as evidências, e tão perfeito saiu o perfil, e a conversa que tivemos com o deprimidíssimo ex...

— Eu já falei pra ela tudo isso que vocês estão me dizendo.

— E ela?

— Você não sabe.

— Negou?

— Ela agiu como se... um ultraje.

Era mais que juntar os pedaços. Eles estavam caindo nos seus lugares. O quebra-cabeça se armou sozinho sob meus olhos chocados; se os sinais não eram apenas fruto da minha imaginação, se até heteros estavam enxergando, e sinais são enviados com uma intenção, e até aí nada mudara; eu somente interpretara errado...

...a intenção. Concretizar? Nem comigo, nem com ninguém. Era exatamente dar a esperança de concretização e mantê-la em suspenso. Em suma, era obter adoração. Amor medieval. Pedestal.

Fiquei em casa, ouvindo Portishead. E Garbage:

> You pretend you're high
> pretend you're bored
> pretend you're anything
> just to be adored.
> And what you need
> is what you get.

Ela "gostaria de ser cantada por uma mulher". Não dissera nenhuma mentira. Mas agira sub-repticiamente, por assim dizer, porque sabia o que alguém poderia pensar com aquilo. Não era ser cantada para dizer sim — era pra dizer não.

E, como diria o cara das Facas Ginsu: mas não é só isso.

De mim, ela não queria só a lisonja de ser desejada por uma mulher. Sabe-se que a frase "queria ser cantada por uma mulher" também aciona um perigoso gatilho na mente masculina. Nesse verdadeiro quadro patológico, eu era não apenas a figurinha difícil, mas uma diversão extra, com a qual ela poderia trocar dúbios elogios e contatos físicos de amiguinhas, deixando todos os homens que a cortejavam ciumentos e excitados ao mesmo tempo. Ela sequer pensava no estrago que isso poderia fazer.

— Vamos, Charlie Brown. Eu seguro e você chuta.
— Não, Lucy. Você sempre tira a bola e eu acabo caindo.
— Você não confia em mim, Charlie?

Ele tomava distância, corria, e na hora H ela tirava a bola e Charlie Brown se estabacava.

Charlie sempre prometia a si mesmo jamais voltar a cair naquela. Mas sempre caía. É a eterna dúvida de todos os jogadores: e se dessa vez ela deixar eu chutar meeeesmo?

O que eu fiz no fatídico dia do banheiro foi manter a promessa feita a mim mesma.

— Lucy, eu te disse que não ia mais chutar essa bola.

Difícil ter essa força de vontade. Todos os meninos, por serem inseguros, preferiam confiar nela a confiar em si próprios. Charlies Brown, todos eles. Só faltava a camiseta amarela com ziguezague. Mas as tais camisetas lisas davam no mesmo.

Naquele primeiro momento, quase todos estavam rompidos com ela. Mas ela foi de um em um tentar a reconquista. Inclusive em mim. Acredite, eu fui a única que teve coragem (ou cacife) pra dizer não.

Não foi coisa de cavalheirescas adultas civilizadas, porque se tratava exatamente disso: o fim da etiqueta. O barraco. Foi pura selvageria adolescente.

— Estou ligando pra resolver isso.
— Mas resolver o quê? Não há nada pra resolver.
— Como assim! Olha, eu não sei o que a Liana te disse, mas não sei o que pode ter sido para você ficar assim comigo!
— Não, ela não falou nada demais. Foram só os fatos.
— Mas porra, que fatos! O Pietro e eu...
— Pois é, isso é uma das coisas. Você foi capaz de dizer, três semanas antes de ficar com ele, que jamais ficaria com ele. Não acha isso estranho?
— Mas eu não estava com ele ainda! Só fiquei com ele naquele dia em que fomos todos ao cinema. É por isso que você tá assim?
— Mas não foi isso. Você disse que "jamais ficaria". Como você pode não enxergar algo que está bem na sua frente?
— Mas que que isso tem a ver?
— É exatamente isso, você não vê. E eu soube até que outras pessoas já vieram te falar a mesma coisa que eu descobri agora. Mas você, em vez de aceitar, prefere continuar não aceitando e não vendo!
— Porra! Então me diz o que é!
— Mas se outras pessoas já falaram e você não aceitou, não vejo porque vai fazer alguma diferença eu repetir.
— Como é que eu vou fazer alguma coisa a respeito se você não me diz o que é!
— Já te disseram! É tão óbvio que eu não fui a única a perceber! É só pensar com calma!
— Me diz o que é, porra!
— Pra quê?
— Porra, me diz o que é!

Era uma verdadeira guerra de nervos, porque se eu dissesse "o que era", coisa que obviamente, em algum lugar de sua cabeça, ela já sabia, ela faria comigo como fez com o ex: me passaria uma verdadeira descompostura, como uma deusa a um blasfemo. Claro que eu não... está maluco? Esqueceu que sou o supra-sumo da virtude? Então é isso que você pensa de mim? É assim que me agradece?

— Não posso ser amiga de alguém que fica se enganando. Desculpe.

Ela estava quieta.

— Pense no que já te disseram. Pensa na sua vida, se você não nota um padrão.

Ela começou a chorar.

— Porra!

Aquilo, ao mesmo tempo, me aborreceu e me deu vontade de rir de tão ingênuo. Mas quando pensei nos milhares de caras que ela manipulara com aquele mesmo choro, decidi ser mais dura.

— Olha, isso não vai dar certo comigo.

Aceite, pensei. Aceite.

— Você está sendo muito escrota comigo! — disse, a voz embargada.

— Não estou sendo escrota. Um dia você vai entender.

Percebi, finalmente, que ela não aceitaria. Aquela era sua última cartada — mas ela jamais aceitaria a derrota.

— Você... está sendo... muito... escrota...

Era melhor desligar antes.

— Olha... eu vou desligar. Eu já falei tudo o que tinha pra falar, você também.

Comecei a me afastar do fone, o ombro não mais o sustentando, mas a mão fechada, como uma garra.

— Não desliga. Se você desligar, eu...

— Você já disse tudo o que tinha pra falar? Nesse caso eu desligo.

— Estou falando sério. Você vai desligar na minha cara?

— Você não pode querer ganhar pela emoção.

BONDADE

Ela apenas gemia, caindo naquele processo no fim do qual, claro, eu seria a culpada.

— Eu não quero desligar assim. Preferia conversar.

— Mas você não quer me dizer o que é! Como é que eu vou saber o que é?

— Eu já disse! Já te disseram! E você negou. Não adianta eu repetir se você não quer ouvir!

Então ela começou um atropelado discurso ofensivo que deve ter afogado o bocal do telefone em perdigotos. Dez mil palavrões.

— Dá licença. Eu vou desligar.

E, suavemente, ainda ouvindo protestos, coloquei o telefone na posição horizontal e deitei-o sobre seu berço.

O mais chocante foi, neste momento, perceber que eu não me importava.

Foi como se, quanto mais ela chorasse, mais eu percebesse a força que ela realizava do outro lado para parecer uma fêmea indefesa.

Eu não me importava mais com ela. Ela poderia ficar muito triste, mas também poderia ficar muito feliz. Porque nem inveja, nem felicidade, nem tristeza, nem tesão, nem nada...

O oposto do amor não é o ódio, é a indiferença.

Logo depois o telefone tocou de novo. A secretária atendeu uma vez, depois outra e outra.

Mas eu não conseguia. Não conseguia nada.

Nem mesmo apagar aqueles recados seguidos da secretária. Depois, alguém que sabia mexer naquilo me perguntou "de quem eram" aqueles recados. E se eu dissesse a verdade?

— De uma ex-amiga.

As pessoas só desconfiam das coisas certas na hora errada, ou vice-versa. Então eu menti:

— São de uma amiga que briguei.

E fiquei pensando, engraçado isso: amor forçado é considerado violação e crime; amor fingido é traição, covardia. Já amizade fingida ou à força é "etiqueta".

Às favas com a etiqueta, pensei. Mas também não queria uma inimiga. Queria uma conhecida. Indiferença cordial. A minha etiqueta.

Os olhares foram se acendendo um a um, como pequenas lâmpadas. Foi interessante: visibilíssima a ordem em que ela contou às pessoas. Primeiro o Pietro, depois o melhor amigo dela, depois dois conhecidos de uma vez. Todos evitando os meus olhos, interrompendo conversas abruptamente, esquecendo as palavras.

O pior, percebi, é que não fora de raiva. Ela estava contando simplesmente porque era uma glória ser tão especial a ponto de atrair uma mulher. Estava apenas cristalizando a lisonja que perseguira desde o início. E se eu continuasse ao lado dela como "amiga", não creio que teria sido muito diferente; ela não sabia que estava chutando um cachorro morto.

Eu já esperava. Me surpreendi foi com a atitude dos outros. Não sentia tanto medo assim de "ser descoberta" porque, na minha cabeça, era muito simples: desejar uma pessoa não é errado, trair uma amizade sim. O que eu temia, quando pedi segredo, era mais a reação das pessoas a um novo romance (ou tentativa de) dentro do grupo. Mas ninguém veio confirmar comigo o que quer que ela tenha dito — provavelmente que eu era lésbica (correto — mas imbecil, hoje em dia) e que tinha rompido a amizade porque estava com ciúmes dela com o Pietro. Na verdade eu estava começando a sentir pena dele.

Houve um dia em que, sob as bênçãos da manipuladora, o assunto esteve integralmente nas entrelinhas e entreolhares. A cada tentativa bem-sucedida, ela abraçava o próprio ventre e gargalhava exageradamente. Um dos poucos que não conhecia o código até comentou que "hoje a conversa estava muito estranha". Ao que eu respondi, debaixo da minha crosta cínica:

— É, né? Conversa maluca.

Pietro pareceu amuado com a insistência dela naquele subassunto. Não sei se estava com pena de mim, se não gostava da persistência daquela humilhação, ou se começava a denotar o tal "padrão". Mas busquei o olhar dele, que era como um consolo.

No mesmo dia, embaixo da garoinha chata que ainda mais me deprimiu, outra hilária e triste conversa cifrada que tive com o melhor amigo dela:

— Acho que estão falando mal de mim.

Suas pupilas pularam para o alto dos olhos:

— Se você não fez nada, não tem porque se preocupar.

— Sim, mas... ainda assim fico triste. Não entendo porque havia necessidade de... falar mal.

— Mas quem não deve, não teme.

— Não estou preocupada com a pessoa que está falando mal. São os outros. Acho que quem ouve falar mal de uma pessoa deve procurar ouvir ao menos uma outra versão...

— Mas talvez as pessoas não queiram se envolver.

No final, os dois suando frio, ele olhou muito sério para mim e disse que estava começando a "notar um padrão" em "algumas coisas".

Eventualmente, ela e o Pietro terminaram. E conforme as semanas correram, fui contemporizando. Ela não sabia. Não sabia porque aquelas coisas estavam acontecendo. Ainda não enxergava a própria participação. Sei disso porque ela começou agir como o K., "o mundo quer me engolir".

Fiz uma pequena operação mental.

Se poucas semanas antes de ficar com o Pietro, ela fora capaz de jurar que jamais ficariam juntos, e que mesmo se ficassem jamais daria certo...

...então ela conseguia cair no próprio conto-do-vigário (e sair dele) com uma facilidade impressionante.

Logo, ela tinha um dom.

"Saber" é ser capaz de conter uma informação no cérebro e poder buscá-la e processá-la quando bem entender. Mas o ser humano é muito cheio de repressões, traumas e inibições para deixar as coisas fluírem naturalmente. Ela era inibida demais para ser abertamente malvada, destroçar um menino só porque podia e ligar um genuíno foda-se; era a ideologia de esquerda, o complexo de boa menina. Mas além de ser a filhinha do papai, também precisava se vingar.

E se não podia impedir o óbvio ululante de ulular, podia "interpretá-lo". Meganha de si mesma, submetia os fatos a interrogatórios e torturas. Se não colaborassem, eram jogados no porão, sempre gritando, gritando como loucos.

Dizia a si mesma que não podia afastar um amigo só porque ele se declarara. Que não podia fazer nada se era especial; não foi ela quem provocara aquilo, mesmo; só estava sendo simpática... e todos, inexplicavelmente, se apaixonavam por ela.

Se lhe cabia alguma culpa, era a de ser covarde. Por ser covarde, ela procurava ignorar a própria mania, que atraía incautos, que tinham ciúmes dos incautos anteriores... *Just friends* antes e depois do amor. Apenas amigos. Apenas os mais tímidos dentre os mais inseguros; os que não ousariam romper a teia.

Ela ofendia a própria inteligência não notando sequer o óbvio padrão: só namorava amigos, sem tesão nenhum, mas gozando ao pensar no poder que concentrava.

Os homens que ela atentava preferiam duvidar de si mesmos do que dela:

— Não, não conheço as mulheres tão bem assim que possa acusá-la.

— Não tem ninguém me provocando. Estou imaginando coisas. Mas não estava.

Queridos, somos muito insidiosas às vezes. Conhecemos todos os subterfúgios, todas as aberturas e armadilhas. Somos muito melhores que vocês no xadrez humano, com infinitas variáveis caóticas, sempre mutante, nada cartesiano. Bom que nossas guerras não costumem ser as mesmas, ou estaríamos extintos.

Eu não podia alegar, como eles, que não conhecia suficientemente as mulheres. Não podia me enganar, como a própria, admitindo uma forma branda de loucura. Eu era uma *insider* naquela venenosa posologia. Nascemos com o estoque, eu, ela, Liana. Os sedosos contatos epiteliais, autocompressões labiais, lágrimas, gritinhos sugestivos, trejeitos, olhares e olhadinhas, piscadelas, reviradinhas de olho, calcanhares nus... Eu sabia de onde eles vinham, para que serviam, a quem se endereçavam e qual o efeito esperado. Capazes de atingir apenas um órgão sem que o vizinho sequer se desse conta. Mexendo com as taras que você nem sabia que tinha. Pronto. Você a ama, não sabe por quê, e compõe ridículas músicas de corno.

Então, eu sabia muito bem o que ela estava fazendo. Não imaginara nada, estava era lidando com um espelho. Esqueci que espelhos nos invertem.

Os sinais existiam, com toda sua intenção. Fui inteligente por não ter me apaixonado. Fui burra por acreditar que esses sinais me levariam a algum lugar.

Liana possuía uma metade do quebra-cabeça, cada Charlie Brown possuía a outra, e ninguém a possuía. Eu fui a primeira a ter o panorama — claro e brutal — da situação.

Tudo precisava ser como foi. Friamente, ao longe, estranhamente, comparando com o meu interior feminino, consciente das coisas que a sociedade nos permite usar para necessários risos e choros, tudo me permitiu absorver a realidade dela como uma esponja. Não sei, de vez em quando fico a pensar se devo, ou se é possível, ajudá-la. Na verdade, acho que ela não quer. Também, não tenho muita vocação pra consertar o mundo. E não creio que se deva atirar a verdade à cara dos outros, sempre — vide Sherazade. O mais sábio que fiz até agora (talvez na minha vida inteira) foi manter distância. Talvez o meu defeito seja ser indiferente às coisas que os outros seres humanos prezam demais. Não me apego a sentimentos, bons ou maus. As coisas se vão de dentro de mim fáceis como se possuíssem asas. Elas só ficam se quiserem.

Pão físico

FERNANDA BENEVIDES DE CARVALHO

Fernanda Benevides de Carvalho (São Paulo, 1970) — Funcionária pública, mora em São Paulo (SP).

Bibliografia:

Pequena história marítima (contos) — 1999

Embora não se saiba o que pode ocasionar o ZUMBIDO, muitos pacientes com histórico de exposição ao barulho intermitente ou contínuo apresentam os sintomas. O ZUMBIDO impede a freqüência a locais públicos como concertos musicais de qualquer espécie, danças, festas e eventos esportivos. Os pacientes não podem usar motocicletas, cortadores de grama, serras elétricas, aspiradores de pó, processadores de comida, armas de fogo e tampouco ousam viajar de ônibus, aviões, barcos, caminhões. A pressão arterial requer cuidados. Conversar com outras pessoas que têm ZUMBIDO é valioso. Participe de um grupo. A diminuição do sofrimento, muitas vezes, decorre de experiências compartilhadas. É infernal no meio da noite apertar os tímpanos com dois dedos. É proibido encostar o ouvido no travesseiro. Deitado de costas fica como mil cigarras, grilos. Tente não se concentrar nos aspectos puramente estressantes do ZUMBIDO, e se dormir for um problema, seria útil ler um pouco, ou utilizar mascaradores de cabeceira. Muitos afirmam: um lanche rápido antes de recolher-se pode ajudar a adormecer. (Retalho de jornal, 31 de dezembro.)

...A imortalidade é irrelevante; deste lado da morte é a mortalidade que cintila: saber-me mortal dava densidade e cor às pedras do meu caminho; porque eu era mortal, a lua lembrava-me o amor e o mistério, e no céu

PÃO FÍSICO

inundado de estrelas estremecia o meu desejo de futuro. A única substância incompreensível é a mortalidade, que só o ser humano conhece. (Inês Pedrosa)

Carminha:

Minha querida irmã. Espero que essa carta em papel cuchê e letra tremida cumpra seu destino perseverante e chegue do outro lado do mundo antes dos fachos e das faíscas do 31 de dezembro.

Não repare na dança das linhas — não enxergo direito. Ainda posso acompanhar o contorno dos objetos e das pessoas, mas o miolo fica turvo, disseram-me ser normal, após o tratamento. Mês inteiro no hospital confinou tantas aspirações, trunfo meu de ter vivido até então sem o peso de um decreto médico e o de tentar sem nenhum heroísmo seguir o seu lema, minha querida, de atravessar montanhas para ir ao cume, vencer barreiras, transpor caminhos novos, tocar a vida para a frente, enfim.

O doutor Turíbio não deu alta médica, mas está bastante esperançoso. Predicou sobre maravilhas da ginástica tanto quanto você e mandou que eu caminhasse como penitente, e eu, claro, ocultei o problema da vista, esperando que a coisa se ajeite sozinha, no fim.

Não me acostumei direito com a bengala. Tenho a impressão que o apoio mais atrapalha do que ajuda. Dizem que a gente acaba se habituando, como acontece com tudo. Os outros é que estranham. Você precisava ver o rapaz da padaria quando percebeu meus cambaleios. Foi pela reação de descaro dele que tive certeza da piora do meu quadro. Meu estado talvez se equipare à cena do santo milagreiro perto da gargalhada final, agora me foge o título daquele filme que gostávamos, em que o santo põe em xeque o passado de sua via-sacra: palidez, andar manco e olhar de delírio sensível à claridade, de quem tem visões, nota até as partículas dançantes da poeira do ar. Figura assustadiça, que se arrastava.

Foi o modo como o rapaz da padaria falou: *Senhor Eleno? Vai passear?* Uma discrepância inconciliável o fato de eu estar ali com a minha angústia e a doença entaladas no peito, oferecendo-me como espetáculo. Ajudou a esquadrinhar o chão sem saber direito se vinha esticar a minha perna frouxa para rotacionar os joelhos ou se antes desempenava a bengala. Posso ser alvo de punguistas, melhor não sair de casa, melhor... concordo. Sua preocupação — evidente por trás das palavras gentis — irritou-me. Afastei os cantos de incelências, defumações e simpatias, quase dei uma fubecada naquele rapazinho, furei o ar. Ele começou a rir e matou a conversa domingueira: *Rindo de que ou de quem, hein, companheiro?*

Fiquei exaltado, o rapaz da padaria pediu calma, lembrou que era "dia de confraternização". Dia de festa?, pensei. O que é o dia 31 de dezembro, cores se estapeando no céu, foguetório de bombas, busca-pés, globos de luz, repiques, a procissão de barcos de janeiro e toda esta agitação para alguém de 80 anos?

Saí e ganhei as ruas de calor suarento, com multidões estáticas de carros. Levei a sacola de pães como se fosse embrulho, envolvendo nas franjas do papel um recém-nascido morto: as baguetinhas dormidas, albinas, duras. Fez trinado nos meus dentes o naco do pão da vida. *Miserável! Vendeu-me essa merda!*

Acontece por todo lugar, Carminha. Na padaria, no banco, na casa lotérica, na banca de jornais. Tratam-me como vira-lata pedinte de pires de leite, depois tentam me passar a perna, arrancam miúdos do meu bolso, enganam-se de propósito no troco, os miserentos. Isto, sim, aborrece; mas, no geral, não me queixo da velhice, safra de solidão. Acho que estou preparado, fiquei indiferente à morte eu acho, não sou queixoso, não me lastimo dos zumbidos, que são um incômodo, o maior de todos. Fica uma zoeira de oficina mecânica o dia todo ou é como se irradiassem partidas de futebol, só consigo dormir com o rádio ligado em alto volume para neutralizar esses ruídos que parecem vazar.

Sei que o próximo estágio é dar nó no saco de tripa ou abrir paletó de cadáver, sou dos últimos da família, não mereço ficar nesta pose de sentinela para secar o óleo do caixão. Não há escapatória. Não me revolto contra Deus, aceito o maldito mistério que me guia no ritmo em meio à incongruência geral. Ninguém é livre na hora de nascer nem na de morrer, e se na entressafra temos o gostinho do livre-arbítrio, é em decorrência do Deus piadista que assopra para depois morder. Não me afundo mais. Não é coisa à-toa, hoje, que me põe depressivo. Digamos que me comovem as vergastadas que os homens tomam, o arremate caprichoso do criador para suas criaturas, estou tão desapegado...

Dizem que foi Deus. Você não pode visualizar, Carminha, o que aconteceu nesta nossa cidade, de orla bem-cuidada, famosa pelas flores repolhudas saindo aos borbotões dos canteiros nos passeios públicos. Tudo virou charco, por causa dos temporais de verão.

A região do cemitério, perto do córrego, na parte baixa, transbordou. Foi tão violenta a enxurrada que as pessoas nos arredores sofreram o que se pode chamar de invasão de tíbias e fêmures dos cadáveres. Subiram pelo ralo. Descobriu-se que enterravam gente sem cacimbar primeiro as gavetas de cimento; na verdade, abria-se camada superficial na terra e se fazia a desova, isso acontece quando as famílias não podem pagar e recorrem aos serviços municipais.

Área isolada, homens trabalhando, mergulhando na água represada. Mas alguém conseguiu romper o cerco das autoridades, começou a fazer pregações com os ossos encontrados, compôs uma mandíbula apanhada aqui com um crânio que boiava ali e armou descaveirado completo, banhado por nechrochorume — parecia milho debulhado com aquela fetidez, escorregadio e esponjoso. *Um osso de gente, credo!* Adivinhe quem era? O lunático que vivia atrás do luminoso da padaria Pão de Ló, berrava para todo mundo *Shishin! Abaixem-se! Eles vão chegar!* Tenho certeza que você já se lembrou dele.

Quantas vezes não levamos um prato de sopa ao homem, para que não se batesse de fome? Agora guia turistas pelo cemitério, a sua glória desbordou a região e ele se tornou rei com cetro empunhado, seu boneco descaveirado e escondeu-se numa gruta de mármore; na ala norte do cemitério às vezes recita o Apocalipse de João para uma platéia cativa, turistas empacotados para o reveillon que vieram testemunhar de perto o inferno.

Realmente foi espetacular. A chuva caiu metálica. O cúmulonimbo achatava os edifícios da cidade, tomou volume e, por volta das 21 horas, se precipitou. No dia seguinte, a mesma escuridão desbeiçada; acredite, não nasceu a luz por dois dias. Não é de estranhar romeiros em frente ao cemitério, e o reizinho com seu descaveirado.

Quem presenciou esses rumores, naquela noite única, não pode esquecer.

Eu trago duas noites de memória.

Uma em que ouvíamos o som do pianista do bairro, os acordes dissonantes do amador cresciam pelo restolho das ruas, chamavam à conversa íntima e só dormíamos de exaustão com a sensação de não haver fronteiras ao desejo, mesmo que pela manhã estivessem bem queimados os nossos desejos proibidos, como uma chama bicando o pavio. O mar que tínhamos eleito como nosso não passava de uma água insípida, cor de hematita, como é conhecido o mar na nossa cidade, que atrai velhos à procura do milagre para o reumatismo ou pessoas deformadas que não se encorajam para exibir o físico nas praias turquesas. Estas águas translúcidas, nós só admirávamos por cartazes durante a meninice estouvada até o tempo da maturação, o de sair pela vida.

Nem por isso inventariávamos nossa condição de órfãos, a falta do carinho da mãe que não conhecêramos, e o regime duro de horários que nosso pai nos impunha, e que dava tanto gosto em driblar, especialmente porque ele se queixava de ser o parente escravizado aos filhos. Vivia para nos sustentar e educar, é verdade, enredando-nos à possibilidade dos limites do nosso bairro e vetava, sovina como ele só, que viajássemos nas férias. No nosso espanto, Carminha, olhávamos um para o outro, como se perguntássemos: quem vai bater o oceano e chegar na cidade de pedras? A cidade da nossa imaginação não passava de um banco de areia onde um dia encontramos um ossário de pássaro, talvez de gaivota. O oceano, trinta braçadas. E batizamos, decididos. A nossa faixa de pedras, onde pedras não havia, foi nomeada assim porque éramos os responsáveis por devolver o absurdo ao absurdo.

Entende, agora, o que digo? O que me preocupa não é a sensação de tudo ruir, liqüefazer-se, desmanchar-se. Dá-se um jeito, arruma-se esta loucura. O muro rugoso do portão transfigurou-se numa passarela de ratos e nem por isso podei o jardim. Ah, isto é preocupante, como deveria ser! Perdi meus interesses.

Há muito sonho que estou na cama com alguma mulher — uma transeunte qualquer que vi a caminho da padaria, por exemplo — e em vez de meu pênis golpeá-la, meu corpo inteiro entra pelo túnel da vagina, sufoco com o mormaço, não enxergo nada; vem a sensação de que não é mais a mulher e é você que, no espasmo provocado, tenta me expulsar desse lugar aquoso; muito tempo após acordar, guardo a angústia por ter sofrido pequena morte, por nunca conseguir sentir o prazer extasiado.

A segunda noite é a do velório do pai.

Estive presente durante o vai-não-vai. Escutei: *ele está por horas.* Achei justo o reconhecimento dele. Minha querida irmã, digo querida, com sinceridade. Cadê seu senso de família? Depois do enterro, você e o José se hospedaram em casa. Como foi constrangedor dividir o mesmo espaço físico porque as palavras comem para sempre, os talos de rosas se abriram no púbis da madrugada e lá estava nosso pai velado por luz de UTI junto ao seu marido José, que não suporto.

Você ainda me chamará de irmão, depois das baixarias? Apontaram para mim, trouxeram à tona a conversa sobre a casa de serra quando ninguém podia esperar que nesses longos anos se esgarçaram nossas relações, na presença de todos me acusaram de ladrão! Entende? Não é difícil suportar a idade, a câimbra, o desmoronamento. São insuportáveis as vozes que ficam rodando no meu pensamento, querendo me pôr louco. Muitas vezes eu disse B quando bastava ter dito A para me alinhar de novo com você. Mas acontece que não.

Sua figura me inspirava, falava de você num tom mítico, você era plena, sol do meio-dia e lua cheia.

Carminha, estou trazendo o passado, não quero começar nova guerra, a mesma de sempre. Acho que tenho vontade de fugir disso tudo mas quando percebo, já comecei a falar, deságuo, verti as palavras como quem se esqueceu da bondade e vê nesse flagelo a libertação. Vamos mudar de rumo.

O que preciso lhe contar é o seguinte: decidi ir ao cemitério.

Não sei se vou agüentar, pensei, daqui ao cemitério são oito quarteirões povoados por turistas-gafanhotos, bicicletas, patins, ônibus e avenidas.

Quando dei por mim, tinha caído no chão. *Precisa de ajuda?* As pessoas não se afastavam para abrir sangria de ar. Na agonia do pai, tive igual ímpeto, eu quase o sufoquei com meu hálito — quis diminuir a distância.

Ajeitaram-me num degrau. Alguém no meio dos varais de mãos se esticou, passando a me dar batidinhas no rosto e se abaixou para examinar a ponta da minha língua, tomar a pulsação. Estirei-me ao máximo e, aos poucos, comecei a distinguir as pessoas, as árvores, o brilho de betume do asfalto de cristais. Uma senhora gorda como vaca leiteira me ajudou a ficar em pé, sentou-me num táxi, carregou-me como *écran* de imagem de altar, com todo o cuidado. Perdi-a de vista, tão ocupado estava em me refestelar na cadência da primeira marcha e do ponto morto, no estofamento de couro quente, ao olhar o caos pela janela.

O que não perdôo, Carminha, é sua ausência. Tinha de ter ficado conosco, ao menos, na doença. Você não sabe o que é ver uma pessoa agonizando, você não sabe como é ver o seu próprio pai agonizando.

Às vezes, releio a sua carta e meu estômago se contrai: "...Não trato de temas delicados com titica na ponta dos dedos. Você disse aquela besteira de que eu como filha mulher deveria ter me tornado uma automática Madre Teresa de Calcutá, ou enfermeira, e que deveria ter ficado no Brasil durante as crises do papai..."

Criatura mítica, você, espécie de Deméter, majestosa, movendo-se num campo de trigo pronto a ser colhido e oferecendo aos que se aproximavam do seu magnetismo a plenitude. Nossa juventude tinha sido uma eclusa aberta pela corrente, gravetos arrastados, a pequena vaidade desprezada. Depois, o fluxo caudaloso, como se estivesse secando, fio de água e terra empedrados ao fim, palavras comendo palavras; a você, sinceramente, pareceu injusto que eu ficasse com a casa da serra? Depois de tudo?

Minhas economias vinham dos aluguéis, depois vendemos — por sua vontade — os dois apartamentos que rendiam em conta-gotas mensais o meu supermercado, e o restante foi se acabando... Ora, você sabe disso muito bem. As coisas tendem ao seu fim.

Ao chegar no cemitério, notei que a rua se chamava Rua da Boa Morte. Li várias inscrições. A da entrada, suspensa numa placa de bronze: "Não fostes vós que me escolhestes, eu vos escolhi"; a que estava numa banda de faixa puída onde pombos se empoleiravam: "Restaurante do Xavier, novo milênio, nova administração", e a tabuleta com o letreiro na mesa dos funcionários da administração: "Toque a campainha e um de nossos funcionários virá atendê-lo".

Toquei. Bati palmas; ô de casa?

Não havia ninguém. Parece que todos já se posicionavam na praia, à procura do melhor camarote para a queima de fogos.

Um vendedor expunha na calçada uma coroa do tamanho de roda gigante e um ramalhete de rosas vermelhas, acrílico, igual à pintura de carro. Um outro visitante armava pequenas oferendas de contas de vidro e pentes de pérola na encruzilhada. E só.

Não havia mais nenhum semblante vagando, vagabundo dando expediente nenhum. Procurei pelo lunático e sua roupa de chita, a bata branca "engole-ele", os cabelões a Jesus: nada. Andei, com a demora de quem tem como passatempo a espera indefinida, voejei alamedas. A perna já fisgava. E escutava o médico hitlerista e halterofilista soprando nos meus ouvidos para andar, andar e andar... *Veias são como rios desaguando; o fluxo, o movimento faz bem!* Toada de vozes e zumbidos.

Havia uma parte interditada, por onde não pude ir.

Caía a tarde.

Fui para o túmulo de nossa família, que não foi afogado pela enchente. Foi bom que a chuva não nos atingiu, e ao mesmo tempo não foi bom isso ter acontecido, porque a água lava.

Retirei do saquinho de pão o dinheiro amarfanhado, joguei. Eu ia dizer: *Aqui está, enfie onde bem entender, vale bem mais que a propriedade na serra.* E dar as costas como *Angelus Novus*.

PÃO FÍSICO

Agora estamos quites.
Depois roubei lírios da paz do morto próximo. Coloquei em cima da lápide do nosso pai. Cumpri o rito e voltei.
Fechei ponta com ponta da linha emaranhada.
Quis caminhar um pouco pela orla, antes de chegar em casa, sandálias no meio-fio, meninas correndo na areia pegajosa dos banhos de lama. Mais meninas aniversariavam. Completavam 15 anos e corriam pelo calçadão enquanto os rapazes exibiam o pomo-de-adão, cocuruto de galo de briga. E eu a esta altura já pensando em comprar cerveja, mas me ocorria o doutor Turíbio, taxativo, os remédios não casam com o álcool. Celebrei a bebedeira alheia, no seco.

Estes festejos de fim de mundo, programei para passar no refúgio do escritório. Posso observar fotografias, arrumar documentos, escrever cartas. Principalmente escrever para amigos ou pessoas que já morreram. Queimo tudo na lareira, depois. Escolho o papel: pólen soft, cuchê, cartão, bíblia, vegetal, japonês, papel de seda. Olhe só o álbum que encontrei dentro do maleiro, na estante. Nas fotos você saía vesga e contrariada — ficava estrábica, se contestada — e dizia que tinha me saído ao pai, ao gênio dele, por gostar de distribuir ordens. Atenção: façam pose, ou fiquem agachados, feito time de futebol... Para as pessoas ficarem do modo como eu determinasse, estáticas ou sem pose, como time de futebol ou isoladas, o enquadramento perfeito me inspirava.

Dirigir a cartografia dos passos. As pontuações e as marcações dos outros. Isso não levou a nenhuma satisfação pessoal que fizesse jus ao projeto de magnitude, que pretendia: no fundo soube-me pequeno como sou, com a arrogância dos homens pequenos. Vida toda corri numa maratona sem reta de chegada, competindo; isso é claro e desmoralizante.

Não gosto do fim do ano. É uma época que passa rápido, para a sobrevivência de todos, e a minha em particular. Logo, a rotina virá balsâmica. Acho que esquecerei de alguns pensamentos.
A morte, o que é?

Não é palpável. Não é nada, mas está por todo o lugar, na decomposição até explodir em algo novo. Está lá fora, no cogumelo do jardim. Posso tocar a excrescência da madeira podre e pisar seu chapéu-de-sol curvado mais à metade do lodo do que da luz.

Se eu tiver sorte, hoje à noite, poderei ver os clarões do temporal; contarei sobre isto amanhã, escarabochos de tinta e confusão mental sobre a ressaca da festa grandiosa, iluminada por pontos de luz que duram nada e que têm me levado adiante aos 80 anos; não é pouco, não.
Eternamente seu
Eleno

No céu, com diamantes[1]

LUCI COLLIN

---

[1] Trata-se, obviamente, de deslavado plágio do título de uma música de grupo de rock'n roll inglês que, na década de 1960, foi mais conhecido do que Jesus Cristo. Por patente falta de criatividade, o autor opera aqui uma indecorosa apropriação de uma sentença de domínio universal a qual, mesmo sofrendo a (péssima, diga-se) tradução para a nossa língua portuguesa, conforme argumenta SEIXAS (2003:195) "mantém, contudo, a condição de indisfarçabilidade autoral".

Luci Collin (Curitiba, 1964) — Graduada em Piano, Letras e Percussão. Mestre em Letras. É professora de Literaturas de Língua Inglesa na UFPR e doutoranda na USP. Mora em Curitiba (PR).

Bibliografia:

Estarrecer (poesia) — 1984
Espelhar (poesia) — 1991
Esvazio (poesia) — 1991
Ondas e azuis (poesia) — 1992
Poesia reunida (poesia) — 1996
Todo implícito (poesia) — 1997
Lição invisível (contos) — 1997
Precioso impreciso (contos) — 2001

TUDO ESTÁ ENTRE PARÊNTESES: Sim, tem caráter autobiográfico. É um texto com mau caráter.[2] A personagem principal é severamente míope (CLOSE). A personagem principal sempre escreve atraso com "z". A personagem principal pensa que é a protagonista e que, no correr da pena, um intrincado enredo se apresentará, mas nada de importante, nada mesmo, acontecerá neste parágrafo. Nem nos outros. Todas as terças e quintas a personagem principal rega uma samambaia, daquelas vagabundinhas que nunca vai pra frente, só porque alguém colocou uma samambaia ali no escritório e ninguém molha. Ou seria "ali no laboratório"? Ou seria "ali no consultório"? "Ali no gabinete"? "Ali na sacristia"? A personagem principal tem uma rinite crônica que lhe confere um quê de irritabilidade. Ninguém, nem

---

[2]Em 25 de maio próximo passado nossa emérita crítica Annamaria Polli-Sanson publicou artigo (pequeno, quase uma notinha, alegando "desnecessariedade em tomar o tempo dos leitores") n'*A Tribuna de Curitiba* atentando para o "caráter degenerativo da produção pretensamente literária" do autor deste conto. Contatos com Polli-Sanson (palestras, manhãs de autógrafo, entrevistas, chás) pelo e-mail annitta@rapidinha.com.br

ela mesma, sabe que é alergia a pólen e derivados. A personagem principal sofre de insônia e ninguém sabe.[3] Mas tem aquelas olheiras esquisitíssimas (CLOSE) — acho que algumas pessoas já deduziram a coisa toda da insônia.

COMERCIAL, SIM, E DAÍ?: *Resolva já seu problema! A solução que você procurava está exatamente aqui: (JINGLE: "Stop smiling right now!" 2X). Pare de agir como um/uma idiota sempre sorrindo. Compre já o creme anti-risinhos do Doutor Calipso. Chega de câimbras no maxilar! Dê adeus àquelas indesejáveis rugas (precoces!) ao redor da boca! Mantenha aquele ar de seriedade absoluta que fará de você um campeão, em casa, na firma, na fazenda, nas churrascadas que você tanto freqüenta. Vida nova em um piscar de olhos. Enviamos para o lugar que quiserem.*

TUDO NOS CONFORMES: Sim, cheira a autobiografia. A personagem principal usa lentes de contacto e enxerga relativamente bem, obrigado. A personagem principal balança a perna quando está irrequieta (CLOSE). A personagem principal tem uma obturação antiga que incomoda mas, por falta de tempo/dinheiro/referência, não vai nunca ao dentista. Dorival fica se perguntando o tempo todo: "Terei mau hálito?" Joanice fica se perguntando o tempo todo: "Estará meu hálito adequado para a situação que se insinua?" Elisvaldo fica se perguntando o tempo todo: "Será que lembrei de escovar os dentes antes de sair de casa?"[4] Demétria fica se perguntando o tempo todo: "Devo perguntar a alguém se meu hálito está realmente agradável?" A personagem principal não pergunta nada. Não pergunta nada. Não per-

---

[3]Cf. THEODORO, 2003:242, para comentário sobre o uso dos artigos o/a antecedendo a palavra "personagem" quando substantivo comum de dois ou mais gêneros.
[4]Até quando está em casa, coitado.

gunta nada a ninguém. Porra, isso sim é personagem, cara! A personagem principal exagera o tempo todo — mas só por dentro. A personagem principal só entra pela porta da frente.

TAKE 126, CENA 1: *"Peguei o carro"*. *Tem que pegar um carro sempre pra começar qualquer história decente. Carro conversível, claro, né amizade! Depois, aquelas tomadas de estrada vazia e curvas fechadas — que troço manjado!*[5] *E depois tomando uma cerveja e limpando a boca com as costas da mão.*[6] *E depois parando num posto de gasolina.*[7] *E depois mijando num acostamento num pôr-de-sol. (Gostou dos tracinhos?). E depois ouvindo uma musiquinha estúpida no rádio do carro. (Mas, como é em inglês, a gente acha o máximo e se sente melancólico). E depois parando num motel vagabundo. E depois entrando no bar do motel e pedindo uma porcaria dupla. No bar tem um pôster do Humphrey Bogard (é assim que se escreve?). Do Elvis, que eu gostava tanto, não tem. Tem um pôster do James Dean. Chega! É demais pra mim.*[8]

"TUDO DE BOM, QUERIDA!": Sim, está me cheirando a autobiografia.[9] A personagem principal tem umas pontadas do lado direito, mais

---

[5] "Manjado", gíria da década de 1970, quer dizer "previsível"; "troço" a gente nunca podia falar quando era pequeno porque era coisa de gentinha.

[6] "Costas da mão", também referenciadas como "contrapalma", como no exemplo: "Tira tua mão da contrapalma da minha!" (OVÍDIO, *A arte de amar*, 2003:48).

[7] Postos de gasolina ficcionalizados, não se sabe por que, "adquirem enorme carga imagética, remetendo a princípios simbólico-imanente-periféricos que exacerbam a fruição visuo-psico-estética de quem os imagina" (NEFRONNINNI, 2003:79-80).

[8] "Dean"/ "mim", rima apoplética semidiminuta em sentença de triambinos oxidiegéticos que caracterizam a dicção chula do autor. Aproveitamos para registrar que a palavra "referenciada", como apareceu na nota 6 do presente, não existe no dicionário. Faça-me o favor!

[9] "Um cheirinho ruim", conforme SYDNEY *et alii* (2003:26 a 37).

pra cima, isso, bem aí! Mas só às vezes (principalmente ao subir aquela maldita escada que dá para o laboratório). Mas não é caso de operar. A personagem principal, de acordo com os moradores da região, é "uma prevalecida" (quer dizer, é uma besta). A personagem principal rói vergonhosamente as unhas — mas só quando as lentes estão embaçadas ou a rinite piora. ("Dava-lhe nos nervos", registrará um futuro biógrafo com português ruim.) A personagem principal tem plena consciência das diferenças básicas entre kojak e kodak; contudo, foi vista, uma vezinha só mas foi, comendo com a boca quase-aberta. Era plenilúnio. Cogita-se que tal personagem seja principal porque não há mais ninguém interessado no papel. A personagem principal só entra pela porta dos fundos. Só funda pela forta da prente. Fó sunda fela torta pa frente.

VIOLÊNCIA URBANA: *Na minha cidade tem uns malucos que cortam o cabelo de garotas loiras com cabelos compridos e lisos pra vender pra salões de beleza especializados em fazer peruca com cabelos roubados de garotas loiras. Já pegaram três saindo da faculdade. É, três garotas loiras, lisas e longas do Curso de Direito. Obrigado senhor por ter me feito de cabelos castanhos, crespos e curtos. E também porque talvez eu seja apenas um rapaz, o que me mantém fora de perigo. Nunca tinha percebido como estava destinado a ser feliz até então. Protegei as garotas loiras dos assaltantes especializados em cabelos longos. E continuai protegendo para sempre os calvos, pois deles será a calvície eterna. Já viu uma coisa destas em outra cidade? Coitada da Ângela Maria Malhadas, nem tem ido à Faculdade. Coitada da Terezinha Singelo, nem tem ido a missas de sétimo dia quando são à noite. (Atacam mais à noite, os safados.) Coitada da Luizelena Trindade, ela é pixaim mas pensa que é loira e se cortarem os longos cabelos loiros dela para fazer uma peruca estarão cortando uma peruca — já pensou que drama psi-*

cológico pra menina?[10] *É só nesse lugarzinho aqui onde eu moro! Como ficarão as garotas loiras depois do ato? Existe Barbie de cabelo curto?*

TUDO MENTIRA: Pra não dizer que não falei dos altos e dos baixos. Pra não dizer que não falei da saída pela escotilha. Pra não dizer que não falei dos saltos da moda na próxima estação. Pra não dizer que não falei dos filhos-da-mãe. Pra não dizer que não falei dos princípios.[11] E pra não dizer que não cometi pecados: 1) cobicei a mulher do próximo e do antecedente; 2) roubei as canetas do escritório; 3) matei tempo. Sob tensão, matei moscas também num dia de calor insuportável. Matei e daí? Desrespeitei pai e mãe dos outros. Cobicei de novo, só que agora fui às vias de fato — então, na verdade e usando um termo científico, prevariquei (adorei fazer isto apesar da dificuldade de conjugação do verbo). Cobicei o marido da minha melhor amiga (ai ai) e a amiga do meu melhor marido (credo, gente! tô demais!).

GRAVANDO: *"Justine pode parecer apenas um nome, mais um daqueles nomes bonitos. Mas não é. É muito mais do que isso. E agora ele pode ser seu. Ele pode ser in-tei-ra-mente seu por apenas metade do que você imagina."* OUTRA VOZ: *"Só três de quinhentos!"* MESMA VOZ DO COMEÇO: *"Adaptável para qualquer sexo e qualquer idade. Justin. Jus. Justinet. Use a combinação que desejar. Finja que é um*

---

[10] Luizelena Trindade, como todos sabemos, não é uma menina. É um travesti famoso e só por descuido do autor, tecnicamente incapaz de manter o caráter histórico deste relato, está sendo citado como um ser de sexo feminino.

[11] Vemos aqui que o emprego intencional do particípio passado com conotação de ironia confere tamanha elasticidade ao espectro semântico-tônico da frase que acaba por confundir, embaraçar, obnubilar a mente do coitado do leitor, o que é lastimável, com certeza.

novo sobrenome! Chega de ser diminuído porque seus pais tiveram a péssima idéia de lhe dar um nome maldito e sem expressão!" VOZ DOIS OUTRA VEZ SE METE: "Temos também nos modelos Justille e Jhustice, para os mais arrojados... Ouse..." DUAS VOZES JUNTAS: "Adquira o seu nome próprio e venha para o mundo da sensação sem limites!" NA TELA, PISCANDO, APARECE AINDA A MENSAGEM: Grátis maxidesodorante floral Cheiro-de-si.

(SEGUE...): Tomei a água da samambaia! Cometi o pecado da gula. Depois jejuei por três meses e, por conselho de médicos especializados, voltei a comer. Voltei a matar, roubar, faltar aos cultos e afins, às cerimônias de coroação, às sagrações da primavera. Fui numa festinha junina infantil às 3:30 da tarde pra me redimir mas não me redimi. Fui ao zoológico e joguei pipoca pros pombos. Ainda bem que ninguém viu. Perguntei pra uma mulher-da-vida (tracinhos de novo...)[12] quanto era e fingi que não tinha o dinheiro e ela me despachou, mantendo a dignidade de cobrar pelo serviço. Sentei numa praça e tentei conversar com um velhinho mas não saiu nenhuma palavra. Ficamos idiotamente os dois ali e ele pensou que eu era uma criatura desprezível sem dinheiro pra pagar pipoca pros pombos. Só isso. Estou confessando: não guardei nem domingos nem feriados e não comi bacalhau na sexta-feira santa e ainda escutei *hard rock* mesmo sem gostar no dia que era pra fazer silêncio, só pra afrontar a vizinha de cima. Não paguei o dízimo e gastei o dinheiro com um cd de boleros uma revistinha da mafalda um cachecol de listinhas coloridas um anel com o yin e yang que eu nunca vou usar um maço de free curto um detergente com glicerina pra não estragar muito as mãos quando

---

[12]Observar que o autor vem dando preferência ao vocábulo "tracinhos" possivelmente por não saber se o plural de "hífen" é "hifenes", "hifens", ou, como no italiano, "hifeni".

tiver coragem de lavar a louçarada da pia uma caixa de band-aid redondo pra pôr no calcanhar quando usar o sapato novo um tubinho de super bonder pra consertar o que estiver lascado um adesivo do meu time pra pôr na janela da frente e provocar o vizinho do lado um pente. Pensando bem, o band-aid (peguei mania nessa coisa de tracinho) deveria ter sido do tradicional. Pensando bem, a revistinha poderia ter sido de sacanagem, o cachecol liso, o anel poderia ter sido do meu time, o detergente um sabão em barra que durava mais e o cigarro um pirulito que não causa dano ao pulmão, acho. Mas o pente tá bom.

    Não fiz o separe em sí-la-bas não engraxei os sapatos não passei fio dental corretamente não sei o que quer dizer "inconcusso" não fui ao baile de formatura não liguei pra ninguém no ano-novo. Confesso.

    E nunca amei-nos como a mim mesmo.

    Brilhos que nem sempre se vê.

    Tudo está entre parênteses: "diamante", do gr. *adámas*, "indomável", pelo lat. *adamante*.[13]

    Só fui pra casa.

    Tinha céu.

    E pensei que era escritor.

---

[13] HOLANDA, 2003:585.

Silver tape

MARA CORADELLO

Mara Coradello (Vitória, 1974) — Publicitária, trabalha com marketing de gastronomia e afins. Mora no Rio de Janeiro (RJ).

Bibliografia:

O colecionador de segundos (contos) — 2003

> Ele me diz com o ar um pouco mimado que a
> arte é aquilo que ajuda a escapar da inércia.
>
> ANA CRISTINA CÉSAR, in *Luvas de pelica*

Tenho tanta saudade.
    Invento o amor ao apertar alguns botões e tomar o veneno certo. Talvez eu tome alguma coisa bem natural, algo encontrado em flores, algo como cicuta, estricnina, beladona. Vou perder um pouco de tempo vivendo. Estudar botânica, assim eu acho algum veneno. Repare na doçura que se encerra na palavra veneno. Um v no palato, no céu, o veneno passa pelo céu, todas as palavras passam pelo céu. A boca. Depois perco meu tempo tentando não perder tempo. Quem será que procuro por estes bares. Ontem li uma matéria na página policial, vi um bandido. Na foto: alto, rosto anguloso, expressão de delírio e firmeza. Pena, em seus pulsos algemas. Pensei em visitá-lo. Lembrei de sua tatuagem. Acho que alguns bandidos querem apenas não viver todos os dias esperando seis e meia. O italiano que me dava aulas tem um relógio, todo em branco e preto, no lugar de 19 horas vem escrito em vermelho: EXIT.

EU NÃO VOU MAIS ESCREVER. Ela olhou para os livros na estante e decidiu. Ao lado da estante disfarçado em moldura de quadro, um espelho. Uma pintura falsamente *naïf.*

Acha que pode ser uma apelação essa sentença? Ela: 42 anos, olhos levemente modorrentos inclinação nos cantos e algo assim.

Começar com aquela frase um diálogo, roteiro, filme, abordagem para fins reprodutivos ou cantada, é mesmo uma contundente apelação.

No espelho os cabelos antes brancos agora descrevem um ritmo alucinado em fios elétricos pela henna vermelha. Quarenta e dois. E as marcas de creme estão cada vez mais caras. Até aquela da moça que bate a campainha de nossas portas há décadas. Dim dom e ela nunca atende. A porta passa muitos dias a assistindo. Ela imóvel, bem encaixada em frente ao monitor. Porque parecemos parados a nós mesmos se ficamos assim, enevoados em hipnose na frente da caixa de pandora. Parados principalmente aos outros. Os únicos alimentos são aveia, leite e banana há dias, até mesmo para Arnold, seu filho. No futuro nossos filhos duvidarão se houve outra forma de travar conhecimento senão por modems, chips e tráfego cibernético.

Ela ainda não estava bem certa disso. Na primeira vez em que ela o viu seus olhos estavam envolvidos em *pixels.* Eram fotos em cadastros manuseadas por um software qualquer numa premissa de relacionamentos.

Suas fotos se uniram, mas logo havia a diferença de idade, suave, porém o bastante para não serem considerados a pessoa ideal um do outro pelos mecanismos de busca. Eles distantes para o encontro depois com uma hora marcada num café. Admirável mundo novo. Ele era bipolar e ela depressiva. Ele sendo tentado por diversos fatores.

Rivotril.

Frontal.

Lithium.

Olcadil.

Sefardim. Nariz de rapina. Algo entre o espanhol e um sobrenome arrepiante. Surpreendentes os homens que usam dingbats há pouco tempo. Ele parecia um fantástico leitor de escritores nordestinos e jornalismo literário. Pessoalmente sua presença muda me fez ouvir pensamentos nada elogiosos.

Num país distante chamado Java, um príncipe entediado entretinha-se a procurar moças nem tão donzelas assim numa bola de cristal de silício com teclados.
Na verdade seu único intento era ver-lhes o rosto.

Pessoalmente eu havia saído de um casamento do qual havia herdado apenas pouco ou nenhum respeito pelas convenções pré-cópula.
Passei a separar meu corpo de minha alma e circular por lugares com luzes artificiais e pessoas com cheiros arremedados com roupas atraentes demais, pavoneando por cima de tudo, amando as superfícies. Chegando em casa tarde, hora apenas para ligações para meu filho. Eu tinha borboletas nos ombros. E o atalho cego para um respeito que eu sabia que deveria depender só de mim.
Umas pessoas assim: com pêlos, sem pêlos, com odores fortes de perfume, com resvalos para o dramático, com ironias finas, com risos estranhos, que me pagam chopes, casados, solteiros, entendedores de

nada, de tudo, que lêem autores de anteontem de manhã, que pensam que estão agradando, que me julgam pelas aparências: delas.

Um belo dia ele conheceu uma bem maior que as outras. A moça grande e luxuriosa tinha cabelos nas ventas e dominava o mundo de silício, observava todos os passinhos do príncipe bobão, oriundo de um país cinza. A moça tinha chegado de um país azul, lama e amarelo. Ela dominava a arte do sol.

Na sala dele tudo parece ter saído de uma revista masculina. Contemporaneidade, beleza, o aparelho de som com teclas que meus dedos de unhas curtas e roídas fariam nunca mais prestar. *Jazz*, fotografias, esculturas e até um sofá branco encardido pedindo a alguma mulher que cuidasse dele. Tudo com preço.

Apaixonou-se pelos quadros dele?

Especialmente por um que era um avião em minha direção. Concluído alguns anos antes do World Trade Center vir abaixo. Um avião semifigurativo, pinceladas grossas, coloridas, vibrantes e exatas. Estocadas seriam mais apropriadas que pinceladas. Tudo descrevia uma trilha para a caça chegar mais rápido ao local de acasalamento. E o olhar dele mortiço e emoldurado pelos remédios tomados há anos, fazia a gente crer que não estava ainda agradando. Dê! Mais de você. Faça! Mais alguma coisa. Isso. Quase bom. Sempre esse quase, que me parece parte da religião Não É Amor. Hora de cair fora. E como sempre quando começo a desrespeitar os dogmas da religião Não É Amor, fico estranha esquiva, quase encostada na porta do meu lado do carro, sempre ao lado do carona. Que o meu tipo popular pagou o ano passado todo da escola de Arnold. Pareço sempre pronta a abrir a porta e rolar no asfalto.

Até que em determinado momento do papo: dinheiro, solidão, literatura, mapa astral, guerra nos Balcãs, budismo, arte contemporânea, academia, drogas, yoga, oriente médio, publicidade, sincretismo religioso, viagens e assuntos pífios de segundo caderno em dia de nenhuma notícia.

(Estamos em um ano com tendências a repetir a década anterior, o próprio lay-out do número é escafandro, visceral, e ninguém tem assunto, ninguém tem o que fazer? Vamos envelhecer suavemente, devemos repetir o final dos séculos passados como um mantra?)

Até que no final do papo eu andava pela prancha do navio. A espada do pirata em meu pulmão esquerdo e digo: *não, eu não quero nenhum sentir com intensidade e tempo.*

Pulei e o mar frio lá fora me afunda. Não tem volta.

Silêncio.

Esfrego meus próprios ombros e falo:

Frio aqui hein?
Hum rum.

Eles se conheceram e ele sumiu logo após beijar a moça com — que espanto! — um beijo igual ao dela. Ela se enternecia a lembrar dele após quatorze voltas ao redor do quarteirão estelar.

A duas quadras dali o príncipe tristonho descobriu, em dezenove moças nem tão donzelas assim, o marasmo.

O previsível seria nunca mais ligar. Nem eu e muito menos ele.

Para agüentar a privação vasculho coisas e pessoas o tempo inteiro. Descubro o *login* dele e a senha. Incrivelmente as mesmas palavras. Ninguém nunca acha que o outro vai querer saber assim de nós de forma desleal e surrupiar as senhas? Eu acho que sim. Eu vou sempre tentar descobrir o que você não fala. Às vezes sonho. Em outras sou antiética. Não que meus sonhos também não sejam antiéticos.

Surpreendentes os homens que usam dingbats há pouco tempo.

Ela já com os cabelos das ventas arrepiados preocupava-se em vingar-se.
E tratou de empreender uma campanha pública de difamação ao nome dele em vários pronunciamentos de dingbats.

Durante dias entre os intervalos da minha procura por um emprego, qualquer um, eu lia suas mensagens e cartinhas e bilhetinhos e lembretes e lambidas.

Acompanho encontros e pareceres sobre estes. Idas a um restaurante que pagaria, que um prato apenas pagaria, um mês da mensalidade de Arnold.

Um hotel cuja diária daria para uma compra de mês com geléias, aveia, arroz do bom, carne, frutas, leite em pó, ovos, chocolates, feijão e toda uma gama de carboidratos, proteínas e futilidades. Toda uma gama de vida em saquinhos, caixinhas e cupons para concorrer a uma casa. Enquanto meu filho está com seis meses de mensalidades atrasadas, há riscos disléxicos em minha lista de supermercado e água em meu *shampoo*.

Criei sim, um novo sentimento ontem, saudades recentes misturadas a ódio. Já ouviram falar? Foi quase uma invenção culinária. Tal a aspereza de uma em contrapartida com a outra. Doce de jiló foi um negócio que eu comi e me marcou muito. Um verde açucarado uma aparência de anfíbio e um forte gosto de mamão, o doce. Saudade com ódio pode ser o correspondente sentimental para doce de jiló.

Poderia ser mero doce de mamão, só saudade, mas tem aquele ódio, a impedir que a saudade seja a fruta. Então proclamo uma não saudade, vou guardando dentro do livro de Baudelaire, com aquelas contas de provedor que só assinei um mês, flores do mal. Eu odeio quem tem dinheiro fácil herdado de mãe que herdou de mãe de mãe que herdou de pai e por aí vai. Neste momento vou inventar alguma coisa para odiar e já encontro o motivo de tudo: descombinação social. Como sapatos furados que gritam em misturas com bolsas no mesmo corpo: um mundo de nariz lá em cima arrebitado. Sou os sapatos.

Então ele a procurou pelos vales de bites e pelos atalhos nas teclas §.
Num dia de tarde eterna o príncipe enfadonho pediu:
— Traga-me o coração dela numa caixa.
Após pedir isso ao caçador surdo, ele ganhou o contrário.
O corpo dela numa caixa sem coração.

Eis que ela atende ao telefone, pago por sua mãe e avó de Arnold. Ele. Duas semanas depois. Tenho vontade de gritar, mas ela atende calma com voz de telemarketing e aceita.

Vinte trocas de roupa depois, na casa dele, a constatação de sedução triste e dotada de compaixão da última vez muda para um intenso ódio social. Sexo com ódio. Ódio daqueles quadros todos, da lista de CDs de *jazz*, da lista de eventos em convites em cima da mesinha de acrílico que deve valer minha sala inteira e talvez a cozinha.

Da lista de mulheres. Só de raiva, não gozar nem um instante sequer.

Preciso comprar champanhe. E ele tinha.

Preciso de morangos, *band-aids*, uma revista, um CD novo, um chocolate em calda, plumas, gelo seco, sei lá. Tudo ele tinha.

Só pensando em matar ela poderia cometer tantos clichês desse erotismo de plástico.

Preciso de uma destas fitas adesivas cinza que *skatistas* usam em seus tênis com furos.

Na lojinha de conveniência ela aperta mais a bolsa baguete contra seu peito com medo dos sensores e paga pela fita com trocados que seriam para o café da manhã.

Volta meia hora depois.

Arma calibre 22 fica linda com unhas vinho e o cabo de madrepérola parece emprestar a tudo um ar de ficção. Ele ainda acha que estamos fazendo um jogo.

E ele a amou neste instante, que o amor pode assombrar-nos à noite quando pensamos que ele é apenas um fantasma. Quando é empurrado na sua cadeira de rodinhas de cerca de dois mil dólares para debaixo do chuveiro ela/eu perguntamos:

Água fria ou quente?

Enfim nós duas concordamos: fria. Já que você não pode falar com sua boca cinza metálica *skatista*.

Vou até o quarto e ponho um Vik Muniz qualquer. Na bolsa gigante de navegação. Motivos brancos e azuis guardam o quadro. "A" Vik Muniz seria mais coerente. Uma foto de uma linda negra senhorita em açúcar mascavo. Meses da escola de Arnold e nossa mudança para um lugar sem sinais de trânsito.

O mais surpreendente não foi o fato daquele porteiro de prédio um por andar estar dormindo. Nem o fato do príncipe javanês não ter sequer dado queixa. Apesar de certamente minha imagem circular por todo circuito de câmeras e sinceramente desconfio que aquele visor disfarçado de enfeite de cabeceira também o integrava.

Enfim foram felizes para sempre, o príncipe se ocupava em despertar na moça do sol algum sentimento e ganha em troca esgares. E ela que não via a futilidade do príncipe amuado, por estar agora um corpo sem coração, perde-se em dominar a lua.

O mais surpreendente foi que ao voltar ao banheiro para me despedir com um aceno, ele, branco e com as veias descrevendo itinerários em azul carbono pelos braços unidos atrás. Os olhos do mesmo azul. Os cabelos do peito pateticamente alisados pela água correndo por tudo. Os cabelos escuros que tinham tomado nova forma.
Putaquepariu – e ele ainda estava pronto. Sem nenhum esforço para sair das fitas.
Coloquei Vik no chão. Meses da escola de Arnold e a mudança para uma casa no interior do Espírito Santo com flores brancas nas jardineiras azuis. Deixei a arma na bancada da pia de granito negro. Tirei toda a minha roupa.

Violado.

Roubado.

Violentado.

Fiz um rabo de cavalo e coloquei minha roupa ainda cheia de gotas logo absorvidas em suor. As histórias infantis e as fábulas teriam agora uma autora com cerca de alguns milhares de dólares e saudades. Por via das dúvidas roubei também o perfume dele.

O sétimo mês

CECÍLIA COSTA

Cecília Costa (Rio de Janeiro, 1952) — Jornalista. Mora no Rio de Janeiro (RJ).

Bibliografia:

Odylo Costa, filho — o homem com uma casa no coração (biografia) — 2000
Damas de copas (romance) — 2003

— Puxa, mulher, você está enorme. Imensa, mesmo. Parece uma barcaça. Está com quantos meses?

Com aquela pergunta simples, mas terrivelmente indelicada, feita à queima-roupa, no bar, a desmiolada e cocainômana Glória não sabia que estava a criar uma tempestade na vida da amiga, cravejando em sua proeminente barriga raios, relâmpagos e trovões.

— Sete meses — respondeu Emília, meio sem graça.

Sabia estar enorme de gorda. Quando chegou aos 80 quilos, parara de ir ao médico, já que o obstetra dublê de primo queria, muito conscienciosamente, induzi-la a fazer um regime. E regime nem pensar. O estado emocional dela não estava nem aí para contenções alimentícias e outras torturas. A hora era de comer, se empanturrar de comida, tanto ela quanto o bebê.

— O quê? Sete meses? Sete meses? — Lúcia gritou, espantadíssima, ou como se estivesse em estado de choque. — Olha, Emília, amanhã mesmo eu vou-me embora. Volto para a casa de minha mãe. Não quero ser pai de criança alguma. Mil desculpas, mas nem mesmo da sua.

Não dava para acreditar. Lúcia ir embora? Estavam morando juntas há quase três anos. Há três anos viam filmes juntas, nos fim de semana, esparramadas no sofá, devorando panelões de pipoca. Há três anos ela suportava aquelas infindáveis transmissões de entrega de Oscar, ao vivo, em som original, tão amadas por Lúcia, com aquelas piadinhas americanas narradas por Billy Cristal de matar quaisquer cristãos. Há três anos liam livros juntas. Uma lia e passava para a outra o volume recém-terminado, sendo que havia dias em que liam alto trechos selecionados uma para a outra, saboreando juntas uma frase bem escrita, uma observação pertinente de um escritor inteligente, com as antenas ligadas na mesma sintonia do que a delas. Há mais de um ano estudavam alemão com um maluco vienense, de parcos cabelos espigados, também juntas. Alemão, haviam decidido, já que Emília sabia francês o suficiente para se virar na França — e na literatura francesa — e Lúcia dominava o inglês — morara cinco anos nos Estados Unidos — e desejavam novamente estudar alguma coisa juntas. Eram meio maníacas por livros e por estudos. Um novo conhecimento, uma descoberta intelectual eram prazeres que costumavam compartilhar com alegria. Amavam aprender e nada as entusiasmava mais do que palavras, palavras usadas com sabedoria, palavras que as faziam pensar, palavras que a intrigavam, boas metáforas, comparações, imagens belas que deixavam o coração das duas em vôo. Aladas.

Naqueles três anos em que dividiram o apartamento, uma esperava a outra chegar do trabalho, à hora que fosse, mesmo que estivesse morrendo de cansaço ou de sono, para contar tintim por tintim o que havia acontecido no escritório ou no jornal. E ficavam até de madrugada a analisar os fatos do dia. Os sentimentos, as notícias do mundo, as notícias sobre as respectivas famílias. As percepções e sensações em relação às pessoas que as cercavam, sejam amigos de longa data, colegas de trabalho, parentes ou apenas meros conhecidos do bairro, alguns dos prosaicos ou aburguesados vizinhos do prédio.

Nem mesmo o namoro com Fred conseguira separá-las. Na realidade, a relação entre as duas era tão forte, tão forte, desde o dia em que se conheceram no pátio da faculdade de História, que foi o erudito Frederico quem acabou por rodar, já que Lúcia implicara com ele desde a primeira vez que o vira (e o inverso também acontecera, é claro, com a antipatia sendo mútua, ou seja, o escritor e experiente jornalista não fora com os cornos de Lúcia logo no primeiro dia em que estivera no apartamento das duas amigas, dando a entender que a incompatibilidade entre os dois amores de Emília era completa, visceral. Cheiraram-se como duas feras em total inamistosidade, para não falar em rivalidade. Ou ciúmes. Dois animais disputando uma desejada presa).

No começo, haviam rido juntas dos ensaios literários que Fred escrevera, num passado meio longínquo, tão pretensiosos e encaralhados que eram que não havia escapatória, funcionavam como verdadeiras pedreiras a serem escaladas pelos desavisados leitores. Mas depois, lendo outros livros escritos por ele, de uma safra mais recente, admitiram que escrevia bem. Muito bem, até, para o gosto de Lúcia, que se via, assim, obrigada a admitir a habilidade com as letras daquele homem hipersensitivo que desabara repentinamente sobre a vida das duas, como aluvião de vulcão, rompendo com o equilíbrio arduamente trabalhado. Pois é claro que as duas amigas se amavam, mas eram diferentes, muito diferentes, e conviver fora uma conquista diária, com concessões de parte a parte. Concessões, no entanto, feitas sem mágoa, tão firme e generoso o companheirismo, tão gostosa a intimidade alcançada, após um período de pequenas, supérfluas desavenças.

Emília gostava sobretudo das cartas de Fred. Ele a enchera de cartas bem no início do relacionamento, mesmo com os dois trabalhando praticamente lado a lado, na redação da *Folha do Rio*. Cartas nas quais prometia a ela as delícias mitológicas e oníricas de uma ilha de Citera, o som doce de violinos, harpas e flautas ao luar nacarado, néctares e vinhos divinos, dionisíacos. Prazeres de Pan, sátiros e bacantes, numa Arcádia luxuriosa, lasciva. A imaginação da moça ia a mil ao ler aqueles textos extremamente corruptores, entremeados de metáforas sensuais, que a faziam suspirar languidamente, chegando a atrapalhar a construção das matérias. Ao ler o que Fred escrevia, saía do solo humano e andava em aléias divinas.

Mesmo aceitando que o homem tinha indubitavelmente um jeito milagroso para a escrita, apesar dos ensaios pernósticos que cometera um dia, sempre que podia, porém, enquanto durara o namoro, Lúcia desancava com ele, tentando destruir a magia de suas palavras, que sabia ser forte e perigosa de acordo com o critério intelectual das duas. Acentuava que Fred não era homem para Emília, escrevesse o que escrevesse, que só daria trabalho à amiga, que não soubera criar os filhos, que era um incompetente na vida prática, vivendo à margem da dura e cáustica realidade dos sobreviventes financeiros das grandes cidades — em outras palavras, não sabia fazer dinheiro —, tinha um carro que estava caindo aos pedaços, estava endividado junto a quatro financeiras, sem falar que era velho, VELHO, praticamente um IDOSO para ela, Emília, de fogosos e viçosos 30 anos, estando quase que no meio da pouco sedutora travessia da crise masculina dos 50 anos.

Aquela crise que torna o homem insuportavelmente frágil, cheio de não-me-toques, vivendo um momento de extrema sensibilidade, já que os varões-machões, ao atravessarem a porteira dos 50, se sentem entre a maturidade e a velhice, querendo namorar mocinhas mais jovens, de carne ainda fresca, para aproveitarem os últimos jorros abundantes de esperma, por temerem os dias estéreis de sexagenários ou de septuagenários, nos quais visualizam o pesadelo de um irritante arrastar de chinelos no pé, tossindo ou escarrando um enfisema incurável, aterrorizados pelo fantasma do câncer de próstata ou de um urinol cheio de nódoas a olhá-los por debaixo da cama.

Esta era a horripilante visão de Lúcia, é claro, já que Fred, apesar de hipocondríaco e dado a achaques meramente imaginários ou de fundo psicossomático, desde enxaquecas a frieiras, formigamentos, extra-sístoles, acidez de estômago, tonteiras e desmaios a dores de colunas, com seu ar de eterno rebelde ou marginal da sociedade afluente, hippie contumaz de uma revolucionária Berkeley que se tornara mítica na década de 60, ou de um Foucault balançador de vetustas cadeiras de uma Sorbonne subvertedora e utópica, tinha toda a aparência e essência de quem nunca usaria chinelos e muito menos os arrastaria por assoalhos sintecados, encerados diligentemente pelas coloniais empregadas brasileiras, ou por corredores e salões almofadados por carpetes novos ou mesmo carcomidos pelo tempo de uso. O grisalho namorado de Emília gostava muito ainda de sua maconha e de ficar doido com suas tragadas e talagadas conjuntas de fumaça, álcool e poesia. Se um dia se visse enquadrado em quaisquer sintomas de uma velhice estéril e decadente, muito antes cortaria os pulsos, tal o horror que tinha pela improdutividade e por laços de dependência em relação ao próximo, fosse mulher, amigos ou filhos. Mas Lúcia era assim mesmo, ácida com os homens. Não os perdoava em nada. E gostava de deixar claro, claríssimo, aliás, sempre que tinha alguma oportunidade ou mesmo sem ter oportunidade alguma, o quanto aquela relação era destrutiva para Emília.

Até ganhar mais do que Fred-sempre-de-jeans-e-lacoste-de-camelô Emília ganhava, acentuava, lembrando que Emília, fosse qual fosse o parâmetro, não ganhava tão bem assim. E, para piorar, houve o dia em que as duas deram de cara com uma barata a enegrecer as lajotas brancas da cozinha, e convocaram o homem da casa, pedindo solícitas que a matasse e, lá de dentro da sala, ele avisou-as que não ia matar nada, fosse coisa inanimada, inseto ou ser humano, enfim, não arredaria o pé de onde estava, tendo dado a entender, a *sotto voce*, uma *sotto voce* ligeiramente envergonhada, que tinha horror a barata. Medo. Pavor. Esmigalhar uma barata, ver ela pôr para fora aquela nojenta gosma branca, nem pensar. Seus olhos turvavam-se e o corpo amolecia, aprontando-se para uma repentina e estrondosa queda no chão, assim como acontecera ao estudar na faculdade de Medicina, que obviamente tivera que abandonar entre o terceiro e o quarto ano já que não podia ver sangue, corpos cortados por bisturi, afogados em institutos de medicina legal com língua inchada e para fora e outros horrores. Imediatamente se sentia tonto, pronto a vomitar ou desfalecer, sem falar em outros vexames, como pálpebras a tremer, respiração a faltar e a terrível sensação de ter o peito chocalhado por violentas taquicardias, que eram motivo de chacota entre os colegas de corações mais empedernidos e mentes menos imaginativas.

Ah, a barata. A mísera e arqueológica barata. Foi aí que Lúcia se fez, cresceu, avolumou-se, ocupando com seu corpanzil e sua ironia mordaz todo o espaço da cozinha e sentenciando, em seguida, sem dó nem piedade:

— Sinceramente, Emília, você está perdida, completamente perdida... Este homem não serve para nada, nem mesmo para matar uma barata.

A propaganda negativa foi tão grande, sonora e berrante, enquanto o tumultuado namoro durou — afinal de contas, Lúcia era gerente de marketing, sabendo destruir um produto comercial com pouquíssimas palavras ou gestos, ou, ao contrário, empurrá-lo para o consumidor apenas com uma bem posta observação bem-humorada, não tendo nunca a necessidade de ser explícita nas críticas ou elogios —, que conseguiu, efetivamente, com suas intercaladas e intermitentes frases dinamitadoras cotidianas, explodir por completo a relação do recém-formado, mas apaixonado casal.

Fred não era um homem fácil. Muito pelo contrário, era dificílimo, com um gênio de cão, ou de escritor que se avizinhava da genialidade, dado a rompantes e ataques histéricos tão femininos em sua agudeza que entonteceriam e estremeceriam os alicerces de qualquer uma das mulheres que pisam temporariamente, sustentadas por seus calcanhares de Pentasiléia, finos ou grossos, o chão deste planeta redondo e azul, por mais fortes e de pedra que fossem. Sobretudo Emília, totalmente desabituada a gritos, descontroles, espasmos, rilhar de dentes, inesperadas e assustadoras babugens verdes de cachorro raivoso. Seu pai e seus irmãos eram homens de voz mansa, calmíssimos, carinhosos, homens que nunca, nunca gritavam, de ótimo índole. E como eram horríveis para os delicados tímpanos de Emília, a cabeça fantasiosa e a memória noturna — quando enfim chegava em casa e se recolhia sozinha ao leito, tentando esmagar os gritos com sonhos efusivamente coloridos — aqueles acessos histéricos de Fred. A mania que tinha de perder facilmente a cabeça e dar murros na parede, agindo como se estivesse possuído por um preto velho de candomblé quando ficava furioso com os filhos ou aborrecido com algum acontecimento desagradável ocorrido no trabalho (o que naquela ocasião não era raro acontecer, pois Fred se chateava com quase tudo que acontecia no trabalho, de saco cheio que estava de redações e de fechamentos que entravam pela noite sem hora para acabar. Queria um emprego mais calmo, menos extenuante, o que só conseguiria bem mais tarde, mas, felizmente, não tarde demais. Tinha esse direito).

Ele a assustava, enfim, com aquele temperamento mais do que temperamental, muitas vezes sombriamente irracional, e, apesar de as duas admirarem a sua capacidade criativa inquestionável, tamanha era a sua disciplina como escritor e o seu espantoso pendor literário — além da dedicação quase que sacerdotal à arte das palavras —, Lúcia fazia a festa, acentuando ainda mais os lados negativos do

O SÉTIMO MÊS

namorado da amiga, que a partir de suas descrições antagônicas acabava por virar um abutre, um vampiro, uma sexta-feira 13 ou noite de terror, daquelas bem tétricas, fabricadas pela Hammer (Fred, aliás, adorava histórias de Drácula e de ver homens com dentes pontiagudos beberem o sangue de ninfetas pálidas).

Nem mesmo o sexo delicioso e selvagem que escorria como seda, almíscar, ou líquen precioso entre os dois — e que possibilitou a Emília a descobertas de inimaginadas vertigens, vôos arfantes a édens insuspeitados, quedas em abismos avassaladores, no fundo dos quais jardins de nenúfares nacaravam com asas de borboleta lagos de mel, extenuantes mas infinitamente prazerosas novas escaladas iluminadas pelo prazer a píncaros de fogo, no ventre da noite —, nem mesmo o delírio dos corpos tão irmanados e uníssonos na fantasia de novos gozos era capaz de impedir que Emília ficasse com minhocas na cabeça, após Lúcia dissecar maldosamente a personalidade de Fred, fazendo questão de mostrar à amiga que ela estava a embarcar numa canoa furadíssima, cheia de enormes bocas de buracos, ou seja, uma canoa inundada de água até a borda, a ponto de soçobrar com o baque deletério de Titanic. No meio de uma madrugada gelada.

Tanto Lúcia fez e falou, aliás, batendo sempre nas mesmas teclas desafinadas, que chegou o momento em que Emília decidiu deixar Fred em definitivo. O sexo era importante, sem dúvida alguma, mas a vida vai além das bordas do sexo. E ela poderia, até talvez deveria, cortar o que já estava a se transformar em vício, transvestido de virtude, prazer, troca, entrega. Lúcia ganhara a parada, enfim. Foi quando Emília soube, no entanto, que Dorinha, a filha de Fred, estava grávida do Espírito Santo. A gravidez da garota, a imprevidência, o contar com o pai até a medula, como se fosse o pai do feto que trazia no ventre e não o avô, a deixou doente de inveja, com dores dilacerantes no útero virgem. Louca para ficar grávida também. O estado de apatetamento no qual ficou devido à enxurrada de sentimentos tumultuados que caiu sobre ela como um raio ao saber da barriga de Dorinha foi tão incompreensivelmente angustiante, revolvendo-lhe o cérebro e as entranhas, que, resolutamente, resolveu deixar aquela família louca para sempre (como se a dela não fosse, é claro, mais louca ainda).

Só que semanas depois da separação, quando o Natal já havia passado e o Ano-Novo também e janeiro chegara sem Fred à vista nem os chocantes seis meses para sete de Dorinha, Emília se descobriria grávida, gravidérrima, gravidíssima. Não contou nada para Fred — não, não o veria nunca mais, havia decidido — tendo mantido segredo total quanto à prenhez imprevista, que a princípio chegou a suspeitar que fosse uma doença grave, uma tuberculose, uma leucemia, tão mal se sentia. Tirou chapas do pulmão, no Hospital de Ipanema, a conselho do pai, sempre preocupado com o estado pulmonar de sua filha fumante inveterada, e lá veio a aterrorizante resposta dos imberbes plantonistas: GRÁVIDA! Tinha total consciência de que se o ex-namorado soubesse que ela também estava a esperar um filho, ele, que amava gravidezes, plenitudes e redondezas femininas, sabe-se lá por quê — sim, adorava ser pai mesmo não sendo como pai uma grande coisa –, viria correndo beijar-lhe os pés, cujo fino desenho tanto admirava, enfiaria a língua entre os dedos e dedões dela — dedos esses que começavam timidamente a inchar –, aquela língua serpentina, ofídia, bífida, e depois lamberia a perna, subindo, subindo pelas coxas até chegar ao úmido topo da virilha, aos grandes lábios, e a faria, como sempre fazia, desfalecer de prazer, perdendo o tino, a razão, a vontade de se manter à distância. Não, não diria nada, porque não queria, naquele momento tão especial de sua vida de mulher que nunca pensara em filhos e em nascimentos, ele ao lado dela com sua histeria, seu nervosismo, sua tensão permanente, sua habilidade vertiginosa sempre presente para escrever e tocar almas e corpos femininos, fazê-los gozar, na ponta dos dedos ágeis ou na ponta da língua sábia. Não queria ninguém do lado, aliás. Homem algum. E com certeza não queria Fred e seus gritos de escorpião ferido, enquanto o bebê crescia em seu ventre de primiparidosa.

    Só Lúcia. E o irmão Otto, que repentinamente deu de aparecer no apartamento das duas, vindo de Curitiba, por estar se desentendendo com a terceira esposa, uma paranaense inteligente e demoniacamente bela, de longos e cascateantes cabelos ruivos e olhos irisados de verde, como os de um peixe frio. Sorrateira e maníaca como uma fera de tenebrosas e escuras selvas, infiel felina sempre pronta a dar o bote em seu incauto-e-abobado-pela-paixão homem da ocasião. Na realidade, tratava-se de um dragão-mulher intelectualizado, de alvas saias de linho ou de alpaca, charmosos óculos de gatinha, metida a besta em seus saltos-agulha, seu leve batom rosa-chá, o rosto branco de diva empalidecida, a pôr, por quaisquer motivos, fogo pelas ventas. Sim, foi assim que transcorreu a gravidez de Emília. Com Lúcia e Otto, quando este ocasionalmente estava no Rio, em mais uma das fugas de sua jaula amorosa, cercando a amiga e irmã de cuidados, dando-lhe força quando passava mal, incentivando-a a ter o filho, apesar da solterice e das náuseas. Náuseas abissais, que sempre terminavam em vômitos sucessivos, espasmódicos, marítimos, que durante quatro meses a lançaram na cama, a roer o travesseiro e a babá-lo, deixando-a praticamente fora de combate, sem condições de tomar café, fumar, e totalmente inapta para trabalhar, pensar, entrevistar, escrever, apurar. E o pior é que estava num trabalho novo, tendo passado pelo processo de uma contratação recentíssima. Havia decidido sair da *Folha do Rio* para deixar de ter de encontrar Fred todos os dias, no mesmo espaço de labuta criativa, no exato momento em que tomara a decisão de que o melhor era se separar dele, deixando-o a gritar seu desespero ôntico no vazio, a fazer cenas no oco de seu próprio espelho. Ou apenas a enlouquecer os próprios filhos, devorando-os pelas beiradas da auto-estima como um Cronos perverso e onipotente sem um Zeus para enfrentá-lo. Ela não, violão. Estava fora, para sempre, daquelas tempestades, daquela chuva de granizo cortante, daquelas afiadas sensações de homem-criança que mamou no seio mau, as maltratadas chagas abertas ao longo dos múltiplos e malsucedidos casamentos. Também não queria mais ver Dorinha e sua intrepidez adolescente, seu ar de sonsa Virgem Maria quando se falava no pai da criança que trazia no ventre.

Só que não podia imaginar que aconteceria o que aconteceu quando mudou de emprego. Exatamente quando tomara coragem para se distanciar de Fred, abandonar aquela maravilhosa e esperta língua bífida, o pau do tamanho certo, feito na medida para sua vulva, capaz de lhe conceder profundos e infindáveis orgasmos vaginais, muito mais extensos e infindos do que os fáceis, meramente clitóricos que ela se concedia com seus dedos vorazes em noites de solidão, recebera aquela informação desnorteadora: estava grávida. Se o novo empregador soubesse, não teria se esforçado tanto em contratá-la. Mas era tarde para ele voltar atrás, ela já assinara o contrato. Não o enganara, porque enganara-se a si mesma. Queria se manter distante de Fred, e trazia sua semente nas entranhas. Mas fosse qual fosse a situação — e o desespero —, se manteria distante do sátiro letrado. Por isso é que ele não tivera a mínima oportunidade de saber da gravidez, não suspeitando nem de leve de mais esta responsabilidade que recaía sobre seus magros ombros, já que ela, após o pipocar das luzes da entrada de ano, já se encontrava numa outra redação, num outro mar, num outro navio, numa outra fronteira, porto ou terra à vista.

Ao deixá-lo, fora bem clara. Havia-o proibido terminantemente de telefonar e, peremptoriamente, de vê-la, procurá-la na saída do novo trabalho, tentar qualquer contato, tendo dito ao ex-namorado que os gritos e esgares de louco ainda reboavam em sua cabeça, aqueles berros perfunctórios capazes de quebrar cristais que ele cos-

O SÉTIMO MÊS

tumava dar em casa, fazendo com que os filhos adolescentes, tomados pelo terror, sem mãe que os defendesse do ogro criativo, se escondessem atrás de portas ou dentro dos armários. Nunca gritara diretamente com ela, é bem verdade, mas o que ouvira e assistira fora suficiente para saber que um dia, futuramente, e não seria num futuro muito distante, aquele grito, aquela fúria insana, ao se fazer mais íntima, mais à vontade, desavergonhada pelo hábito, se viraria contra ela como um bicho-papão de pesadelo infantil, uma hidra de sete cabeças, um crocodilo esfomeado. E o réptil abriria a sua tremenda bocarra esverdeada, cheia de algas e dentes pontiagudos, à cata de carne jovem e de sangue, e a comeria viva. Vivinha e consciente. Não, não mais queria ver o genioso e genial Frederico Caldeira Neves nem pintado de bolinhas cor de rosa. Nem ele nem sua filha, a moreníssima, ciganamente sinuosa e esperta Dorinha, com seu filho no ventre enviado pelos céus. Colada ao seu rosto trigueiro, Dorinha carregava a máscara da beleza de uma voraz e visceral Sarah Bernhardt. E é claro que Emília tinha inveja e ciúmes de sua juventude marcada por uma estranha, atávica, telúrica maturidade. Dorinha não tinha 17 anos, tinha mil anos, a bruxinha.

E assim a barriga de Emília foi crescendo, crescendo, crescendo, numa imensa solidão. Sentia-se forte, corajosa, plena como nunca estivera, e ao mesmo tempo apavorada, a romper-se por dentro, como se sua alma estivesse sendo dividida ao meio. Resolveu escrever um diário para a criança que viria, e que certamente seria uma mulher. A certeza era tão clara, claríssima, que foi este o nome escolhido para a filha. Clara, Clara de ovo, Clarissa. Pois no meio do turbilhão de emoções no qual se encontrava, achava que só poderia entender ou ajudar uma menina a crescer. Nunca compreendera os homens. Mesmo já amando loucamente o ser que estava por vir, sonhando com ele, escrevendo poemas, um dia, entre os vômitos e as náuseas, as vertigens e as tonteiras, as estrelinhas que via com o estômago a dar voltas, chegou a pensar na hipótese de — horror, horror — desistir de Clara, sua alvorada, sua aurora. Mas Otto veio, Otto, o salvador, veio de Curitiba, inesperadamente, mais uma vez, para passar uma boa temporada com elas, no apartamento do Leblon — havia um quarto extra que carinhosamente já deixavam preparado para ele, com lençóis limpos, fronha branquinha e perfumada, travesseiro fofinho —, e disse que nem pensar, nem pensar, ela tinha que ter aquela criança, estava com 35 anos, o relógio biológico já tinha soado... sim, era a hora. E ela resolveu ter, até porque há muito tinha resolvido ter, nunca que a história de tirar a criança fora por uma fração de segundo verdadeira. Nem segundo nem minuto. A dúvida causada pela náusea nauseabunda que parecia nunca a abandonar era apenas uma dúvida passageira, momentânea. Medo de deixar de ser ela mesma. Ter que se dividir. Doar-se. Mas passaria, passaria, ela bem o sabia. E passou. Queria Clara, ah, como queria Clara. Uma mulher à qual pudesse ensinar a ser forte como um homem. E ao mesmo tempo femininamente mulher, em cada fio de cabelo, cada unha, pensamento. Sedutoramente mulher, precisando de um macho, em noites de luar ou de aguaceiro. Linda, inteligente. Mas uma mulher porreta, com vontade de revolucionar o seu mundo e o mundo dos homens. Um pouquinho, fazia a concessão, como Dorinha. A falsa doidivanas.

E o tempo foi passando, arrastado e ao mesmo tempo célere. Era bom ter Lúcia do lado. Era ótimo, aliás, ter Lúcia por perto. Amava Lúcia desde que a vira sentada num dos degraus da faculdade, a ler um livro, como se estivesse a se esconder do mundo dentro das folhas cheias de signos. Aproximara-se, falara qualquer coisa, e Lúcia nem levantara os olhos das páginas que devorava intensamente. Depois de muito tempo, mugira qualquer coisa, que se afastasse, que fosse embora. Desse o fora. Queria paz. Mas parecia uma ursa em sua caverna. Uma ursa que poderia atacar quem se aproximasse dela e de seu filhote querido, o livro aberto no colo. Mas Emília não ligou para o jeito ursa de ser da colega, aproximou-se corajosamente, manteve-se ao seu lado por minutos sem fim, horas, forçou a barra. E de repente começou a falar pelos cotovelos, uma enxurrada de palavras lhe saiu boca afora, mesmo sem saber se estava sendo ouvida ou não, já que a outra não levantara os olhos do livro.

Contou-lhe algumas de suas várias aventuras, falou das viagens que fizera ao redor do mundo, das histórias mirabolantes vividas pelos irmãos, pelas irmãs, pelas amigas, falou de homens e de mulheres que conhecia bem ou parcamente, louca que era por contar histórias. Falou do pai, da mãe, e de livros, muitos livros, pois era fácil para ela falar de livros, o objeto de desejo daquela mulher-ursa, contou-lhe, sempre sem saber se estava sendo ouvida ou não, que lera desde os 10 anos rios de livros, montanhas de livros. Várias bibliotecas de Alexandria. Pois também gostava de se esconder atrás do imaginário dos outros, amava voar nas palavras. E o animal selvagem se tornou um gatinho, um gatinho de unhas afiadas, mas um gatinho. Só para Emília. Um gatinho de olhos castanho-esverdeados, por detrás dos óculos pesados de aros negros, lentes grossíssimas. Óculos emblemáticos de intelectual. Pois Lúcia era assim, a intelectual, a feminista, a raivosa, a ardorosa fã da lendária queima de sutiãs e de Glória Steinem, tendo devorado "A mulher eunuco", ou "A mística feminina" de Fridman. Uma ursa com os cabelos cheios, hirsutos, fora de ordem, olhar de fera, perfurador. Um Einstein feminino, estrondosamente inteligente. Seu cérebro era uma máquina azeitada, resplandecente. Como Emília intuíra e viria a constatar rapidamente, numa convivência que se faria diária. E tão rica.

Como Lúcia debocharia de Emília, futuramente, por tirar dez, nove, no mínimo oito, por se preocupar tanto com as notas. Dizia que a faculdade era uma porcaria, que ninguém ensinava naquelas salas e corredores letárgicos, pós-ditadura, nada que prestasse. E tinha razão. Como tinha razão. Naqueles anos de chumbo, chumbo do qual estavam distantes mas nem tanto quanto pensavam, os bons professores de História ou estavam mortos, ou estavam no exílio. Se é que não estavam no Araguaia, na Serra de Caparaó, ou sendo torturados nos porões do quartel da Barão de Mesquista — aqueles porões sórdidos que haviam substituído o supermercadinho barateiro dos militares, no qual a mãe de Emília costumava fazer compras com a carteira emprestada por Solange Kruel e que de repente sumira do mapa, virara uma construção voltada para dentro do quartel, sem janelas. Ou então os professores, os professores dos quais elas tanto precisavam, estariam em algum sinistro armazém ou casa clandestina, onde os sicários da ditadura enfiavam-lhes fios elétricos em cus, nos paus, em volta dos seios ou dentro das vaginas, vestidos prosaicamente à paisana. O que sobrara da Uerj, naqueles tempos, eram uns homens e mulheres mal-assombrados, sem alma, sem espírito de luta, uma corja docente anódina. Que dava aulas monótonas, monocórdias, insuportáveis. Aulas de fazer boi dormir, vacas, galinhas, galos, cabras, carneiros, porcos, toda uma *animal farm* de estudantes e "estudantas" loucos por revolução, pensamento crítico, viradas de mesa, obrigados a ouvirem um professor embolorado, desfibrado diante da mortal realidade, embotada por Copas do mundo, covardemente a ler um infindável e insosso Tácito ou César na Gália.

Mas não tinha jeito, Emília era viciada em dez, em nove, desde as luvas de guarda da bandeira que usara toda orgulhosa no primário, deixando os pais de peito empinado nas solenidades de encerramento do ano escolar. Lia os livros indicados pelos mortos-vivos, aqueles letárgicos homens e mulheres de sangue de barata, avessos à razão crítica, e depois escrevia tratados, duas ou três folhas de papel almaço, cansando qualquer desleixado ou desatento membro do fantasmagórico e sobrevivente corpo docente-decadente com sua prosa prolixa, sua correnteza desordenada e hemorrágica de palavras, de entontecer qualquer um. E lá vinha o dez, sempre vinha o dez, o nove. No mínimo um oito, ou 8,5, pelo cansaço do energúmeno professor, vencido por sua verve descontrolada. Enquanto Lúcia, concisa, furibunda, no máximo tirava, por sua vez, um sete, não se esforçando em nada para agradar àquelas bestas amorfas, que odiava. Dizia, aliás, que todos aqueles professores deveriam estar mortos, ser postos contra um paredão e fuzilados. E depois ser envolvidos na mortalha na qual viviam e jogados no rio Guandu, mendigos do espírito que eram, saudosos de Lacerda. Pois a história que ensinavam era lixo puro. Não reciclado. Fedentina. Comua, cubata.

Um dia, tomada pela raiva, sem mais querer perder tempo com lições que só desensinavam a pensar, Lúcia foi-se embora do país e deixou Emília sozinha, a ver velas nebulosas de navios naquela cidade-fantasma que era a faculdade, com seus mestres verdoengos como lêmures, enterrados vivos. Foi para os Estados Unidos, estudar História perto dos grandes lagos. E voltou somente cinco anos depois. Contando coisas fantásticas, de deixar Emília pasma, com água na boca e ao mesmo tempo também raivosa, traída, roubada. Nos EUA, Lúcia encontrou arquivos com verdadeiras preciosidades brasileiras, compradas a preço vil, como documentos originais que contavam toda a história da Santa Casa da Misericórdia da Bahia. Nosso passado. Nossos tempos obscuros de colônia escravocrata. Lá, ela teve condições de recriar demograficamente todo um período do domínio dos Braganças no Brasil, com suas mazelas, doenças, nascimentos, mortes, abortos, patrimônios, testamentos, esperanças, cobiças. Lá estudara o que se propusera estudar e trabalhara, atendendo a estrangeiros como ela, ensinando-lhes a dar os primeiros passos naqueles arquivos sem fim, confiscados do mundo em desenvolvimento. Arquivos que permitiam aos brasilianistas elaborarem suas sofisticadas teses, até mesmo escreverem sobre a ditadura brasileira, como um Skidmore.

Arquivos para ingleses ou americanos verem e se deliciarem. Arquivos sobre as sanguinolentas veias latinas.

Um ano depois ou um pouquinho mais, quando já haviam se reencontrado inúmeras vezes e constatado que continuavam as mesmas, pelo menos no tocante à amizade das duas, ao amor, com a intimidade sendo facilmente retomada, tamanha era a eletricidade mental que faiscava entre as duas, Lúcia fora morar com Emília. Como ficaram felizes de finalmente terem condições financeiras de realizar o velho sonho, serem donas de um orçamento conjunto largo o suficiente para dividirem uma casa. Quanto retornou dos EUA, Lúcia encontrara Emília aos pedaços — tinha vivido um namoro destruidor com um macho predador, que gostava de quebrar a espinha dorsal e emocional das mulheres, principalmente das que se consideravam independentes, libertas das rédeas e dos freios egotistas masculinos — e colou os pedaços. A ajuda foi mútua, aliás. Pois Emília, devagarinho, devagarinho, na medida em que tinha o ego esfacelado reconstruído pelo carinho paciente da amiga, a auto-estima recuperada, soldada, a partir de gostosas conversas reparadoras de chagas e feridas abertas pelo sexo e pelo falso descaso — o macho predador um dia viria a se tornar um cordeirinho, mas era tarde demais —, as espetadelas à Rose Marie Muraro, ajudou Lúcia, por sua vez, a perder o medo fóbico do Rio, já que chegara dos grandes lagos de Minnesota correndo da própria sombra, tantas eram as narrativas que ouvira, lera ou lhe haviam sido contadas por parentes e amigos em cartas ou telefonemas sobre brutalizantes e aterrorizadoras violências no Rio, roubos em sinal, meninos sem dó nem mercê com cacos de vidro e giletes na mão, assaltos à mão armada, estupros, mortes provocadas por ladrões que tinham o gozoso prazer de matar apenas por matar, já tendo se apropriado do butim de TVs, celulares, vídeos, sons, ou da montanha de cédulas de dólares necessária para viverem à larga por meses ou anos a fio. Ladrões encharcados de cocaína, álcool e ressentimento social, consciente ou inconsciente, que distribuíam tiros a torto e a direito, arrancando testículos e cabeças, ferindo bicos de seio com cigarros ou arrancando-os com navalhas afiadas. A violência dos quartéis deixara como filhote monstruoso a violência nas ruas. A tortura. A cidade parecia ter sido atacada por um enxame de abelhas assassinas carniceiras, sem falar na dengue, na sujeira, no descaso e na impotência das autoridades, no ridículo dos prefeitos e governadores comprados por traficantes brasileiros ou mafiosos, e com isso Lúcia não conseguia atravessar o umbral do quarto de solteira da casa da mãe, totalmente paralisada por sua imaginação mórbida, mas também realista. Foi por insistência de Emília, após visitas e mais visitas em que aquele ataque de agarofobia era totalmente respeitado, que um dia Lúcia deixou o quarto e chegou à sala. Meses depois, sempre com o incentivo de Emília, aceitou ir ao bar da esquina, tomar um chope. Depois, foi a um cinema à noite. E um dia, para espanto total da mãe, do pai, e da própria Emília, após quase um ano de recolhimento, saiu à rua à caça de um emprego. Não foi difícil consegui-lo numa grande e estável empresa (em terra de cegos quem tem um olho é rei). Só achou ridículo ter que passar por um exame de urina, para provar que não estava grávida. Mas o fez, já que precisava de um salário para ajudar aos pais e foi somente depois, bem depois, quando todos os seus terrores e fobias já se encontravam amainados pelo cotidiano e pela rotina, que dera o verdadeiro salto para fora, aceitando ir morar com a amiga que tanto gostava. Deixar a segurança infantil da casa dos pais, onde por quase 12 meses quase que voltara à posição fetal, após ter enfrentado na direção de um velho Mustang tempestades de neve. Ter namorado árabes e marroquinos, e ter se imposto como funcionária, promoter e pesquisadora competente numa faculdade onde brasileiros e brasileiras eram um zero à esquerda.

E como foram felizes juntas, terrivelmente felizes, aparadas algumas arestas iniciais, umas pequenas diferenças, sem a mínima importância, até o advento de Fred Caldeira, o escritor, o ensaísta, o maligno criador, amante de ossos, carcaças, fidalgas, mosteiros, escarpas e rainhas mortas.

Fred quase que conseguiu realmente balançar o coreto das duas, com suas mãos sábias, sua língua e seu pênis ágeis o suficiente para fazer Emília esquecer, nas noites em que dormiam juntos, os gritos diurnos. Se não fosse a campanha feita por Lúcia contra Fred, campanha da qual viria a participar Otto, nos dias em que se encontrava no Rio, já que o irmão de Emília também achava o jornalista sem eira nem beira uma total perda de tempo para a irmã, provavelmente os dedos astutos, bordelescos, o membro de tamanho justo só para o prazer e a língua caprichosa de Fred teriam vencido a resistência de Emília ao grito. Ou uivos daquela fera ferida pelas traições do destino, pelos casamentos desastrosos e outros desatinos, como um encharcado e malsão alcoolismo que voluntariamente abandonara para não ter que cair nos AAs da vida. Era como se o relacionamento sexual dos dois reproduzisse a perversão de um *Porteiro da noite*. Os orgasmos e as palpitações crepusculares ou noturnas, abissais, a silenciarem os horrores e estranhamentos matutinos ou diurnos.

Só que Lúcia e Otto juntos eram uma dose forte demais para Emília. Aliados, funcionavam como dois tratores da discórdia, pedregulhos em vez de pomos de Heris, com suas observações maldosas e corretas, profundamente corretas, caindo como azeite quente nos ouvidos de Emília, pasmando-a totalmente. Aos poucos, eles fizeram da relação da irmã com o namorado tábula rasa, ao armarem uma sólida frente maciça de oposição. E para alívio dos dois, a Greta Garbo que corria o risco de acabar no Irajá, finalmente deixou Fred, o pervertido, hábil, experiente aliciador de maiores de 30 anos, carentes de sexo e fortes emoções. O freqüentador da Boceta de Ouro e Boceta de Prata, conhecedor dos buracos femininos e exigências calipígias, expert no bom, telúrico, natural e orgiástico gozo, perdia sua musa cheia de fé em unicórnios e futuros. E até mesmo parou de gritar, chegou a chorar, com as lágrimas quentes descendo por seu rosto torturado por pedras na vesícula, descrenças e marcas do passado, enquanto estiveram afastados. Sim, ele sentia uma falta danada de Emília, seu sorriso claro e franco, seu corpo generoso e curvilíneo, parceiro de imaginosas e extáticas noitadas. E até mesmo da alma emiliana sentia falta. A alma cuja luz cintilava nos olhos dela e que ficava mortiça quando gozava, estertorando de prazer e quase morrendo em seus braços. Ele queria aquela morte de novo no abraço dele, mas Emília não cedeu. Com a ajuda de Otto e de Lúcia, não cedeu. Manteve-se firmemente só e distante, a custa de muito lamber os próprios dedos, roçar na própria carne, acariciar com toques enlouquecidos e enlouquecedores os próprios seios, os mamilos, os lábios vaginais.

E a barriga cresceu, cresceu, empinou. Sem que Lúcia prestasse atenção. Olhava para Emília sem ver a barriga em permanente estado de crescimento, volumosa, imensa. Tão cerebrais eram as duas. Não enxergavam realidades mesmo que estas brilhassem na ponta de seus narizes. Só falavam de livros, poesia, escritos, manuscritos, diários, filmes, descobertas científicas e arqueológicas, novos planetas, múmias. Peças de teatro, museus, exposições. Foram a Ouro Preto, escreveram poemas em guardanapos de papel ou de pano, impregnados de boa cachaça, tapioca quentinha, bolinhos de fubá. Foram à Bahia, tomaram sorvete na Ribeira, visitaram uma casa de umbanda, no topo de uma ladeira, onde Lúcia foi atacada por uma pombagira, uma filha de Exu ou de Xangô que veio para cima dela com sua sanguinolenta machadinha vermelha, e saiu corrida, arfante, para o meio da rua íngreme de paralelepípedos luzidios, iluminada por uma hipnótica lua branca, fazendo com que Emília corresse atrás, rindo de doer o ventre, cortá-lo ao meio. Também foi na Bahia que visitaram com João José Reis, especialista na revolta dos malês, o Olodum, a rua das rainhas africanas, dos negros retintos, de pele azul, belos de morrer, corações de guerreiros orgulhosos, a tocarem atabaque, tamborim, tambor, subversivos berimbaus da capoeira rebelde. E o som martelado, o ritmo alucinante, as fez girar, girar, soltar o corpo, romper a manhã mexidas internamente nas veias, nos nervos, o órgão dentro do peito batendo acelerado batidas de pajelança, do catimbó e do candomblé, lambuzadas de farinha de dendê, óleo e azeite de moqueca, limão de peixe cru.

No Rio, quantas vezes cozinharam juntas. E leram, leram, leram, comentaram obras enciclopédicas, poetas, escritores, contos, novelas, biografias inteligentes, informativas notas de rodapé. Juntas, foram até as estrelas, palmilharam a Via Láctea e voltaram. O céu era delas. Até que veio Glória com aquela perguntinha idiota, a ninfomaníaca Glória, que já havia transado com um time inteiro de futebol, uma orquestra inteira de metais, violas e violinos, com todos os *restauranteurs* de Ipanema e do Leblon, traficantes e cheiradores, e que não devia se meter na vida das duas, pois tinha mais onde meter sua colher de pau fogosa e fofoqueira e seu focinho guloso. Com o espanto naturalíssimo de Glória diante da bojudez quase que indecente de Emília, vaso de barro pronto a estourar para depositar na terra hospitaleira mais um milagre do grande oleiro, Lúcia realmente foi embora, naquela mesma noite. A noite em que percebera, finalmente, que Emília estava grávida de sete meses, caminhando célere para o oitavo mês.

Fez a trouxa, de madrugada, e de manhã cedinho, enquanto Emília ainda dormia — mesmo sem estar grávida já era uma exímia dorminhoca, bela adormecida capaz de esquecer o mundo por cem anos, embebida em sonhos fílmicos, coloridos, imaginem grávida — foi-se embora. Mala em punho, decisão rigidamente tomada. Ridiculamente,

O SÉTIMO MÊS

descobriria Emília lá pelo meio-dia, enquanto se preparava para ir para o jornal, Lúcia voltara mesmo para a casa dos pais, após três anos de distanciamento da estreita, obtusa e esmagadora família, que tanto lhe fazia mal. E foi regiamente recebida de volta, é óbvio. A mãe de Lúcia, dona Artemísia, não gostava nada de Emília. Costumava dizer que a amiga da filha não passava de uma loura sonsa, sempre às voltas com umbigadas com algum homem. Uma má influência para a puritana, quase que assexuada Lúcia, que só conseguira deixar de ser virgem em Minnesota, longe da megera castradora, e que ao voltar ao Brasil parecia ter readquirido um novo hímen numa daquelas operações de reconstituição de camisolas vaginais furadas por pênis pontiagudos e vorazes. Sim, somente nos EUA Lúcia conseguira ter algum prazer, seja na cama de um professor casado ou na de um de seus árabes extremamente carinhosos, que lhe deixariam como lembranças ursinhos peludos cor de melado e olhos doces, ou no leito de um estudante com barba por fazer, cabelos desgrenhados, tocador de violão, que carregava no peito um imenso H de Harvard por puro desfastio com os ícones americanos, já que nunca freqüentara a incensada e proibitivamente cara universidade dos futuros líderes de multinacionais. Nos EUA, os EUA assépticos, clean ou cool que tanto idolatrava, para horror de Emília, que amava as ruas estreitas e escuras de Florença e de Siena, a filha de dona Artemísia, supermãe de língua vigilante e ferina, descobrira o quanto poderia ser bom um abraço masculino. Um beijo, uma carícia noturna, um grito de prazer. Mas depois tentara esquecer, esforçando-se para se comportar novamente como uma sisuda e intelectual matrona, que queria os homens à distância. Quem precisava de sexo? Ou de carinhos torpes?

Naquele primeiro dia após a imprevidência de Glória no Luna Bar, a noite fora longa e dolorosa. Uma noite interminável, tenebrosa, que trouxe de volta medos infantis. O apartamento vazio gemera. Os canos enferrujados cantaram doidices. O vento uivara lamentos nas trevosas árvores da rua. Os batentes das janelas bateram cadenciadamente, dando nos nervos. E Emília suara frio, segurando a barriga apavorada, cantando baixinho para tranqüilizar a criança e a si mesma, com medo de ser atacada por algum monstro extraterrestre, ou pior, terrestre. Um homem das neves ou dos trópicos selvagens, pecadores. No dia seguinte, totalmente rendida, ligou para Fred. Na realidade, já havia ligado para ele há cerca de dois meses, às escondidas, sem que Lúcia soubesse. E de vez em quando conversava com o ex-namorado pelo telefone sobre os avanços da gravidez. Mas quando este afirmava que iria vê-la, pois queria tocar na barriga dela, sentir o bebê que lá crescia, ela dizia que não, afastando imediatamente o ventre proeminente daquela relação que fora tão desastrosa, ou seja, literalmente tirando o seu bojudo corpo fora da terna alça de mira de Fred. Temia a repentina volta dos gritos, os tímpanos estourados. Temia o encontro de Fred e de Lúcia. A barriga esticada e brilhante, lisinha, lisinha, a empinar-se lindamente como pipa ou balão de São João bem no meio dos dois, a amiga e o amante.

 Mas sem Lúcia em casa, apavorara. Medrara. E na noite seguinte lá estava Frederico, imenso, protetor, com sua farta cabeleira branca, que ela tanto admirava, pois parecia nata, prata, e disse muito masculamente que a fase de partenogênese acabara. Ele era o pai. E ficaria com ela até ela ter o filho. Calmo, em silêncio, tranqüilo, amigo, companheiro. E ficou. Assim, mesmo, calmo, tranqüilo, paciente, amoroso, cúmplice. Um outro Fred, a assistir com ela *Cantando na chuva*, os passos úmidos, saltitantes de Gene Kelly em falsas poças d'água. Ou um homônimo Astaire a dançar pelo teto, subir em mesas, valsar na lua. E foi bom paças tê-lo ao lado. Foi maravilhoso. Uma dádiva. Principalmente quando transou com Emília, transbordante de carinho, sem ligar a mínima para o barrigão. Mais macho do que nunca, bicho-homem, parceiro, e também mais poeta e escritor do que nunca, cheio de fértil e fertilizante imaginação. Só língua, pênis, dedos, cálidas e cuidadosas carícias. Paixão, compreensão.

    E por várias semanas, Emília não voltou a ver Lúcia. Ficara com raiva, ressentida. Fora abandonada, afinal de contas. Mas quando o bebê nasceu, já tendo Fred se mudado definitivamente para o apartamento que antes era das duas, Lúcia apareceu. Queria ser a madrinha. E foi. Emília não perdoara a fuga da amiga, sentia uma dorzinha no peito quando pensava que fora abandonada naquela difícil situação, um sétimo mês que se encaminhava para o oitavo. Mas no fundo sabia que o certo fora ter Fred ao lado. E que Lúcia instintivamente não errara, ao abrir espaço para a vinda do homem, o pai da criança. Por outro lado, apesar de manter no coração uma sensaçãozinha desagradável, má, de mágoa, rejeição, nunca brigaria com a amiga. Ou pelo menos assim achava. Pois dois anos depois, seu irmão Otto se separou em definitivo da ruiva medusa curitibana, que por tanto tempo o mantivera acorrentado em seus cabelos de cobra com suas artimanhas malévolas, como se ele fosse um Prometeu aprisionado à rocha do fim do mundo, com seu fígado sendo comido todos os dias por aquela devoradora de homens, com muita pimenta, azeite e sal. Saladinha de pênis e boceta, devorada com garfo, faca e colher pela monstra telúrica, má como Morgana. Mas Otto, oh, lucidez, finalmente dera seu grito de liberdade, pegara de volta o seu fogo, cicatrizara a ferida aberta no fígado pela abutra, ao longo de dez anos de muita dor, vassalagem e sofrimento. E mudou-se para São Paulo.

    E na beira do turvo Tietê, vendo corridas de cavalo, como vira na juventude no Jóquei da Lagoa, quis apagar o recente passado, o convívio com aquela *prima-dona* de *off-off-Broadway*, aficionada de Peter Handke e Georges Bataille, que fazia dele gato e sapato. Callas de voz rachada, sem Onassis. Quando a voz parecia ser cristalina, perfeita, vozinha de *cantabile* sereia, Otto caíra no engodo do rouxinol, que na verdade rosnava, não trinava. Amor é amor. Cega. Enquanto amamos os olhos ficam vendados para os defeitos do outro. Defeitos que se tornam virtudes. Mas Otto, felizmente, recebera novamente dos deuses — oh, dádiva! — a luz plena nos olhos e percebeu, sob a nitidez primal e solar, que sua *donna mobile* nem atriz de terceira era. E escafedeu-se da jaula amorosa. Lá não deixou nem as vértebras, muito menos o volumoso corpo de homenzarrão sensível, com mãos imensas, calorosas. Homem com a emoção clara exposta nas mãos firmes e brancas, de linhas simples, sem ramificações para compreender o incompreensível.

    Em São Paulo, Otto reencontraria Lúcia, que havia se apaixonado por ele doidamente, naqueles dias em que dividiram o apartamento, a idiossincrasia contra Fred, a bojuda gravidez de Emília. Sempre que Otto fugia de Curitiba, deixando de se envenenar pelas árias entoadas por sua grifa louca, que mais merecia estar dentro do saco de Rigoletto, deflorada pelo Duque de Mântua, tão desvairada era e despida da cândida beleza de Gilda, Lúcia ficava a ouvir madrugadas adentro as dores e lamúrias de amor do irmão de Emília, e se compadecia. O coração generoso ficava apertado dentro do peito. Nunca dissera nada, nem um ai, mas se apaixonara completamente por aquele homenzarrão ao mesmo tempo tão forte e tão frágil, tão sem defesas. E Otto o sabia. O jeito de olhá-lo. O jeito dela esperá-lo, sozinha, na sala, a ver filmes absolutamente sonolentos e sem graça, na TV, quando Emília há muito já dormira, acalentada pelo sonho da maternidade que se avizinhava, a visão mágica do bebê que estava por nascer. Ah, o jeito de Lúcia suspirar quando havia uma lua a pratear a pequena varanda do apartamento do Leblon. Emília nunca vira nem ouvira aquele arfar de peito, aquele som de flauta doída. E o jeito todo ouvidos de ser para as dores de cotovelo de Otto, para as histórias sem fim, as reclamações, as idas e vindas, os retornos, a ternura transbordante que sentia diante da miséria conjugal dele. Como o queria. Como queria estreitar contra seus seios maternais aquela cabeça de homem anjo, sofrido, com cabelos anelados. Mas se calou. Nunca um gesto. Nunca um dito. Ou não dito. Só o olhar sempre presente, complacente, compassivo. Imagine só ter algo com o irmão de Emília, a mãe a mataria. Mas quando se encontraram em São Paulo, Otto dizendo-se enfim liberto da curitibana, foi uma redenção. Ele a levou para comemorar a separação, num daqueles restaurantes italianos caríssimos, que ela tanto amava, e após terem se banhado nas águas das doces memórias dos tempos do apartamento do Leblon, lembrando os silêncios, os subentendidos, as entrelinhas, a se encharcarem de Valpolicella Bolla, ele notou o quanto ela estava mais bela, mais magra, mais desejável. O quanto a temporada em São Paulo, longe da mãe e de Emília — cuja licenciosidade e estímulo para que tivesse homens no fundo também a castrava —, a fizera bem. E CRAU, a agarrou. Primeiro a mão, depois o corpo inteiro. Com total firmeza e segurança, pois há tempos sabia que ela estava caidinha por ele. Desde o primeiro dia, sim, desde o primeiro dia, quando se encontraram na exposição da tia dele, e ele contara a ela a história do músico visionário, supersensível, que se incendiara como um bonzo, o músico húngaro que em Curitiba fora o melhor amigo dele. Naquela mesma noite ela não dormira já tomada de compaixão, não pelo músico suicida, mas por Otto. E este sentimento de compaixão perdurou para sempre, criando raízes e galhos dentro de seu coração, frutos e flores. Por isso não fora difícil, nada difícil, para Otto, conseguir agarrar aquela mulher sempre aparentemente tão fria, tão crítica, tão mordaz em relação aos homens. Não fora difícil seduzi-la, aquecê-la, fazê-la deixar o ortodoxo feminismo de lado e virar mulher, totalmente mulher.

 Naquela mesma noite da comemoração no restaurante italiano foram para a casa de Lúcia, em Sampa, e ficaram juntos. Não se largaram mais. Otto precisava de um apoio, uma âncora, e o amor inconsútil e incontinente de Lúcia era a melhor âncora que havia, por ser completo, sem nódoas, questionamentos. Quatro meses depois viriam para o Rio, para dar a feliz notícia a Emília. Na verdade, trouxeram na ponte aérea para a irmã e amiga – que agora já era mãe de um moreno meninão travesso, o pequenino Otto (nome em homenagem ao grande Otto), e que há muito esquecera que sonhara na gravidez com uma clara Clarissa – um pacote de notícias, com um imenso laço vermelho a enfeitar o magnífico presente da natureza concedido aos dois. Pois naqueles curtos quatro meses de convivência e de conjunção carnal nos quentinhos edredons paulistas de Lúcia, ela engravidara de Otto. Hosana, hosana!!! Uma surpresa e tanto para uma Emília que achava que a sua hisurta e braba ursa nunca teria outros filhotes além dos livros que carregava em bolsas e mochilas, ciumentamente.

Sim, Lúcia grávida era o máximo. Nirvana na terra. Um êxtase. Ainda mais de Otto, aquele irmão adorado, cúmplice. É claro que dona Artemísia não fora com os cornos de Otto de imediato, tendo faiscado de raiva e desapontamento ao saber das novidades. Um homem que acabara de sair de um longo casamento, o terceiro, e que ainda por cima já tinha uma filha do primeiro casamento, perdida no mundo, não prestava para sua querida, preciosa Lúcia, era óbvio, cristalino. Além de tantos envolvimentos com mulheres e casamentos malsucedidos constituírem um sinal vermelho, sinal de perigo, de possível mudança de rumo emocional no futuro, traição, infidelidade, abandono, sofrimento. Um volúvel, é o que tudo indicava. Mas Lúcia estava tão feliz, tão feliz, tão cheia de vida, com os olhos tão brilhantes, brilhantes como nunca haviam estado antes, que a preocupada mãe silenciou o medo, a premonição. Fez de conta que tudo daria certo e cruzou os dedos diante da imagem de Nossa Senhora de Fátima, esforçando-se frente à filha, a primogênita dela e de Artur, para esconder o receio, a miserável certeza de que tudo tendia a dar errado com aquele irmão pródigo da desvairada e depravada Emília, aquele irmão enorme, garboso, que surgira do nada – nunca antes fora apresentada a ele, desconhecendo por completo a existência de um irmão da amiga da filha, vivendo em Curitiba, tão alto, louro, bonitão, de uma elegância britânica, que chegava a ser exagerada para os padrões pequeno-burgueses da humilde e orgulhosa família de dona Artemísia e seu Artur. Um irmão que viera do nada e poderia a qualquer hora voltar para o nada. Não, não daria certo, não ia dar certo. Não era preciso ter bola de cristal para chegar a essa conclusão. Tanto que não deu. Coração de mãe não se engana.

Para horror de Emília e para um sub-reptício e maldoso prazer de dona Artemísia, que sempre soubera que aquele homem que se vestia como um manequim Armani, de fala mansa, olhos adulcorados, altura de um Atlas, de um esnobismo inglês à toda prova, com colete xadrez em pleno veranico carioca, no fundo, no fundo, devia ser uma boa bisca. Ela notara de cara que o rapaz vaidoso como um David Beckham ia fazer a filha despetalar fibra por fibra do coração, e lá estava, como já esperava, o monstruoso, enorme sofrimento, a espreitar a sua presa fragilizada e grávida. Uma ferida que crescia e agulhava o peito exposto de Lúcia à entrega e ao amor. Não se tratava de apenas uma agulha, mas de cem agulhas espetadas no peito da filha. E também uma espada medieval, sangrenta, toda enferrujada, enfiada de lado a lado do peito, deixando Lúcia esgazeada de pânico, arrebentada de dor.

Quanto mais a barriga da filha primogênita de dona Artemísia crescia, mais o tal do homem fino, elegante, antes tão calmo e doce, ficava esquisito, frio, distante, fechado em si mesmo, enrodilhado como serpente pronta a dar um bote. Em vez do companheirismo e do carinho tão necessários naquela hora em que a mulher se fazia tão pequena e vulnerável, com medo de ser atacada, perder a cria — mesmo sendo uma ursa braba, Lúcia não era uma exceção às demais fêmeas prenhas da natureza —, o rapaz estranhamente, a cada dia que passava, deixava transparecer um comportamento cada vez mais inamistoso, raivoso, quase psicótico, dando a entender mudamente que não queria mais ser o pai do filho que Lúcia carregava no ventre. Não deixava, por exemplo, a mulher arrumar o quarto de visitas de seu apartamento para a criança que estava por vir ao mundo, e não contribuía com um tostão para o enxoval. Nem mesmo para Lúcia se alimentar bem, a si e a seu humano fruto, mostrava-se generoso financeiramente. Ao contrário, era de uma imensa sovinice com relação à compra de alimentos para o lar, o que nunca fora. Pelo contrário, quem o conhecia sabia que sempre fora um perdulário, um mão aberta. E o pior é que afastara Lúcia do trabalho, dizendo que mulher que era mulher de verdade, ao engravidar do homem que amava, não trabalhava. E com isso ela largara o emprego no quarto mês de gravidez, emprego no qual era muito bem paga — deixara a casa dos pais novamente, após ter desertado a amiga, e viera para São Paulo exatamente por isso, para ganhar bem mais do que ganhava no Rio — e ficara a depender exclusivamente do bolso do irmão de Emília, que a cada dia que passava, a cada centímetro a mais de barriga em seu proeminente ventre, mais como alienígena se comportava. Parecendo estar a tomar uma verdadeira ojeriza pela nova companheira e sua barriga. Asco, mesmo.

Quando Lúcia chegou ao sétimo mês, repentinamente passou a ficar com a certeza de que Otto poderia a qualquer momento tentar matar a criança a pontapés, com suas atitudes cotidianas ficando praticamente esquizofrênicas. O olhar, antes distante, passara a ficar maldoso, mau até. De São Paulo, por telefone, Lúcia ligou para a Emília e disse o que estava ocorrendo, aos soluços. Emília ficou horrorizada, tomada de pavor pelo futuro da amiga e de seu bebê, pois o irmão, sempre tão solícito com as mulheres, educado, gentil, só podia estar surtado mesmo, pois que reações estranhas eram aquelas? Reações que nunca antes tivera. Aterrorizada com o que estava a ouvir, e sem poder agir ou reagir, não só porque se encontrava no

O SÉTIMO MÊS

Rio, mas também porque não poderia se intrometer numa relação que, ao mesmo tempo que era tão próxima dela, não era dela, Emília aconselhou a amiga a se afastar de Otto. Ou pelo menos temê-lo, realmente, pois não se parecia em mais nada com o homem que costumava ser, e ela conhecer, desde que saíra da adolescência e ousara se aproximar das mulheres carnalmente. Será que a paternidade, desta vez, fora capaz de enlouquecê-lo de vez? Já no caso da primeira filha, também tivera uma atitude estranha e abandonara a mulher, quando a filha, que sem dúvida alguma tanto amava, estava com apenas cinco meses. Separados, nem ele nem a primeira esposa criaram esta filha, aliás, tendo-a deixado com os avós paternos e maternos, num triste rodízio de abandono e desamor. E agora parecia estar com medo novamente de criar o filho de Lúcia. Horror, horror, horror. Seria possível dar tempo ao tempo? Esperar pela volta das reações normais, pelo fim do surto psicótico? Parecia mais uma mulher tendo surto de parto, só que era um homem...

No sétimo mês, redondos, Lúcia se negou a esperar pelo fim do surto. Loba a proteger sua cria, arrumou as malas e voltou para a casa da mãe, no Rio. Nunca Emília imaginara tal vingança. Nunca premeditara algo de tão tenebroso para a amiga. Mas lá estava o sétimo mês, exatamente o sétimo mês em que fora abandonada por Lúcia. E agora Lúcia se via obrigada a deixar a casa de Otto — a dela, em São Paulo, fora desmontada desde que deixara o emprego para provar a Otto que era uma mulher de verdade —, levando consigo seus pertences, seus trecos, suas valises, suas plantas, edredons e a sólida bagagem que trazia na barriga. Estava disposta a impedir de tudo que é modo que o ódio louco de Otto se virasse contra o bebê. Só que quando o abandonara ainda estava pensando em voltar, e posteriormente se veria abandonada para sempre. De uma forma extremamente doída, solitária, assustadora. Seria uma mãe solteira, o que nunca quisera ser, nem com todo o seu feminismo radical, seu amor às sufragistas e às mulheres que subvertiam o mundo dos homens. Pois sabia que seria alvo da chacota da mãe. O que não queria dizer que dona Artemísia não viesse a ser solidária. Apenas no canto de seus olhos sempre haveria uma compaixão pelo erro da filha, uma tristeza infinita, mas orgulhosa, porque praticamente previra o que viria a acontecer, mesmo sem nada ter dito. A filha a conhecia o suficiente para saber o que a experiente progenitora pensara desde o primeiro momento em que vira aquele homem.

Para sempre, portanto, teria que enfrentar o olhar meio que irônico da mãe. E para sempre ficaria sem entender claramente o que acontecera naquele sétimo mês. A ruptura, o ódio, a inimizade de Otto. O súbito distanciamento. Incompreensão que não seria só dela, pois ninguém, aliás, nenhum dos parentes, amigos e amigas entenderam o que ocorreu entre os dois, enquanto estiveram juntos em São Paulo, partilhando o milagre de mais uma gravidez. Nenhum dos Dantas, nenhum dos Pereira da Silva, familiares de Lúcia e de Emília, explicavam o misterioso acontecimento. E muito menos Otto e Afonso, os filhos das duas amigas, quando lhes foi contada esta pungente história, anos mais tarde. Porque longe de conceber Clara, sua alvorada, sua aurora, sua imagem e semelhança, como já foi dito, Emília tivera um menino moreníssimo como era Fred na infância, inquieto, com um motorzinho que nunca parava dentro de si e que já saíra das entranhas da mãe com uma bola no pé (ou pelo menos assim parecia). E dentro de seu peito Emília sentiu uma explosão de amor nunca antes sentida por ser vivo algum na terra, ouviu guizos e sinos e vislumbrou pela casa um pó mágico, dourado, que a envolveu e à criança, como se esta fosse um presente de fadas, seres alados e invisíveis, que moram em jardins e florestas. O pequeno Otto a cegava, como se fosse um menino divino desnudado, um mistério de Elêusis, tamanho o espanto da mãe diante daquele rebento masculino, cheio de vontades férreas, que só se firmariam ainda mais com o tempo, ele sempre a enfrentando e a encantando como nenhum homem fez ou o faria. Era o seu menino mago, que pintava, não escrevia. E mais tarde, muito mais tarde, viria a brincar perigosamente de seduzi-la com seu corpo ágil e magro de atleta. Nervos esticados. Vida na ponta dos poros. Felizmente só não gritava como Fred. Seu grito estava no corpo que nunca parava. Nascera sabendo que o tempo era curto. Já na casa de dona Artemísia nascera um outro menino de cabelos negros e anelados, de pele muito branca como o pai e do tamanho de um gigante. Afonso tinha a inteligência aguda de Lúcia e de Otto e quando olhava para a mãe a enternecia como se fosse um feixe morno de luar, um sol crepuscular a iluminar sua vida, abrindo-lhe caminhos, veios e misteriosas aléias em dourados campos elísios. Sim, para Lúcia o pequeno Afonso seria o céu na terra, aquecendo-a ternamente em sua miserável solidão quando se aninhava em seus braços com a selvageria de um filhote de ursa. Um leãozinho ou um gato brabo, com uma estrela na testa. Mesmo atraiçoada como fora, com ele aprenderia a ser feliz e a amar os homens.

E muito mais do que um tempo de vinganças premeditadas ou fabricadas por algum demiurgo celeste ou guardião dos Hades, e enviadas à Terra, para pasmo dos mortais, aquele tempo do reencontro de Lúcia e de Emília e da separação definitiva de Lúcia e Otto, o grande, após o nascimento de Afonso, foi um tempo de milagres. Pois também nascera Júlia, seis meses antes do pequeno Otto, seu tio. Júlia, a filha de Dorinha, incandescente como espiga de milho, trigo, que traria a marca dos deuses na orelha esquerda. A fabulosa Dorinha, que um ano depois provaria a todos os personagens desta história que sua filha de cabelos quase brancos de tão louros tinha um pai, louro como ela. Um surfista de 16 anos que fugira para naufragar inúmeras vezes e ressuscitar também inúmeras vezes no mar de Saquarema, esmagado pelo peso da responsabilidade de ser pai precocemente. Precisou de muita água de Netuno, Virgílio, de muitas carícias de sereias e de anfitrites do Oceano Atlântico no dorso de sua prancha até que adquirisse coragem para voltar à tona, tritão saído das águas, e retornar ao Rio, enfrentar Dorinha. Pois ao contrário de Otto, o grande, que nunca enfrentaria Lúcia e o fruto de seu sêmen, o jovem Virgílio, o pai de Júlia, apareceria um dia na vida de Dorinha e da filha, assim como quem não quer nada, com sua prancha debaixo do braço, cabelo branco de parafina, disposto a encher de amor a namorada-amante e a menina, que já com um ano, se enrodilhava em suas pernas, falando as primeiras doces palavras. Amou-as intensamente, enquanto Dorinha deixou. Porque depois Dorinha o deixou por outro, e depois por outro, depois por outro ainda, e depois por um outro mais. Sempre com seus olhos de enigma, vestal das portas de um paraíso onde nenhum homem nunca penetraria.

Foi assim que nasceram mais três crianças neste mundo louco do Terceiro Milênio, onde impera a violência, somente abrandada pelo doido amor. Fugaz ou eterno.

Gertrudes e seu homem

AUGUSTA FARO

Augusta Faro (Goiânia, 1948) — Pedagoga e Mestre em Literatura e Lingüística pela Universidade Federal de Goiás. Mora em Goiânia (GO).

Bibliografia:

A friagem (contos) — 1998

As amarguras de Gertrudes doíam na alma tropeçante de quem parasse um pouquinho só para observá-las. Havia um sorriso de penumbra sempre lhe embaçando o olhar cor de chuva, de tormento, de desvairo e de profunda solidão.

Gertrudes apareceu na cidadezinha, assim como sarna surge, de repente, sem explicação. Chegou com sua maturidade acalmada, retinta de fogo morto, sobrando apenas cinzas fabulosas. Alugou a casa da viúva Eleonora, do seu Tomás, aquela de olhar branco, com os cabelos grudados e que possuía um sorriso tão alto e cheio de estranha sonoridade, que espantava os passarinhos de todas as árvores da praça e os morcegos da torre da igreja de Nossa Senhora do Bom Parto.

Gertrudes montou seu "ateliê (como escreveu na placa rústica e simpática do portãozinho) de costura" e trouxe tecidos de cores primorosas e sem semelhança com outras cores de uso acostumado. Esses panos passavam uma intranqüilidade danada no espírito dos homens de todas as idades e um contentamento esfuziante no espírito das mulheres.

A freguesia cresceu como a brisa de maio, assim silenciosa e rápida, inflexível em sua presença, que rangia de tão cheia de frescor. Gertrudes, muito prosa, falava, falava até espumar os cantos da boca e contava grandeza do amor de seu homem, e tocava a pianola, e dava corda nos relógios, e plantava lírios amarelos nos fundos da casa e girassóis no jardim. Mas as amarguras de Gertrudes iam atrás dela, de tão forte presença que se sentia como vultos de espíritos num acompanhamento solene.

A sociedade amou rapidamente aquela mulher, que dizia com a boca benta de paixão: "Meu marido chegou de viagem tarde da noite, agora dorme. É viajante, não tem porto, o coitado. Ama o lar, mas a profissão o consome. Vamos falar baixo, pois se ele acordar, fica ansioso o resto do dia." Puxava a porta, trazia as botinas sujas de lama para perto da bacia no corredor do jardim, a mala abria sobre duas cadeiras ao sol.

Todo mundo, que freqüentava o ateliê de costura, sempre ouvia as estórias de Romão, esse nome sempre envolto em onírico mistério ruidoso, palpável e, sobretudo, impenetrável. Ninguém nunca o vira, só sinais do cavalheiro distinto que "estralava" de amores por Gertrudes.

Sempre um presente acompanhava o retorno daquele rapaz, escalavrado de vítrea aura impermeável, e que sufocava o ambiente com um perfume de macho saudável, vigoroso e quase satisfeito plenamente.

E Gertrudes fazia bolos e broa, peta e biscoitos, rocamboles com frutas cristalizadas, tão perfumadas, e abarrotava de quitutes os guarda-comidas. Sempre havia dois pratos, dois copos, duas xícaras, duas chávenas, e assim por diante, na enorme mesa antigona e toda trabalhada, acomodada num salão, só para refeições. A toalha rendada de branco céu e, em tudo por tudo, uma zelosa harmonia parecia dançar valsa naquele ambiente. O interior da casa sempre sóbrio, elegante e distinto, bonito de se contemplar.

"Gertrudes não é desse mundo, gente!", diziam as moças cheias de vida e encantadas com tudo. Leninha jurou de pé junto que viu, mais de uma vez, seu Romão atravessar o pátio dos lírios desesperados. E contava na praça: "Ele é lindo, altão, moreno claro, tem uns olhos tão verdes como uma folha de parreira nova. É perfumado, o homem. Deixou no ar um cheiro tão bom, que nem dei conta de ir embora dali, até que o sol me queimou e, quando ardeu minha pele, consegui sair andando."

"Ele tem as mãos longas e macias. Deram-me calafrios. Quando cheguei em casa, tive febre a noite toda. Esse homem veio do começo do mundo, gente!"

A aura do marido de Gertrudes crescia com fama audível, indomável. Seus cheiros, sinais, rastros, marcas, estavam por todos os cantos e cantoneiras da casa. A curiosidade de vê-lo era atiçada, fora de toda compreensão, quanto mais casos Gertrudes contava de Romão.

De como o conhecera, do dia do casamento, do filho que lhe morreu na barriga, porque um jacaré imenso apareceu rolando no limpo do chão. Esse dia, Gertrudes, entrecortada de dor, pensou que fosse morrer e engomou a mortalha que bordara em noites de espera de Romão. Inteiramente de vidrilhos cor de água, cor de espuma, em desenhos e arabescos geometricamente riscados e que, olhadas de longe, imitavam uma biga com sete cavalos e um cavaleiro, como aquelas antigas que corriam nos primórdios dos tempos cristãos, na cidade de Roma, que, de tão conhecida, até perecia-lhe os encantos.

Era sempre e sempre um martírio sem conta, de uma fundura custosa, aquele sofrido pelas senhoras e moças que visitavam o ateliê de costura de Gertrudes.

E ela voejava pela imensa casa como borboleta, sempre a fazer mil coisas. E, entre uma e outra, olhava-se no espelho e contava mais um caso, e revelava as noites de amor com aquele potro de legítima gentileza e incansável ternura.

GERTRUDES E SEU HOMEM

No fim de pouco tempo, as pernas das adolescentes, das moças velhas e novas, das donas viúvas e das senhoras casadas, tremiam dessas mulheres pensarem em ter que experimentar o vestido, de provar a saia plissada ou verificar se o chapéu melancólico, mas cheio de luz, estava em ponto de prova satisfatória.

Quem andava com a alma cheia de musgo, zumbindo resignação dolorida de ciúme consistente, como aço, era cada marido, ou cada pai ou cada irmão.

O perfume de Romão, sempre rarefeito, sufocava e parecia derreter os ossos e nervos das freguesas. E Gertrudes a contar suas noites afogueadas, mostrar os presentes e pedir mais silêncio, pois ele ressonava. Chegara novamente de longa viagem.

A agitação interior das meninas costumava provocar câimbras nos pensamentos delas, as coitadas, ouvintes das confidências pesadas de tão reais, fundindo o coração e a alma, resultando daí um caldo de angustiante desejo e curiosidade sem termo.

Às vezes, quando a ausência da viagem era maior, Gertrudes caía de cama, inapetente, pálida e todas as tardes chorava inclementemente, que toda a cidade começava a rezar para que a profunda amargura descesse o rio e deixasse a costureira sossegada.

Mas, logo chegava o moço, com seus assombros em brasa, seu perfume e paixão indecifráveis, seus suspiros que carbonizavam até panos e bordados. Os quatro cantos da cidade pareciam sacudidos por terremotos dolorosos de tanto carinho.

Ninguém nunca conseguira explicar o porquê da desatinada amargura que emanava sempre e constantemente da costureira Gertrudes, estando o nobre amo e senhor presente ou estando em suas obscuras ausências de ambulante, mascateando miudezas raras e curiosas.

Após mais de ano de tanto martírio, meia dúzia de aventureiras, insalubres e desalmadas planejaram invadir o quarto do cavalheiro para vê-lo dormindo e em pêlo, pele, suores e suspiros.

Isso, evidentemente, quando Gertrudes fosse às compras na feira do morro ou no mercado velho, onde costumava ficar horas piruetando entre as vendinhas, aproveitando um gole de café, e então contava as façanhas de seu amado distante ou presente bem dentro de sua alcova dominada pela penumbra e cheiro de céu.

Numa manhã cravejada de mau agouro, as meninas tomaram coragem e penetraram no imenso e silencioso recinto.

O homem ressonava, coberto de linho puro todo bordado de rosáceas de seda. Bárbara de seu Tonico, o seresteiro afamado, acendeu a vela da cabeceira, enquanto as meninas, devagarinho, para não despertá-lo, foram lhe tocando os linhos com a leveza das mãos e das palavras.

O resfolegar da serpente interior das fêmeas mugia solene naquela manhã calorenta e pasmada até a raiz das nuvens.

Com vagar e doçura foram descobrindo o rosto, os ombros, o meio do corpo daquele homem moreno, fragilizado pelo sono, dormindo tão justo e casto.

Até por fim, descobrirem-no por inteiro, nu em pêlo, repousado na beleza de um deus grego, tão silencioso como uma estátua perfeita e fascinante de um museu de Tróia.

Era o dia do fim do mundo. Ele, ali, verdadeiro e completo. A menor das moças, Ditinha de Sá Rita, toca-lhe os lábios. Estavam frios como gelo. Assustadas, vieram todas apalpando os cabelos de seda, os ombros cheios de flores, o peito vigoroso de pêlos lisos e dourados e os pés alvos e de perfeição rara de se ver.

Ele estava ausente de alma? Habitaria naquele instante o mundo subterrâneo, levado pela "indesejada de todas as gentes"?

Não é possível! Abram as janelas, acendam luzes do alto, escancarem tudo para o sol chegar! O ar fresco, restolho da madrugada há pouco morta, entrou em cheio no aposento. E elas reviravam, agora, aquele homem acalentado tanto tempo em sonhos, cercado de intenso silêncio e fragilidade exposta.

Os minutos enfraqueciam nos relógios de toda terra, para chegarem à mais esquisita constatação: era um boneco de louça, perfeito dos perfeitos.

Com mãos trêmulas e úmidas de suores, abriram-lhe, com tesoura, o ventre delineado com delicadeza viril e incandescente. O grito soou rompendo tímpanos.

Uma caixa mecânica incrustada no plexo solar, para que os suspiros, gemidos ali dormitassem cumprindo sua sina cronometrada. O resto era algodão com sementes, saindo aos borbotões. O olhos de vidro, lindos, brilhantes e lacrimosos. As orelhas, lábios e língua feitos de matéria como uma borracha especial e macia.

Gritaram até a outra madrugada chegar. A cidade acorreu em massa. Frei Lauro, o caolho, veio tropeçante em pura castidade, suando frio com roxo beiço tremido.

Depois de três dias de afobação tresloucada, sentiram falta de Gertrudes. Esvaziaram Romão, beijaram-lhe todas as partes, num misto de ódio e amor e o partiram em pedaços nobres e pouco nobres. O perfume no ar e Gertrudes nunca aparecia.

Cada qual pôde levar um pedaço para casa, nem que fosse uma unha, daquele sonho deitado acima de todas as compreensões. As trevas vieram em forma de aguaceiro sem nome, sem tempo e provocou mediana enchente, lambendo pontes e pinguelas.

Uma semana depois, na prainha, bem abaixo do matadouro, estava Gertrudes, perfeita como viva, abraçada com os agrados que buscara para seu amado.

Eram colônias, sais de banho, presentinhos e enfeites, um anel de pedra lilás, tudo para Romão, homem de suas palavras diurnas e noturnas. Nada sucumbiu à chuvarada e nem à enchente. Gertrudes guardou entre os seios e braços os presentes do viajante, tudo bem guardadinho, para aquele que havia voltado de mais uma viagem. Mas, quem pegou a estrada dessa vez, foi Gertrudes, não foi o cavalheiro amoroso. A alma de Gertrudes foi vista mais de uma vez; às vezes, tomava forma de uma pomba sempre esperta e triste. O corpo em nada foi maculado, mas recendia aquela antiga amargura disfarçante, que ficou repousando por todos os recantos da cidade, vinda daquela mulher que parecia adormecida, na curva maior da prainha, coberta de violetas e solidão. Ninguém nunca esclareceu, se a senhora Gertrudes teria morrido na hora exata que descobriram e violentaram seu sagrado segredo, ou se o aguaceiro lhe havia roubado a flor da vida.

O fato é que, até o último momento, ao fechar o esquife, ainda possuía o frescor dos vivos, a tristeza de quem está partindo e a saudade desmesurada de um ente querido que perdera definitivamente.

Minha flor

LIVIA GARCIA-ROZA

Livia Garcia-Roza (Rio de Janeiro) — Psicanalista. Mora no Rio de Janeiro (RJ).

Bibliografia:

Quarto de menina (romance) — 1995
Meus queridos estranhos (romance) — 1997
Cartão-postal (romance) — 1999
Cine Odeon (romance) — 2001
Solo feminino (romance) — 2002

Que agitação é essa, Heloísa? Cantando, afinada... Já passou por aqui várias vezes. É por gosto que está atrapalhando a leitura do meu jornal? Hein? Que roupa é essa? Por que está vestida desse jeito? Para ir à casa de sua mãe? Isso é coisa que se vista? Vai trocar. Por quê? Porque eu disse que é o que você vai fazer, Heloísa. O que você está pretendendo? Diz, Heloísa... Alguma coisa brotou no vazio dos seus miolos, o que terá sido? Namorou o vestido. Sim. Tem certeza de que foi ele mesmo quem você namorou? Agora conseguiu comprar, sem fazer prestação, como eu gosto... Bem, bem... Bem porra nenhuma! Ainda me chama igual ao cachorro! Que aliás, está uma fera, já falei, qualquer dia come alguém aqui dentro. Vai trocar de roupa, Heloísa! Você ia à casa de sua mãe almoçar com ela e com a sua titica. Ia, Heloísa, porque agora você não vai nem vestida de freira. Como se chama mesmo a roupa dos urubus? Hábito! Você podia contrair esse hábito, de vestir coisas decentes, mas o sangue fala mais alto, não é mesmo? A rota da depravação familiar. E não vou parar de sacudir o seu braço! Não estou te machucando porra nenhuma! Além do mais, o material é meu, ou não é? Lágrima de filhote de jacaré não comove; caladinha, Heloísa. Responde pra mim: você acha que eu sou otário? Olha bem pra minha cara e vê se eu sou um panaca. Tenho feições de corno? Aparência de veado? Perfil de trouxa? Pois saiba que você tem ao seu lado um macho da mais alta estirpe da zona da praia e da periferia! Grande Rio, Heloísa! Sou seu Redentor, minha flor. Vai trocar de roupa! Não quero mulher nenhuma parada no meio da sala. Aliás, Heloísa, gosto de te ver trabalhando. Me dá tesão. Ouviu bem? O garotão desperta instantaneamente. Falando sério, sabe o que eu acho que aconteceu? Sua cabeça caiu em completo desuso, se é que algum dia teve utilidade. Mas agora faz um esforço, Heloísa, raciocina: caso eu concordasse em que você fosse à casa da puta pioneira, como você passaria pelas ruas? Voando? Já pensou nos porteiros, nos garagistas, nos ambulantes, seus colegas de trabalho se aglomerando para te verem passar? Já? Um quitute para o povo, Heloísa! Babel gastronômica! Tira esse vestido de merda!! O que disse? Vestida desse jeito você se sente mulher? Pois é, Heloísa, é isso: sua cabeça é um deserto onde rolam pulseiras, colares, vestidos... Não estou batendo na sua cabeça, só dei uns cascudos. E pára de reclamar, que eu estou tentando te ajudar. E também não estou dando esporro! Esclareço certas coisas que você não alcança. Estou te fazendo um bem. Cumprindo corretamente o meu papel. Como poucos. O pessoal aí fora diz não e não explica. Por falar nisso, tenta me explicar: o que você pensa que é? Sou todo ouvidos, Heloísa. Você acha que é uma samambaia? Uma hortaliça? Uma esponja? Até que de vez em quando você lembra uma, não é mesmo? Você bebe bem, minha flor. Está esperando o que pra mudar de roupa?? Grito sim, pra ver se derreto a cera do seu ouvido! Escuta bem, Heloísa, enquanto você estiver casada com o campeão — sabe ao que eu me refiro, não sabe? Ou precisa de explicação? — do seu marido, você jamais vai sair de aperitivo, está entendendo? Jamais! Não vai esbandalhar o nosso lar, porra! E acho bom dar esse paninho de puta pra sua irmã! Pra piranhinha. Falo assim da sua irmã, sim. É o que ela é! Está se esforçando na carreira, tem de ser incentivada. E não estou xingando ninguém, apenas reconheço um talento. Uma aptidão rara. Arranca esse vestido de bosta, Heloísa!! Estou perdendo a paciência... O que vou fazer com você?... Santa Maria, o cacete! Não tiro a mão, não! Já disse que o material é meu, não vou largar, e não adianta gritar porque sua mãe não dá conta do cardume, quatro já dá pra falar assim, não é mesmo?... Que ninguém nos ouça, Heloísa, mas você tem um certo complexo pela sua família de origem, não tem? Porque na minha família, não nasceu nenhum veado. Não, não estou dizendo que todos os homens são veados... Heloísa!! Acabei de citar uma linhagem de machos! Entende tudo errado... Continua surda, Heloísa? A cera ainda não derreteu? Na minha família não nasceu nenhum menino mole. Homens, todos, sem exceção. Uma estirpe de machos. Dá gosto ver os garotos engrossando a voz, encorpando os músculos, estufando as veias; o cacete a quatro. Porque hoje em dia a coisa se alastrou de tal maneira... grassou uma verdadeira epidemia de tobeiros; não acha? É só olhar ao redor. Lá fora, não é, Heloísa!? Mas isso não diz respeito ao campeão. Venha cumprimentá-lo. Tomar a bênção. Está saudoso. É um sentimental, você sabe. Vem cá, Heloísa... deixa eu sentir o seu cheiro, assim, se ajeitando, com calma, devagar, sem pressa, perfeito; observe o ritmo, isso, saboreando, é papa fina, minha flor... Que entendimento, hein? Conjugação total! Dinamizando, Heloísa! Puta que a pariiiuuu!!

Agora põe o vestido, vamos pra rua, comemorar!

Glória

GUIOMAR DE GRAMMONT

Guiomar de Grammont (Ouro Preto, 1963) — Escritora, dramaturga e professora de Filosofia da Arte na Universidade Federal de Ouro Preto (MG).

Bibliografia:

Corpo e sangue (contos) — 1991
O fruto do vosso ventre (contos) — 1993
Fuga em espelhos (romance) — 2001
Caderno de pele e de pêlo (contos) — 2002
Don Juan, Fausto e o Judeu Errante em Kierkegaard (ensaio) — 2003

A primeira vez que andei de trem foi com minha avó. Eu, moleque, gritava, os braços debruçados lá fora. O cabelo, chicote no vento. Minha avó, pára de pôr a mão pra fora, menino! As paisagens, um filme a desenrolar-se nos caixilhos das janelas. O poema de Bandeira. Pra que escrever mais, se o trem inteirinho no poema, com vagões, apito, fumaça e tudo mais?

Eu buscava um trem em mim e ele já se instalara em meu peito. Um impedimento, uma dor, uma angústia. Eu não podia fazer nada. Não combinava comigo a poesia da locomotiva. Tinha que ser um outro trem. O tempo corria, corria sobre os trilhos, mas parecia que o trem jamais passaria através do meu corpo para materializar-se no papel.

Havia treze escritores na viagem ferroviária que originou a encomenda do conto. Desejando ser irônico, imaginei treze personagens. Criei uma narradora que acordava em um trem, aparentemente sem saber como tinha chegado ali. No final, de repente, ela descobria que todo mundo no trem estava morto e, pior, ela também:

"Acordei. Ópio nos olhos. O trilhar do trem me amortecia. Ao meu lado, uma mulher ressonava. Não estranhei. Escutei. Outras pessoas

dormiam na cabine. Pra onde eu estava indo? Tentei me tranqüilizar, já me aconteceu antes não lembrar onde estava depois de um sono pesado. Caminhar. Vou caminhar um pouco. Me sentir melhor, lembrar, lembrar... Abri a porta com cuidado para não despertar os outros. Nos quadrados das janelas, árvores negras. O lamento noturno.

Um vagão, dois, três. Tinha a sensação de estar sendo seguida, observada. Olhei pra trás... nada. O trem dormia. Dormia e caminhava, sonâmbulo. Tinha sede. Atravessei muitos vagões com as cabines fechadas. Um hálito quente sobre meu ombro me revelou uma presença. Encostei-me à parede do trem, o coração batendo forte."

Nesse momento, parei. Era um conto de terror o que estava tentando fazer? Gótico demais. Talvez uma metáfora do que eu pensava de mim mesmo. Era eu que estava morto. Um pouco de suspense, quem sabe? Ando mesmo vendo filmes em excesso e, afinal de contas, nós, escritores dessa época incômoda, sempre achamos que precisamos colocar em nossos livros umas pitadinhas de esoterismo ou literatura policial para sermos lidos. Quem vai se importar em ler qualquer coisa que tenha uma mensagem mais profunda? E o que são mensagens "profundas"? Profundas para quem? Essa palavra parece ter sido associada pra sempre aos títulos dos filmes de sacanagem. Me dava uma preguiça enorme ser inteligente, escrever coisas que fossem interessantes, tentar ser alguma coisa em que eu mesmo não acreditava. Concluí que era eu, na verdade, o intruso que derrama seu hálito quente sobre o pescoço da personagem. Não era para eu estar ali.

Era eu o impostor! Não era escritor coisa nenhuma! Eu lá sabia o que é um escritor? Então o que é que eu estava fazendo naquele trem com doze escritores? O prazer da aventura? Tinha um cego no trem. Um escritor de verdade. Ele me olhava por trás daqueles óculos negros e, cara, era duro ter a consciência de que ele enxergava! Era um

Tirésias que conhecia toda minha ignomínia. Eu não conseguia enganá-lo. Ele sabia que eu era um passageiro clandestino.

Publiquei há dez anos um livrinho cheio de mentiras e, por incrível que pareça, comecei a ser chamado para jantares e lançamentos de livros. Comparecia sempre com uma capa de chuva cinza à Humphrey Bogart, os cabelos em desalinho, um ar de drogado no rosto. Respondia com monossílabos a tudo que me perguntavam e ... pronto. Eis aí, num passe de mágica, um escritor. Comecei a cultivar o mito de que havia abandonado a literatura. Era eu o novo Rimbaud. Todos me achavam o máximo.

Sentei a beleza no colo, eu pensava, por trás da fumaça dos meus cigarros (comecei a fumar por causa de um poema de Maiakósvki). Sou superior a todos vocês, que ficam aí morrendo por um lugar na mídia, sofrendo porque ninguém os compreende, porque os jornais copiam a *Times* e só falam em autores não traduzidos para o português. Afinal de contas, pra que falar nos pobres prostitutos disponíveis no bom e velho idioma materno, se ninguém se interessa mesmo por literatura? Além disso, não vende. O que atrai aqui é o estranho, o diferente. Enfim...

Estou me desviando do conto. O que acontecia depois? Eu tinha que entregar logo. O tempo corria. O editor — que também era escritor e estivera no trem, além de secretário da cultura de alguma cidade obscura do interior — me disse que todo mundo já tinha entregado. Só faltava o meu conto. Era eu o número treze, se eu não desse um jeito de entregar logo, o volume ia ficar capenga. Ele tinha convidado treze pessoas, estava fixado no glamour meio *trash* do treze, por causa da última ceia, todo esse papo de que o número treze dá azar, coisas assim. Será que ele não percebia que o treze era eu? Era eu o azarão, o filho da puta que ia fazer desandar todo o trem literário. Ele, com certeza, iria maldizer o dia em que me chamara. O trem ia sair dos trilhos só por minha causa.

GLÓRIA

Putz, quanto narcisismo! Que eu me passasse por escritor, lá vai, mas daí a acreditar que eu era algo mais do que um inseto desprezível nessa absurda existência... Não, isso não. Eu não passava de merda. E só o que me redimia era que eu tinha consciência disso. Resolvi dar um jeito e criar um diálogo para minha personagem. Esqueci de dizer que esse é outro recurso porreta: todo leitor adora diálogos. Nem precisa explicar porque: com todos aqueles espaços vazios, travessões, frases curtas... É um descanso. Ninguém mais agüenta livros com descrições em excesso. Talvez eu devesse cortar todo o começo do conto. Cortar as descrições. Sim, era melhor. Eu devia começar assim:

— *Desculpe. Assustei-a?*
— *Não... Não demais.*
O homem tocou o quepe em um cumprimento elegante. Alguma coisa parecia estranha... O quê? Ela não conseguia identificar, tão familiar o sorriso sob o cavanhaque. Lembrou-se de que não sabia onde estava, nem para onde o trem se dirigia. Ia lhe perguntar diretamente, mas achou que soaria absurdo. Procurou uma evasiva:
— *Faltam muitas horas para a chegada?*
Ele fez um gesto com a mão, como a indicar que faltava ainda muito tempo. Ela decidiu relaxar: reparou que ele era atraente. Ele pareceu hesitar, enfim, perguntou:
— *Aceita um café?*
— *Sim. Um café me faria bem.*
Ela se lembrou de uma prima que dizia que os europeus, quando te oferecem um café, é porque querem te levar pra cama em seguida. Por que tinha decidido que ele era europeu? Resolveu perguntar:
— *De onde o senhor é?*
Ele riu.
— *Daqui, dali... de toda parte.*

Detive-me outra vez. E agora? **Quem** era ele? Por que é que eu tinha metido a Europa no conto? Falta de confiança? Então eu também achava que se fosse Minas aí é que ninguém ia querer ler mesmo? Eu tinha que saber quem era ele antes de continuar. Já sabia, era óbvio, que eles iam transar. Sexo. Sexo é outra fórmula infalível. Você põe sexo ali, todos devoram. Não precisa criar novas formas de falar desse assunto. Os leitores adoram o requentado, o igual, o lugar-comum. É melhor escolher as palavras às quais todo mundo já está acostumado. Se você introduzir alguma metáfora estranha, como é que o leitor vai perceber do que se trata? Para gozar junto ele precisa reconhecer todas as fórmulas que está cansado de conhecer. É o que o leitor quer. Comparar mulheres com comidas ou flores, por exemplo. É o máximo. Não precisa dizer que é vulgar. Não tem erro: é infalível. Eu tinha uma coleção de combinatórias: seios e morangos, vulva e drósera, etc. mas... estou fugindo do assunto: quem era o cara? Sim, eu já disse que era eu, mas isso não basta.

Estou fingindo que acredito que sou escritor e que existe uma personagem que precisa encontrar alguém para que algum leitor possa se identificar com ela e sentir seus temores e desejos. Mas por que algum leitor iria querer se identificar com ela? Tem tantas dessas personagens disponíveis por aí nos filmes e nas novelas! Com muito menos esforço e menos gastos (o preço de um livro é absurdo comparado ao que se gasta pra ver tv, por exemplo) o espectador pode vivenciar emoções baratas que o façam esquecer que sua vida é uma coleção de vazios, um dia igual ao outro.

Não acontece nada de novo, e ninguém quer que aconteça, no fim das contas. Para isso sempre existiu a literatura e existe agora a tv e o cinema: para você não sair buscando emoções. Se não, corre o risco de achar. Ah, você acha! A arte é um dos instrumentos para manter a sociedade coesa, organizada, certinha. Aristóteles compreendeu isso há tantos séculos! É melhor purgar suas emoções no teatro. Assim você volta pra casa de novo direitinho, carneirinho, e não ameaça ninguém, muito menos a si mesmo. Não fosse a arte, você podia sair por aí matando a mãe ou comendo as tuas filhas, já pensou? Sem falar nos patrões, que a gente tem vontade de matar a cada minuto das vinte quatro horas do dia. Cara, não fossem os artistas, ia ser um desastre para a humanidade. É aí que mora a "sublimidade" deles.

Me irritei comigo: eu estava era arranjando desculpas pro fato de não conseguir extrair de mim aquele "trem". Os mineiros é que sabem muito bem o que é um trem. Quanta coisa um trem pode significar! A pedra no meio do caminho, do Drummond, não era pedra, era um trem. Com certeza, ele mudou na última hora porque percebeu que, deixasse o trem, só seria compreendido por outro mineiro.

No trem de escritores eu fiz o tipo: evitei conversar, sentei-me no bar e fingi que bebi a noite inteira, embora duas doses já me ponham a nocaute. O cabelo sujo grudado na testa. Quando todo mundo foi dormir, consegui relaxar e tirar a pele de escritor desesperado. O garçom, um senhor simpático. Começamos a entabular uma prosa bem edificante:

— Há quanto tempo o senhor escreve?
— Há quanto tempo você viaja?
— Desde menino.
— Pois.
— Antigamente, era diferente.
— Sim?...
— Muita gente. Tempos bons aqueles. A linha ia de São Paulo a Mato Grosso.
— E...
— Dava pra pescar do próprio trem! Passava no pantanal. A gente lançava a linha e ficava esperando, enquanto o trem corria o pântano. Cada peixão que era uma beleza. Cada paisagem!

Eu estava sinceramente impressionado, embora fosse uma clássica história de pescador: completamente inverossímil. Não conseguia deixar de ser garoto e os garotos do meu tempo tinham sido todos fascinados com pescarias.

Fingi desdém.

— Hã...

— Num é mentira, não. Era um mundão que esse trem cobria, o senhor devia ver.

Se aquilo era verdade, o que era mentira então? Descobri de repente a Europa do conto: minha personagem era uma mulher por quem eu tinha me apaixonado. Estava perdido em Roma, não sabia falar uma palavra de italiano e encontrei uma prostituta brasileira perto da Piazza Navona. Uma compatriota, finalmente. Quando ela enfim se certificou de que não me conhecia (seus parentes pensavam que ela tinha ido para a Europa estudar) e me deu alguma atenção, pedi que me contasse a experiência mais excitante que tinha vivido. Ela me contou a história do trem. Tinha transado com o condutor. Achei incrível.

Uns meses depois, já no Brasil, comentei com uma namorada e ela me mostrou a mesma história, idêntica, num desses livrinhos que se vendem em bancas, destinados às Bovarys contemporâneas. Fiquei sinceramente desapontado com minha prostituta brasileira. Então, nem uma prostituta tem experiências extraordinárias? Eu tinha passado anos sonhando com suas botas brancas, com a lingerie que ressaltava sua pele morena, chateado porque não a tinha pedido logo em casamento, sem atinar, naquele momento, que nunca mais iria encontrá-la, e agora descobria que ela também era uma impostora?

Então não havia realidades, só ficções, mentiras ecoando mentiras? E parecia tão real! Eu tinha explodido em gozo, tão impressionado fiquei com a história: aquela mulata linda penetrada de pé, prensada contra a parede do vagão. Os olhos azuis do condutor, demoniacamente inocentes. Será que essa parte eu tinha inventado? Em um mundo como esse era difícil encontrar alguma verdade.

GLÓRIA

Glória, ela chamava Glória. Ria quando eu lhe pedia que andasse sobre mim, machucando minha pele com seus saltos agudos. Quando terminamos de transar, contou chorando suas desventuras, presa àquele destino para sempre. Dei-lhe quase todo o dinheiro que trazia comigo. Não. Mulher nenhuma se chama Glória. Só as tias da gente. É claro que era um nome de guerra. E eu a perdi! Perdi a glória de possuir para sempre uma prostituta linda como as estátuas de Bernini que arrebentavam nas esquinas de Roma, tirando-me a respiração.

Perdi a Glória de possuir uma mulher que contava histórias. Não precisaria mais fingir ser escritor, se a tivesse trazido comigo. Se ela quisesse vir, é claro. Afastei logo a dúvida, como quem afasta uma mosca da frente dos olhos.

Eu tinha que entregar o conto e ficava perdendo tempo a divagar. Continuei então a história: minha personagem transava com o condutor do trem, que tinha olhos azuis assustadoramente inocentes e soltava murmúrios em uma língua incompreensível, enquanto ela o enredava com suas botas brancas, de saltos altíssimos... Não. Estou misturando tudo. Não era minha personagem que usava botas brancas, era Glória, a mulher. As botas não combinavam com a personagem do conto gótico, aquela que acordava no trem onde todos estavam mortos. Além disso, que sentido havia em descrever uma fantasia que uma prostituta decorou de um almanaque para contar a um rapaz perdido em uma cidade esplêndida? E se Glória nunca tivesse existido? E se fosse um delírio? Talvez eu nunca tenha ido a Roma. Com certeza, nunca tive dinheiro para ir a Roma. Algum amigo deve ter me contado essa história.

Estou começando a enlouquecer, eu acho, aqui parado, diante do computador, fumando um cigarro atrás do outro, tentando tirar um trem do estômago, preso a essa janela do subúrbio de onde tenho uma vista privilegiada da maior favela de São Paulo.

*Drinque com
azeitona dentro*

ÍNDIGO

Índigo (pseudônimo de Ana Cristina Araújo Ayer de Oliveira, Campinas, 1971) — Formou-se em jornalismo. Em 1997 iniciou a página virtual de literatura digital: www.jhendrix.net/indigo, que mantém até hoje. Mora em São Paulo (SP).

Bibliografia:

Saga animal (romance) — 2001
Caixinha de madeira (romance) — 2003
Festa da mexerica (contos) — 2003

Encontrei o demônio esparramado numa poltrona de vime com almofadões. Ele bebericava um martíni com uma azeitona dentro e lia *O Escaravelho do diabo*. Usava seus óculos de leitura. Não ousei interromper. Eu tampouco gosto que interrompam a minha leitura. Eu acabara de devolver este livro para a biblioteca estudantil. Livrinho mixuruca. Tento avistar a contracapa para me certificar de que não é a cópia que eu tive em mãos, mas suas unhas compridas não permitem que eu saiba. Ele abandona o livro e se espreguiça. Coloca-o no topo da pilha de livros acumulados no criado-mudo. Todos têm um marcador dentro. Ele deve ler vários livros ao mesmo tempo. Pensando bem, faz sentido — sendo ele quem é. De onde estou parada vejo passagens para outros salões. Se eu esticar o braço posso tocar a ponta de uma tremenda estalactite, mas sei que este meu gesto estúpido destruiria um processo de milhares de anos. Isto eu ouvi numa excursão que fizemos ao Parque do Petar, na quarta série. Marcelo Galvão, logo ao entrar, abraçou uma estalactite inteira para ver se seus braços se encontrariam do outro lado. O guia disse que ele acabara de destruir aproximadamente quinhentos mil anos de trabalho. E nem que ele vivesse mais um bilhão de anos ele não poderia consertar as coisas. Mas para quem conhece Marcelo Galvão, sabe que esse estrago é café pequeno perto do estrago que ele causa diariamente em sala de aula. Mas uma coisa é levar uma dura de um guia de excursão de escola, outra é do demônio em pessoa. Enfio as mãos no bolso.

Um garçom vestido de branco me oferece uma bebida verde borbulhante que exala uma fumacinha feito gelo seco. Eu recuso. Ele toma minha mão, a bebida, e encaixa uma na outra. Retira-se por uma das passagens da gruta. Sem os óculos de leitura, o demônio tem um jeito cansado.

— O que eu posso fazer por você? — ele pergunta.

Um homem vestido de terno aproxima-se com uma pasta. Solicita três assinaturas. O demônio alcança o criado-mudo e dentre as quinquilharias ali amontoadas, encontra uma agulha e um potinho de vidro. Enfia a agulha na ponta do dedo e vira os olhos. O potinho rapidamente se enche de um líquido vermelho escuro e pela maneira como cai, percebo que é viscoso como uma cobertura de sorvete. Então ele mergulha uma pena branca no potinho de tinta e assina a papelada. Acho tudo isso carnavalesco demais.

— Por mim, nada não senhor.

Uma gargalhada de programa de televisão é emitida pelo sistema de alto-falantes. O demônio continua:

— Você se engana. Eu posso fazer muito por você.

A professora, Dorotéia, passa de carteira em carteira distribuindo as provas de matemática. Ela caminha vagarosamente para dar vantagem aos primeiros alunos. Eu serei a última a receber a prova porque a minha é a última carteira da última fila. Enquanto Eliane Meirelles está trabalhando na primeira questão, eu nem recebi a minha prova. Mas eu sei que há um custo pela ajuda oferecida. E eu não quero me envolver com ele. Agora ele retira a azeitona do seu drinque e com um peteleco joga-a para cima. Projeta sua língua ágil para fora e pega-a no ar, naquele ponto em que ela subiu tudo que podia subir, dá uma paradinha no meio da trajetória e torna a cair. Meu drinque ainda borbulha e eu não me atrevo a prová-lo enquanto ele não se acalmar. Marcelo Galvão recebeu sua prova. Mais cinco alunos e é a minha vez. Estamos no capítulo da Raiz Quadrada. Eu entendo perfeitamente o conceito de Raiz Quadrada. Não por mérito de Professora Dorotéia, mas de tanto pensar no assunto. Dorotéia nunca explica questões de matemática. Ela dá exemplos. Acredita que se martelar um monte de exemplos nas nossas cabeças, a coisa pode vir a fazer sentido. Vence pelo cansaço. Eu entendo que dentro de cada número mora um número menor. O numerinho está escondido lá dentro e a Raiz Quadrada é uma exigência para que a gente cavouque dentro do número e descubra qual numerinho multiplicado por ele mesmo, dá aquele numero de fachada. Então, quando uma pessoa diz que 3 é a Raiz Quadrada de 9, significa que 3 é a alma do 9. Escondido lá dentro, ele sustenta o 9. Isso tudo eu jamais poderei escrever nessa prova. Primeiro, porque não se deve escrever em provas de matemática. Segundo, porque caso você tenha que escrever, não deve usar a palavra "alma".

Nádia acaba de ler sua prova e vira-se para trás. Ela me encara e não diz nada. Não é permitido falar durante a prova. Mas o principal motivo por que não diz nada, é por não ser necessário. Aquele olhar eu conheço e diz que eu estou perdida, que jamais, em toda minha vida, serei capaz de fazer esta prova. Eu imagino o tipo de Raiz Quadrada que Dorotéia enfiou na prova. Bebo meu drinque borbulhante. O melhor é fazer um acordo antes que Dorotéia me alcance.

No fundo do meu, também há uma azeitona com o miolo vermelho. Atiro-a com mais força que deveria. Ela quase esbarra numa estalactite, o que seria desastroso. Eu poderia engolir dois milhões de anos de trabalho da mãe-natureza. Mas a azeitona é esperta e não encosta. É difícil saber onde ela vai aterrizar. Há uma corrente de vento nesta gruta e isto pode alterar seu percurso. Com a boca escancarada, caminho para a direita e para a esquerda, como um malabarista chinês. Sei que ele me observa e talvez ria de mim, mas eu me concentro no meu ato e consigo me encaixar na posição exata da trajetória. Abro a boca o máximo que posso e recebo a azeitona que bate no fundo da minha garganta e escorrega goela abaixo, sem brecar. Meus olhos se enchem de lágrimas. Estou sufocando. O garçom de branco me acode com uma garrafa de água com gás. Eu me recomponho e retorno ao assunto:

— É apenas uma provinha de matemática. Acho que não é necessário fazer um pacto formal. Eu não vou ganhar dinheiro com isso. Talvez nem seja um bom negócio para você. Além do mais, quem precisa de Raiz Quadrada, nessa vida?

Eu não assinaria papel nenhum. Eu não queimaria no inferno por causa de Dorotéia. Não mesmo!

— Eu! Eu inventei a Raiz Quadrada.

Eu devia ter imaginado. A idéia de enfiar pequenos numerinhos dentro de outros números, numerinhos que se estimulados, crescem e se transformam em algo maior... Claro!

— Por que você fez isso? — pergunto.

Eu sei que o demônio, ao contrário de Deus, prefere conversas francas.

— É divertido.

Recebo minha prova. Mas não vou me atirar a ela desesperadamente. Sei que Eliane Meirelles a essa altura já deve estar na terceira questão, mas não dou esse gostinho a Dorotéia. Ela não deixa a minha carteira. Cruza os braços e aguarda minha reação. Eu espreguiço, procuro um lápis, uma borracha, reforço meu rabo-de-cavalo e agora sim, pronta para começar. Dorotéia desenha um relógio na lousa. Omite o ponteiro das horas e o ponteiro dos minutos ela risca num traço determinado que aponta para os dez minutos. Daqui ao final da prova, de cinco em cinco minutos, ela apagará este traço e o desenhará um pouquinho mais inclinado. É o seu conceito de diversão. Talvez ela tenha feito um pacto.

— Tenho uma pergunta.
— Sou todo ouvidos — responde o demônio.
— A Dorotéia já...

Por algum motivo hesito em dizer "pacto". Ele pode ficar ofendido.

— Nunca consegui coisa alguma com Dorotéia. Eu tentei, mas ela não quis.

Dorotéia quer que extraiamos raízes quadradas de números estrambóticos. São sete questões. Ao final da prova ela exigirá as raízes. No seu ver, não passamos de roedores. Ela quer beterrabas e cenouras. Dorotéia altera o ponteiro dos minutos e volta para a sua mesa. Enquanto extraímos, ela lê uma revista.

— Pensando bem, tem uma coisinha que você poderia fazer por mim. Um favor insignificante.

O homem de terno volta com uma prancheta e caneta. Posiciona-se ao meu lado. Eu continuo:

— Não é tanto ajuda, é de certo modo uma inspiração para completar esta prova, sendo você o criador da coisa.

O homem de terno escreve na prancheta as minhas palavras. Tira uma agulha do bolso do seu terno e pede que eu lhe empreste um dedo. Eu meto minhas mãos no bolso. Concentro-me nos números e começo a fazer as tais contas. Extraio uma raiz aqui e outra ali. A última raiz eu não encontro. Talvez ela não exista. Eu sei que alguns números não possuem nada de bom dentro deles. Dorotéia recolhe as provas. O resultado virá só na semana seguinte, mas eu não tenho pressa. Escapei de mais uma tentação. Ela apaga o relógio da lousa e guarda nossas provas dentro de um envelope de papelão. Fecha-o girando um barbante em torno de um botão de alumínio. Gira o barbante três vezes. Dorotéia pode muito bem ser a enviada dele e a prova foi apenas um pretexto para chegar até mim. Lembro-me das palavras de Irmã Cecília: "Somos testados em nossos atos." Desta vez eu me safei, mas foi por pouco. Na cabeça de uma professora de matemática, ética e integridade de espírito, assim como alma, não são conceitos palpáveis. Ela entende apenas de notas e números. Mas eu sei que há mais nesta vida do que um boletim impecável.

Uma alegria

CLAUDIA LAGE

Claudia Lage (Rio de Janeiro, 1970) — Formada em Letras e Teatro, vive em Niterói (RJ).

Bibliografia:

A pequena morte e outras naturezas (contos) — 2000

Ela esticou os ouvidos. Queria ver se o marido já tinha chegado em casa. Ouviu apenas o silêncio. Não, não tinha. O barulho que a pegara tão desprevenida podia ser então do vizinho, ou de algum bicho lá fora. Mas, por via das dúvidas, fechou a porta do quarto. Ao seu redor, o silêncio aumentou como se aumenta uma música.

Sim, agora estava mesmo sozinha.

Sentou na cama, com o corpo magro, o corpo quente. O corpo doído também. Deslizou as mãos pelo pescoço, apertou com força a nuca.

A mão foi descendo —
o peito tronco o umbigo ventre —
parou então
— o sexo —
— apertou com força —
— o sexo.

Ouviu um suspiro que vinha do próprio peito da própria boca. A mão agarrada no tecido do vestido, o tecido colado na calcinha, a calcinha emaranhada nos pêlos, os dedos querendo entrar pelos pêlos. Os dedos com desejo medo de ultrapassar aquele caminho — seu — mas tão seu que sempre ali — e desconhecido.

UMA ALEGRIA

Fechou os olhos. Talvez para sentir melhor tudo. Talvez para não ver o que fazia. Foi suspendendo a roupa devagar, deixando livre as coxas a virilha. As mãos abertas, as pernas abertas. Se levantou um pouco, se inclinou um pouco. Não quis tirar a calcinha, apenas a afastou para o lado, de leve e rápido — qualquer coisa já estaria ali — de calcinha — era só arrumar o vestido. Buscou dentro de si um desejo. Um qualquer. Desses que se tem por um dia inteiro uma vida inteira. Desses que se deixa passar, por mais que arda, que queime, fazendo força para pensar que não é desejo — é fantasia. E pensando assim se fica mais calmo, porque o desejo dá cada susto na gente. Já fantasia a gente sonha.

Lembrou do homem. Imaginou-o debaixo dela. Um homem forte, de sexo forte. Não é feio, pensou. Não é bonito, pensou. Um homem. De onde era aquele rosto? Da fila do banco? do ônibus? do mercado? Não sabia. Nem fazia questão de saber. Queria só sentir o gosto do desejo, pensar que seus dedos eram o desejo. Ao abrir os olhos, deu com a mão enfiada entre as pernas. Ao fechá-los: viu o homem deitado. Quando abertos: a mão. Fechados: o homem. Ah. Muito melhor assim. Beeemm fechados. Aaaaassiim. Foi se movimentando. Devagar. Beeem. Deevaagaaar. Os dedos foram entrando. O homem foi entrando. Fez uma careta, porque doeu um pouco. Ardeu um pouco. Mas era bom. Só que estava seca. Ainda estava. Mexeu lá dentro os dedos. Entrou um pouco. Saiu um pouco. Mais rápido, mais lento. Oh. Mas era como se o homem estivesse sumindo. Apertou fundo os olhos para ver se ele voltava dentro do escuro dentro dela. Mas era como se ele tivesse ido embora.

Tirou as mãos, atrapalhada. Quando abriu os olhos, percebeu a imensidão do quarto vazio. Percebeu também, como se, repentinamente, lhe abrisse um outro quarto por dentro, a imensidão de si mesma, ali sozinha. Tentou lembrar o que dizia a revista. Para massagear bem o clitóris. Clitóris: Monte acima da entrada da vagina. Sim, era isso. Colocou a mão de novo. Fez a massagem. Nada. Apertou bem os olhos para que o homem voltasse. Nada.

Pensou em pegar a revista, podia ter esquecido algum detalhe. Pensou em desistir, vai ver não gostava mesmo dessa porcaria. Vai ver todo mundo mente dizendo que é bom. Bom coisa nenhuma. Pois ela achava aquilo um horror, uma pouca-vergonha, uma safadeza. Uma porcaria mesmo.

Não sabia por quê, às vezes tinha essas vontades. Mas não conseguia nada com isso, só irritação. Sempre foi assim. Com o marido, e agora sem o marido. Irritação. Arrumou a calcinha, o vestido. Estendeu as mãos como se elas estivessem sujas, levou-as assim mesmo estendidas até o banheiro. Esfregou-as com sofreguidão. A água caindo forte nas palmas, os dedos ensaboados se misturando com a espuma. A água escorrendo pela pele. Água que não estava fria: morna. E como morna daquele jeito era bom. A espuma também, tão macia. Ah, como era fácil, como era bom um prazer assim, sem esforço. Lavou também o rosto, afundou a água nas linhas nas marcas da pele. O corpo chegou a tremer. Um tremor sem pensamento. Há quanto tempo não tinha. Um arrepio inteiro sem considerações. Quando se olhou no espelho, achou incrível deparar-se consigo mesma, como se fosse outra. Virou rápido o rosto mas não a tempo de evitar não perceber como estavam mais brancos e ralos os seus cabelos.

Respirou, um ar que vinha lá do fundo lá de dentro. Ouviu então um barulho na porta. Barulho de chave. A porta abrindo, a porta fechando. Passos. Correu como pôde para abrir a porta do quarto, correu como nunca para apagar qualquer evidência, embora não houvesse nenhuma.

Sentou na cama, esbaforida. Arrumou o vestido, esfregou as mãos ainda úmidas. Ainda esbaforida, levantou-se. Ouviu a voz do marido, um pouco surpreso por não tê-la visto logo que abriu a porta. Ela apressou-se para encontrá-lo. No caminho percebeu: como suas pernas estavam fracas. Apoiou-se no corredor na parede. Ao vê-la daquele jeito bamba e ofegante, éle franziu a testa: O que foi? Está doente? E ela, coração na boca: Asma. Todo solidário, ele colocou a mão sobre os seus ombros: Tomou o remédio? Ela, pensando em outras coisas, sem conserto, sem remédio: Tomei. Ele balançou a cabeça, satisfeito. A observou por um segundo, como se a deixasse se recuperar. E, depois de um tempo, decidindo que já estava recuperada: Mas...fez o jantar, não fez? Ela, que não esperava outra pergunta, disparou: Sopa. E, diante da careta do marido, foi implacável: Se não quiser, não toma.

Mas, como já esperava, ele quis. Ela então foi colocar a mesa. Como já esperava também, ele não a ajudou. Quando, na cozinha, pôs a panela no fogo, ele, na sala, se sentou no sofá. Enquanto esticava a toalha na mesa, ele esticava as pernas sobre o tapete. Quando pôs a mão sobre o peito, um misto de cansaço e vergonha, ele espreguiçou-se todo, colocou a mão na barriga, coçou a barriga, e ligou a televisão.

Na cozinha, ela olhava o fogo. A sopa começou a borbulhar. Da comida não vinha nenhum cheiro. Estava ainda absorta na ânsia do que tinha feito. Ou do que tinha tentado fazer. Carregava uma sensação esquisita, como se tivesse um soluço preso. Quando se sentaram para comer, a sensação cresceu, como se crescesse por dentro um silêncio. Olhou para o marido, achando-o velho e cansado. Ele tomando a sopa, sem vontade de tomar. Ela também. Tinham os dois a mesma idade, então era como olhar no espelho o próprio tempo e cansaço. Ela sem fome, a comida sem gosto. O homem também, sem fome, sem gosto.

De repente, ele disse: Amanhã não janto em casa. Não? Ela surpreendeu-se. Não, confirmou, tenho jogo. Que novidade é essa? Buraco, ele respondeu. Huum, foi o comentário dela. Ele preferiu não dar atenção, continuou: Na casa do Armindo. Aquele do mercado. Ela tirou os olhos do prato, olhou para ele: Sei, disse. E não disse mais nada. Fechou a cara. Mas, no fundo, até achou bom. Era uma coisa a menos para fazer. Pensou que podia ir visitar a neta, e ficar até mais tarde com ela. Contaria estórias, daria o último beijo antes da menina dormir. Ou não. Podia fazer outras coisas. Sim. Outras coisas. Ouuutraass.

Ele, estranhando o jeito dela: O que foi? Ela, num susto: O que foi o quê? Ele: Que cara é essa? Ela: Que cara? A minha! Ele, não gostando nada: Esquisiiitaaa. Eu, hein!, ela disse, às vezes você vem com cada uma. Toma a sopa, velho. E ele, largando a colher: Já tomei. Ela largando também: Tá ruim, não tá? Demais, ele concordou. Sorriram. Depois de um silêncio, ela teve um suspiro: Perdi o gosto com a cozinha. E, de repente, achando que este podia não ser um motivo suficiente: Também hoje estou cansada. Asma, ele lembrou. É verdade, asma, ela repetiu. E acrescentou: dor nas costas também. Ahh, essa dor — exclamou ele — essa eu tenho todo dia. Não me larga, não me deixa. E as pernas? Ela continuou. Estão pesando, disse, sofrido. E os joelhos? Latejando. Os pés? Inchando. O pescoço? Torcido. O estômago? Doído. Os olhos? Nublando.

Depois do jantar, cada um foi para um lado. Ela tirou a mesa, ele se sentou na poltrona, em frente à televisão. Enquanto ela guardava a comida, ele começou a tirar um cochilo. A cabeça dele cambaleando, enquanto a dela zunia. Baixou o olhar sobre a sala sobre a casa, viu o silêncio arrastado e triste pesando cada (e toda) coisa viva. Reconheceu que para ela os móveis os objetos eram também uma existência. Tudo pulsava. O marido na poltrona pulsava. A poltrona pulsava também, mais do que o marido. Ela ali em pé pulsava. Também pulsava o pano de prato em suas mãos, com pulso mais forte do que ela. Dentro de sua boca, pulsava ainda o gosto da sopa sem gosto. Bebeu água pulsando para tirar aquele ranço de coisa nenhuma.

UMA ALEGRIA

Não adiantou. Tudo continuou em pulo. Ela percebeu que não adiantava ficar como estava imóvel no meio da sala, pois mesmo daquele jeito imóvel nada parava o movimento. Bebeu mais água querendo engolir soterrar de uma vez o incômodo que sentia: o de quase vir à tona o gosto amargo das coisas mofadas das coisas esquecidas.

Bobagem. Precisava era se distrair um pouco. O marido lhe dizia isso às vezes, que precisava de uma distração. Era verdade, ela sabia: uma fuga uma distração uma alegria.

Meu Deus, uma alegria.

Levantou os olhos repetindo meu Deus, meu Deus.

Só então percebeu como usava o nome Dele. Nem religiosa era nem tinha muita fé, apenas dizia as palavras na verdade como uma expressão um modo de dizer. Nem pensava Nele ao chamar por Ele. Só agora notava, ao dizer a palavra alegria, como era forte em sua vida, a falta Dele.

Estranho foi que ao sentir a falta, começou também a sentir um ruminar claro manso doce da presença. Sim, um leve vagar de luz precipitava-se. Ela sentiu isso como um aviso um sinal. Até achou por um rápido instante toda a casa mais bonita. Mas isso foi num piscar de olhos num quase nada pois ela logo voltou a ser como era, sem graça e esquisita mesmo.

Mas para ela a breve visão tinha sido suficiente.

Estava decidida: antes de dormir, faria uma oração.

E, no dia seguinte, bem cedinho, iria à igreja.

....

Não foi.

A oração fez, mas sem achar muita graça na repetição, na ladainha.

Quando acordou, disse a si mesma que já estava muito velha para essas coisas.

Essas coisas eram:

Igreja — pois que graça depois dessa idade virar beata?!

e

Sexo — pois se não tinha gostado até agora iria gostar de repente e assim a troco de nada?

Mas uma coisa não saía de sua cabeça. Era o seguinte:

Numa revista havia uma reportagem sobre "A satisfação sexual da mulher". Ela leu a matéria no consultório do dentista, na sala de espera. Leu assim como se lesse qualquer outra coisa. O que a intrigou foi um depoimento. Uma senhora de 60 anos disse que nunca tinha conhecido a felicidade no amor — o que ela entendeu: *na cama* — com o marido. O que fez essa pobre senhora pensar a vida inteira que não gostava de sexo. Pois bem, um belo dia um senhor se declarou para ela, pensando que era viúva. Depois de muito hesitar a doce senhora aceitou a corte — o que ela entendeu como: *traiu o marido, tornando-se amante do senhor*. E aí está o ponto que não saía de sua cabeça: a senhora gostou! Gostou desse senhor, do sexo com esse senhor! Disse que ele fazia coisas que ela nunca imaginara e que o marido nunca sequer pensara em fazer. E o que essa senhora disse sentir foi de uma intensidade um esplendor uma maravilha! Era isso que a estava enlouquecendo: pois também sentia o desejo — mesmo com a sua idade — sentia. E se sentia o desejo por que não sentiria o prazer? O que a enlouquecia mais ainda era outra coisa: se sentia o desejo e não o prazer, a culpa era necessariamente sua? E se fosse como a senhora da revista? E se, meu deus, estivesse casada há 40 anos com um homem que não a amava? Ou pior: que até a amava — no sentido amor *afeto* — mas que no sentido — amor *carne* não — ou não a amava com desejo ou simplesmente não sabia como amar. E se ela também não o amava do mesmo jeito? Tinha lido isso também: havia pessoas que por mais que se gostassem simplesmente não eram compatíveis sexualmente. Coisa de *química*, de *pele*, ela leu. Mas... — e isso tudo tinha dado um nó na sua cabeça! — pois sempre achou que sexo era aquilo mesmo, que não tinha como ser melhor, que o resto era papo furado de mulher moderna assanhada sem vergonha que não quer casar não quer ter filhos nem obrigação, quer é ficar se esfregando e tirando a roupa — mas — e que nó estava a sua cabeça! — se não era bem assim — se era real esse *prazer*, se pode mesmo ser bom como é tanta coisa na vida — por que ela nunca soube nunca sentiu? E o seu marido — mais experiente do que ela — será que ele sabia dessas coisas todas? Se sabia, será que gostava mesmo dela? E se gostava por que parou — há quantos anos? — de procurá-la? E se não gostava ou se não sabia — meu Deus — muito pior — pois estavam os dois sem saber sem gostar! Nossa — e aquilo bateu nela quase a explodir! — pois o que seria dela o que faria se estivesse — sem saber — casada há 40 anos não com um marido mas sim com um pai um amigo um filho um irmão?

Meu Deus, pensou de novo (ou sentiu). Meu Deus! E precisou apoiar-se em alguma coisa (qualquer coisa) para não cair. Com um esforço mudo espantado apoiou-se no que pôde (em si mesma). E ainda fechou os olhos — pálidos hirtos — para um momento de fôlego um único um só. Nossa. Estava se sentindo como que invadida desvendada. Tudo isso era uma novidade não só desde sempre ignorada mas também muito desconcertante. Porém (pensou) talvez e por isso mesmo — por ser essa uma coisa nova e desconcertante — fosse curiosamente essa coisa — o seu sinal. Pois talvez precisasse aprender a lidar com as coisas desconcertantes. Ou talvez precisasse aprender a lidar com as coisas — todas.

Mas — calma — é preciso ter calma. Para muita gente, isso é mais do que o normal. Para a maioria, isto é o normal. Mas também, o que estava pensando? e com a sua idade? O que queria? Oh, mas ela lembrava muito bem que nova já não gostava muito da coisa. Gostava do afago do carinho, mas do negócio mesmo não. E para ela o máximo de satisfação eram os beijos os abraços e a cara feliz do marido dormindo ao seu lado. Não conhecia a carne do amor. Do amor só conhecia a sensação romântica de enamorar-se. E agora depois de velha descobria que havia uma alegria maior nesse mundo. E pior: que lhe era totalmente desconhecida. Havia um sabor intenso que nunca provara, um abandono que nunca se permitira. E era esse desconhecer essa ignorância que ela não suportava não podia suportar pois a vida inteira lhe falaram lhe enfiaram na cabeça que isso era safadeza bobagem que isso não existia mas agora pensando e vendo a vida de outras pessoas ela não podia deixar de ver de questionar: se existia para tanta gente – como ela mesma pôde constatar – respeitável – por que também não podia existir para ela, logo ela – que sempre se deu tanto ao respeito que tanto se fez respeitar?

Pois bem. Tinha lido, inclusive, na revista, sobre *masturbação*. Isso a fez tremer, porque nunca ousou, nunca! Mas a revista disse, especialistas no assunto afirmaram, que podia ser um ato bom – o solitário – e positivo. Para ela isso já era demais, mas continuou a ler. Havia muita coisa nesse mundo que não sabia e queria precisava saber. O ato – e solitário assim ela achava triste – mas enfim – o ato – podia ser de um grande valor instrutivo. Sim, pois tocar-se é também descobrir-se é também conhecer-se, dizia o artigo na revista. E no fundo ela achava que bem que isso podia não ser assim tão feio que o que diziam podia até fazer sentido. Nesse momento pensou em Deus e nem soube por que Deus coitado caiu na sua cabeça misturado nesse assunto. Mas depois pensou caramba e por que não posso colocar o sexo na mesma frase que coloco Deus – e vice-versa – pois – afinal de contas – não são os dois que criam tudo? Mas depois que achou isso até encolheu os ombros, olhou para cima, com certo receio de ser repreendida. Mas como Ele não se manifestou, ela mesma tratou de repreender-se, tão pesada estava a sua consciência. Pois — estava ficando doida?! Isso era coisa para se pensar?! Pois então estava era pensando demais a ponto de enlouquecer sem sentido! Se Deus aparecia em sua mente era para lembrá-la da sua posição nesse mundo! da idade! e dos deveres nesse tempo — talvez pouco — que lhe restava de vida! Sendo assim ela soube que a mensagem era que parasse de besteira, iluminasse os pensamentos e cultivasse como a boa senhora que era (ou devia ser) o hábito de freqüentar a igreja de ajudar o próximo e de entoar as preces.

....

Pois bem. Num suspiro, fechou os olhos.
Juntou as mãos sentindo-as quentes febris.
Apertou um pouco os lábios — que se apertaram secos.
Passou um pouco a língua entre eles — não queria que se ressecassem tanto.
E com o corpo magro o corpo quente o corpo doído — a mente quente doída também — deslizou as mãos pelo pescoço, sentindo a pele textura do pescoço.
Apertou com força a nuca — e saiu um arrepio fino gostoso de dentro do aperto da nuca.
A mão foi descendo — o peito o tronco o umbigo o ventre—
— e assim de olhos fechados a respiração intensa — foi sentindo tudo macio tudo vivo novo — parou então —
— o sexo —
apertou com força —
— o sexo.
Assustou-se um pouco com o suspiro gemido que saiu de sua boca. Viu rapidinho de rabo de olho a porta fechada. O marido estava no tal jogo de buraco. Não havia perigo. O importante era fechar

os olhos e relaxar. Respirar e sentir. Sentir este corpo que era dela. Com os dedos mais rápidos mais ágeis atravessou entrou pelos pêlos. Sentiu então a carne macia. Foi acariciando sem pressa de nada só por acariciar como se faz carinho em qualquer outra coisa que se gosta e quer bem — foi acariciando sem pensamento o monte os lábios a entrada do próprio sexo. E os próprios dedos foram sentindo o ritmo que era bom a hora que era bom ser mais rápido mais lento. E sem perceber ela já estava toda tomada pela sensação quente molhada macia que crescia entre as pernas para dentro dela subindo as costas a coluna. E ao mesmo tempo que não pensava em mais nada já sentia um alegria pois já tinha identificado que meu Deus era isso era isso só podia ser! E como era gostoso bom e como estava toda ela molhada como nunca nunca esteve em toda a sua vida e por que meu Deus passou ela a vida inteira assim sem se molhar? E continuou com os dedos a mão esfregando sentindo o arrepio maior mais rápido mais forte mais mais! — até que de repente não agüentou não pôde pois começou tudo a crescer explodir e tão rápido e se espalhando pelo corpo todo saindo por sua voz entrando pelo espaço — tanto que ela se ouviu e então pensou sou eu eu! — e ainda riu um pouco antes de tombar o corpo na cama e abrir finalmente os olhos e ver as paredes os armários tudo pulsando junto na mesma sensação que ela e — com um suspiro grande intenso profundo fechou de novo os olhos preferindo voltar para o escuro onde o silêncio de tudo ainda crescia e onde pôde sentir — ao mesmo tempo em que pensava — Nossa! — meu Deus — então era isso.

....

 Quando o marido chegou, as luzes estavam apagadas. Ele acendeu a da sala e, nem soube por quê, teve logo um estranhamento. Parecia tudo igual, mas teve a sensação que as coisas estavam mais

UMA ALEGRIA

arrumadas mais bonitas. Também se surpreendeu ao entrar na cozinha, na pia havia restos de comida, macarrão bife batata lingüiça. Ele olhou aquilo, estranhando tudo. Viu também uma taça ainda com um pouco de vinho. Tinto. Achou tão esquisito. Aliás, sua mulher estava mesmo muito esquisita ultimamente. Com umas ausências, uns esquecimentos, umas preguiças. Será que estava ficando doida? Talvez fosse a idade. Será que ia ter que cuidar dela? O que ia fazer, ele — velho e sozinho?

Quando entrou no quarto, a encontrou deitada. Foi sentindo no ar, muito fraco, um cheiro de perfume. Deitou-se ao seu lado achando aquilo tudo cada vez mais inusitado esquisito. Essa sensação piorou quando percebeu que ela não parava de se revirar e mexer na cama. Tentou mas não conseguiu de jeito nenhum pegar no sono com tanto movimento e barulho. Ela começou também a suspirar e a balbuciar coisas que ele não ouviu direito nem conseguiu entender. Quando dormiu, foi porque afinal se acostumou com a bagunça, não porque ela tinha parado. Às vezes perguntava Mas o que é isso minha véia, é pesadelo?!, mas ela se revirava, não respondia. Então, ele foi aos poucos pesando os olhos, ressonando, até que finalmente dormiu.

No meio da madrugada, acordou, num sobressalto. Ela estava se mexendo demais na cama, de costas para ele. Quando de repente se virou de frente, viu que ela tinha as mãos entre as pernas. E que roçava as mãos entre as coxas. Então ficou de costas de novo e ele não pôde ver mais nada. Mas percebeu pelo movimento que ela levantava um pouco a camisola que enfiava mais a mão entre as pernas e que mexia lá dentro. De olhos arregalados, viu o braço dela se mexendo de lá pra cá de cá pra lá. Já ia acordá-la com um safanão um empurrão com qualquer troço, tão espantado atônito que estava, mas então ouviu de sua boca um suspiro. E outro. Mas o que é isso? Que pouca vergonha é essa?, foi dizendo — não para ela — mas para si mesmo. E como ela continuou, ele pulou da cama, num assombro que nunca sentiu na vida. Encostou-se na parede, sentindo-se um moleque um menino. Ele — que era um senhor um velho. De repente, ela deu um último suspiro, não muito alto, mas denso. E mergulhou a cabeça no travesseiro, dormindo muito quieta o seu sonho mais profundo. Ele ficou ali, olhando-a, sem saber o que fazer ou para onde ir. Deu a volta, espiou para ver se estava mesmo dormindo, voltou, ficou perambulando de um lado pro outro pro outro. Até que, por fim, se sentou na beirinha da cama, e ali passou a noite toda, num sentimento entorpecido, como se quisesse ficar acordado até de manhã para provar a si mesmo que não tinha fechado os olhos não tinha dormido e que aquilo mesmo que tinha visto não era um sonho uma alucinação, era mesmo a sua senhora e era mesmo, enfim, aquela pouca vergonha, isso.

....

Quando ela acordou, levou um susto: o que foi? Disse se sentando, já preocupada. Ele ainda estava ali, na beira da cama, com os olhos caídos e espetados nela. Nada, sussurrou. E depois de um pigarro: Melhorou da asma? Ela, respirando fundo: Nossa! Melhorei, e como! Levantou-se e num espreguiçar lento foi até o marido, deu-lhe um beijo na testa um carinho nas rugas. Ele ficou olhando aquilo: o beijo, as mãos dela, o carinho em seu rosto. Então ela foi até o banheiro, lavou os dedos, os braços, a face, o pescoço. Pegou a toalha num suspiro, exclamou: ai aai! Depois: que fome! E largando a toalha, saiu do quarto sorrindo, cantarolando.

Ele foi atrás, sem acreditar naquilo. Arrastou os chinelos, não acreditando. Na cozinha, ela lavou a louça, fez o café, colocou a mesa, abriu a janela, sempre cantando. E ele sem uma palavra, parado que nem pedra, olhando. Ela quis saber como foi o jogo — se ele pegou o

UMA ALEGRIA

morto – se bateu – se ganhou e – quantas vezes e – com quantos pontos? Ele apenas disse: Foi bom. Peguei. Bati. Ganhei. Duas. O suficiente. E mordeu o pão, enchendo a boca, para ficar quieto, para não dizer outras coisas.

Ela comeu também. Pão. Manteiga. Queijo. Ele ficou mastigando, os olhos cravados nela. De repente, e pela primeira vez na vida, teve assim, uma vontade doida de chorar. Virou o rosto, quase chorando. Ela não viu. Ele então pegou o guardanapo, disse: Já vou. Quando ela perguntou: aonde? Ele já tinha se levantado, já estava no quarto se arrumando. Depois de pronto, passou direto por ela, antes de abrir a porta da rua soltou um: não me espera que demoro. E saiu.

Na verdade, não chegou a sair. Ficou lá fora, perambulando. Deu umas dez quinze voltas na esquina. Depois entrou no próprio quintal, rodeou a própria casa, passou agachado como pôde pelas janelas. Não podia ser visto numa situação daquelas, espionando o próprio lar. Viu que a esposa não estava mais na cozinha. Foi se aproximando da janela da sala. Ouviu então som de música. Uma canção antiga, que ele já havia esquecido. Ela tinha colocado o disco na vitrola, e estava na cadeira de balanço, balançando na suavidade da música. A cabeça um pouco tombada para o lado, os olhos um pouco fechados. Estava bonita assim, ele achou. E perdeu a noção do tempo, ali, admirando-a. Novamente, as lágrimas subiram em seus olhos. Ele se encolheu mais ainda, a mão apertando a boca, todo encolhido. Por quê?, se perguntava, Como? Desde quando? Não entendia, não conseguia entender. Há mais de dez anos um dia chamou a mulher e disse: olha, o negócio é o seguinte, fiquei impotente, não posso mais. E a reação dela foi de uma tranqüilidade, ou melhor dizendo, de um alívio que! ele, todo ofendido, soube então o que sempre desconfiara: sua esposa não ligava muito para aquilo. No entanto, a sua impotência era uma farsa uma mentira. Tinha, até hoje, força e vigor. Era um senhor bem apanhado, robusto. De vez em quando, ainda dava as suas saidinhas. A mentira fora uma bobagem, um teste. Mentiu por puro medo. Queria que ela sentisse a falta, que reclamasse, que falasse alguma coisa. Não sentiu, não reclamou nem falou — nada. Estava, como se diz, mais do que conformada. Mas, ele sabia, no fundo, ela agradecia "o fim daquela sem-vergonhice". Pois os filhos já estavam criados os netos crescidos, para que continuar com aquilo? Sim, ela pensava isso, ele sabia. Por isso não entendia — como entender? Tá certo que, depois de tantos anos de casamento, ele próprio também não se entusiasmava muito, mas achava que era aquilo mesmo que para ele estava bom. Só que também tinha certos pudores com ela, achava que com algumas coisas ia se assustar, se espantar, podia achar que era falta de respeito. Mas agora quem estava espantado era ele, quem agora se sentia desrespeitado era ele, mas que história era aquela afinal? Ele devia ou não devia tomar satisfações?

Com um movimento lânguido, ela se levantou da cadeira de balanço e saiu da sala. Ele ficou olhando para a cadeira vazia balançando no tempo no vazio. Porém, quando ela chegou no quarto, ele já estava no canto da janela, à espreita. Ela então se deitou na cama, as mãos sobre o peito. Ainda acompanhava a música, cantarolando baixinho. Quando soltou os cabelos, brancos, compridos, ele reparou como eles descendo pelos ombros ficavam bonitos. Gostou também de ver a silhueta da sua mulher deitada, como um desenho, toda alongada. Suavemente, ela foi descendo as mãos pelas pernas e ele as viu pálidas marcadas — vividas. E, quando tirou a camisola, num susto, viu também a pele dela um pouco enrugada seca franzida. Olhou então para o peito os seios e achou que mesmo com a idade de netos e filhos eles ainda conservavam a sua graça formosura. Pensou que se olhasse para o próprio corpo com certeza ele estaria assim também. Não reparava muito no próprio corpo. Mas da mesma forma devia estar marcado nele o tempo a memória e as coisas da vida.

Tentou lembrar há quanto tempo décadas não tocava naqueles seios — não sentia a sua forma não enrijecia com a língua dedos aqueles mamilos não deitava naquele colo macio — há quanto? Não sabia. O tempo tem esse castigo: você não deixa as lembranças, elas é que deixam você. Não importa o quanto se deseje lembrar uma coisa, e aí é que está a ironia de tudo: olhava a sua mulher e olhava agora daquele jeito não apenas para vê-la — mas também e principalmente — para recordá-la.

....

Quando abriu a porta da rua, abriu lentamente para que ela não ouvisse. Atravessou a sala como um índio, sem fazer barulho. Parou em frente à porta do quarto, que estava trancada com o trinco, mas não com a chave. Ele tinha banido as chaves há muito tempo de sua casa. Foi girando a maçaneta com muito cuidado e precisão. Ela não percebeu quando ele abriu a porta, estava sentada na cama, de costas. Continuava na ânsia do que estava fazendo, os olhos fechados, a boca mordida, numa entrega absoluta, sem a menor possibilidade de perceber. Ele então entrou um pouquinho e só não entrou tudo porque ela fez um movimento brusco e ele assustado com essa mulher que se mostrava de repente também bruta preferiu não arriscar e ficou então escondido como um menino atrás da porta olhando. E olhou aquele abandono, num desespero hipnotizado, triste. Nunca a tinha visto daquele jeito na vida 40 anos de casamento e nunca um momento de desamparo como aquele — de descontrole absoluto de solidão. Sentiu-se um invasor e ao mesmo tempo parecia que roubava instantes de intimidade de prazer que deveriam também lhe pertencer que deveriam ser (terem sido) seus.

Nesse ponto, quase engasgou quase, porque aquilo não estava certo não estava direito. No entanto, fechou novamente e com cuidado a porta, porque o susto a vergonha as palavras já se arrastavam áridas em sua boca e ele próprio também não agüentava mais arrastar-se.

....

De noite, a observou dormindo. Estava quieta e tranqüila. Muito lentamente, passou os braços pelas suas costas e a abraçou, puxando-a para si, como há tempos não fazia. Ela de imediato se aconchegou nos seus braços, como se sempre encontrasse aberto aquele abrigo. Isso o comoveu um pouco. Acariciou de leve os cabelos os ombros os dedos dela. Achou que tinha a pele ainda macia. O perfume dos cabelos também era o mesmo, embora houvesse um certo azedo no ar. No entanto, ele achou que esse cheiro podia muito bem ser só do seu corpo, só seu, ou então — dos dois — ou ainda do próprio quarto talvez abafado ou já cansado e velho. Percorreu o corpo de sua mulher com os olhos as mãos aproximou o rosto do rosto da boca. Nessa hora, ela abriu os olhos um pouquinho. Estava escuro e ele não viu, mas ela já estava acordada e vendo que ele a acariciava que a queria. Não entendeu aquilo — depois de tanto tempo! Um carinho como aquele, não estava mais acostumada! Um carinho além da carícia — um desejo. Sentiu a mão dele se deslocando, saindo de sua cintura e parando em um dos seus seios, onde ficou, pausada. Como ela adorou aquilo! E, sabendo que ia surpreendê-lo, foi abaixando a mão até o ventre o sexo dele, e ali pousou-a, ofegante pesada. Sentiu-o estremecer e estremeceu também, trêmula e envergonhada da própria urgência e fúria. Ficaram horas imóveis e em silêncio, um ouvindo a respiração do outro. As mãos também imóveis como que reconhecendo um lugar um caminho. Aos poucos foram se tocando respirando sentindo, percebendo como era intenso fazia sentido cada dedo em cada pedaço de pele — com cheiro de carne e tempo — e cada parte exalando o seu próprio viço. E sem que ele pedisse ela se inclinou e beijou o seu sexo. E sem que ela pedisse ele enfiou a mão entre suas coxas — e foi entrando com os dedos do jeito que ele viu ela fazendo do jeito que ele achou que ela devia gostar. Foi quando então ela o olhou surpresa, e já ia se perguntar como ele sabia essas coisas será que — meu Deus — ele a tinha visto? Mas ele não a deixou pensar, botou a mão dela novamente em seu sexo para que ela visse como ele estava imponente duro. Depois a beijou na boca e suas línguas juntas eram como um chicote, uma cobra viva. Por sete dias e sete noites não saíram da cama não tiveram outra vida. Ele disse: enfim posso morrer pois agora conheço a verdade escondida em todas as coisas: o sabor de cada tempo, a delícia. Ela riu dizendo: morrer não mas agora enfim posso ao menos entender o que é tirar a roupa e ficar desse jeito solto — não despida nem exposta: nua.

Um elefante

ÁLLEX LEILLA

Állex Leilla (Bom Jesus da Lapa (BA), 1971) — Mestre em Letras pela Universidade Federal da Bahia e doutoranda de Literatura Comparada na Universidade Federal da Minas Gerais. Mora em Salvador (BA).

Bibliografia:

Urbanos (contos) — 1997
Obscuros (contos) — 2000
Henrique (romance) — 2001

Ah, se eu soubesse aonde se esconde/ Quem nunca aparece/
Está sempre tão longe/ Hoje eu li no céu o teu nome/ Eu quero
tudo dessa madrugada/ Deixo a luz acesa/ Pra tua chegada/
Há um carrossel de todas as cores...

HERBERT VIANNA

*A*gora *ela passa dentro da luminosidade verde que cobre a cidade.*
Dia estranho este, sem sol, sem chuva, só umidade e verdura.
    Ela pára numa padaria, compra pão doce e café. Está vestida com roupas muito sombrias, que parecem parte indissociável da manhã.
    Limpo as lentes do binóculo com a ponta da camisa. O tecido fica todo empoeirado e as lentes, embaçadas. Misérias de um homem só.
    No carro do meu vizinho, parado e de porta escancarada perto da minha janela, Luiz Melodia está cantando *Pérola negra*. Luiz Melodia está terminando *Pérola negra*.
    Meu vizinho fala alguma bobagem alto demais. Vou à janela e lhe digo: cala a boca. Ele me manda tomar no cu. Rebato: vá você que tem costume. Me afasto. Ouço-o reclamar com outro cara que não conheço, não é desta vila, "porra, que bicho deu nesse indivíduo, agora?".

UM ELEFANTE

Abandono o binóculo, me deixo espalhar pela cama de olhos fixos no teto. Será que ela já atravessou a rua outra vez?

Ligo e desligo a TV. Retorno. Procuro-a. Nada. Resolvo me afastar da janela definitivamente. Drástico, drástico, cara insuportável sou eu. Não consigo mais vê-la, ela entrou numa travessa que dá na praça Mendes Jr. Quem terá sido esse babaca? Me pergunto, enquanto decido tomar banho frio.

E tomo, e me ensabôo bastante. Uso vários sabonetes, vários xampus. Pra nada, meu cabelo não está sujo, só pra sentir os cheiros se espalhando pelo ar do banheiro. Ele é quase todo cor de terra, o meu banheiro, exceto pelas violetas e calancóis — roxas, azuis, amarelas, vermelhas — nos vasos negros em cima do parapeito. As violetas, as calancóis, todas as flores que enfeitam meu pequeno espaço são coisas que minha mãe deixou em mim e nunca saem.

Mesmo com o chuveiro ligado, posso ouvir o som do velho Chevette do meu amigo lá embaixo: Melodia está começando *Congênito*. Realmente, *o tudo que se vê não representa tudo*. Se bem que eu mesmo não entendo porra alguma do que vejo.

Na cama, nu, sem ninguém. Mastigo uma barra de chocolate. Meu relógio acompanha o tédio do mundo: 10:25, 10:26, 10:27, 10:28, 10:40. 11:00. 12:30. 12:55... 13:21... 15:00.

Desço e compro jornal.

Então, de repente, como um tolo desgraçado que sempre fui e continuarei sendo, resolvo entrar na padaria. Eles vendem xícara usada por um determinado cliente? Descrevo-a. Entrou ali por volta das 9 horas, comprou pão e café. Conto meu dinheiro na frente do balconista. Quanto custaria adquirir a xícara na qual ela bebeu? Deixe de idiotice, diz o caixa, friamente. As xícaras são lavadas imediatamente após o uso. Você tem certeza? Não teria ficado esquecida no canto da pia? Vá amolar sua mãe, ele responde, chateado, vira o rosto, e pergunta qual é a marca do cigarro que o filho de seu Oscar deseja. O filho de seu Oscar tem coisa de 13, 14 anos, jamais deve ter se apaixonado, ri da minha cara. Eu digo: vá à merda, ele responde ao caixa: Marlboro.

Todo mundo é contra nós dois nesta cidade, meu grande amor, inclusive você mesma, que nem me nota.

Caminho, refaço os seus passos na rua Ana Rita. Quem será ela? Terá lutado na guerra do Paraguai? Assassinara miseráveis em Canudos? Fora amante de um dos Bragranças? De qual invenção da História do Brasil terá participado essa tal de Ana Rita? Caso de Joana Angélica, diria Glauco, o meu melhor amigo, todas as mulheres estranhas à memória brasileira roçaram com Joana Angélica e a Igreja escondeu de nós. Glauco é uma figura. Uma das vantagens de ser amigo dele é esta: você pode recuperar o humor a qualquer momento, mesmo sem querer. Seja como for, Ana Rita dá nome a uma das ruas mais quietas do país. Rua de uma única padaria, uma locadora de vídeo, banca de jornais e revistas que não vende nem publicações nem fumo importados, mas, sim, produtos caseiros — jornal da cidade, mel, doce de leite, queijo, iogurte, cachaça. Em Ana Rita, o passado da biblioteca estadual, que ninguém freqüenta, ri da luminosidade brega do cinema pornô, que eu não freqüento. *Penetrações triplas*, diz o letreiro de hoje, ingressos: R$ 2,00 meia; R$ 4,00 inteira. Promoção: de 2ª a 5ª, R$ 2,00 para todos. Anote aí: *Paratodos* é um dos meus discos preferidos de Chico Buarque de Holanda.

Não apague a luz porque te olho da terceira casa, à direita de quem vem do mercado central, na rua Eugênio Lima — sabe lá Deus quem terá sido esse sacana —, te olho e acendo um cigarro atrás do outro, enquanto você bebe algo cristalino, água, acho, ou vodca, ou aguardente, encostada na janela, vendo a noite amadurecer.

UM ELEFANTE

Um dia, penso, sonho, deliro, desejo pra caralho: vou explodir todas as janelas, a olho nu e bem perto, colado ao teu corpo, eu saberei melhor do movimento diário e da natureza do que você mistura à saliva. Viver contigo deve ser como viver entre as estrelas e não se perder. Sim, sou romântico, é claro. Você nem sabe o que te aguarda.

Minha avó tem crises agudas de reumatismo, grita e chora o tempo inteiro. Fico triste ao vê-la. Descubro: ela se parece demais com minha mãe, que já faleceu. Ou, ao contrário, minha mãe é que se parecia muito com minha avó. Enfim, que importa a ordem natural dos fatos? Tanto fez e tanto faz.

Depois da visita, vou voltando pra casa e lembrando coisas bobas: Glauco me perguntou ontem se gosto de Elvis Presley (não sei por quê); comprei uma revista com notícias do REM e colei a foto deles no meu quarto, pra olhar pra sua banda preferida e me sentir perto de você; ainda tenho dinheiro pra dois meses sem trabalho; alguém me dissera que no fim do mês haverá uma mostra de cinema europeu no Madrigal.

Descubro que você vai sair da cidade, vai morar no Norte, trabalhar numa empresa de exportação. Tomo um porre federal. Leio todos os jornais possíveis, fumo todas as marcas com filtro. Corto a pele sem querer, compro pó cicatrizante e *band-aid*. Não vá, você deveria ser minha, não vá, por favor, eu sempre te quis minha. Não vá, desgraçada, maldita, fria, sem coração. Fica aqui e me dá uma chance. Te pago em dobro tudo que te oferecem por lá, em Roraima, Amazonas, Pará, Amapá, Rondônia, Acre, não importa, fica, aqui, comigo, pra eu não pôr fogo na cidade, pra não distribuir bombas na estação de ônibus, entrar com metralhadoras e mandar pro espaço os restaurantes, shopping centers, academias, condomínios de luxo, colégios de crianças e adolescentes.

Descasco maçãs e kiwis.
Fica comigo.
Uma atrás da outra.
Por favor.
Quem vai comer tanta fruta.
Meu grande amor.
Vou entregando-as para minha avó. Ela diz que chega, que eu pare imediatamente, ela não tem fome, toda vez que venho visitá-la é com essa agonia de descascar uma porção de frutas e deixá-las a perder. Não ouço minha avó. Ou ouço pelo lado errado, aquele que não processa, mas larga ao acaso, na poeira, no vento.

Te vejo comprando três cds do REM: *New adventures in hi-fi, Up* e *Reveal*. Preciso saber sobre tudo que te comove. Por que deixou que se acumulassem os lançamentos? Não é tua banda preferida? Isso é estranho, eu compro absolutamente todos os discos daqueles que me comovem na hora exata em que chegam às prateleiras. Trabalho pra isso, aliás. Tiro apenas uma parte pro aluguel, pra comida, aquelas despesas básicas (diárias, repetitivas, idiotas, inúteis), o resto gasto inteirinho em livros, filmes e cds (não necessariamente nesta ordem, é verdade). Na minha cabeça, achava que você também deveria agir assim. Afinal, tem cara de maníaca, dessas que vão pros shows de casaco pesado, calças velhas e cabelos escondidos em bonés ou chapéus escuros, lápis preto contornando os olhos e quase nenhum batom, briga por um lugar na frente e, quando consegue, enfia uma mão no bolso e bate com a outra na perna o tempo todo, como se acompanhasse, assim, qualquer movimento da banda, canta todas as músicas do repertório nesta posição, não dança, não faz barulho, apenas ri com o canto da boca quando a banda adivinha e toca exatamente aquela sua música favorita, a mais linda, a mais sagrada, a mais perfeita. Sabe aquelas pessoas que assistem aos shows quase imóveis de tão concentradas? Não, não são músicos frustrados que estão criticando cada detalhe apreendido. Esses são de outra categoria, uns malas insuportáveis, eu diria, porém, esqueça-os. Estou falando de você, de mim, de nós, os que, quando acaba o show, saem do local sozinhos, bebendo cerveja em lata, repetindo pra si mesmos: puta, showzaço, de foder, de foder, sem, contudo, ter uma alma viva (companheira, amiga) com quem dividir tal observação.

É, tenho certeza que você é desse tipo.

Mas, sendo tão previsível, por que diabo vidrei em você?

É tão improvável que me note algum dia. É tão impossível que venha a ser minha alguma vez. É tão complicado continuar te seguindo, ando perdendo o fôlego facilmente, um elefante sou eu, *um elefante sem respirar*. Penso em desistir, todavia, quando dou por mim, já estou no seu encalço, novamente.

Lá está teu rosto rindo, longe do meu alcance sedento. Por que não está junto a mim, meu amor, *meu rosto e teu rosto rindo, dois elefantes no fundo do mar?*[1] Por que tem que ser sempre tão distante e impossível: meu rosto sozinho e completamente roxo, estúpido elefante, vagando contra a atmosfera desta cidade sem mar?

Penso forte em você no caminho pra cidade vizinha, o ônibus pára num boteco feio e eu como um pedaço enorme de queijo coalho com café ralo, sem açúcar. Se você pegasse um carro desta mesma empresa, teríamos chance de nos encontrar. Mas não, sei que você, quando for pro Norte, irá de moto. Por que fui escolher uma mulher que anda de moto??? Miséria de cabeça complicada é a minha. Se colocasse pra disputar no ringue quem é mais inútil, o mundo ou minha mente, com certeza, não haveria vencedor.

Então, a luz verde me fala de seus antigos passos, de suas vontades e receios.

---

[1] *Dois elefantes,* Herbert Vianna.

Trabalho em Anagé, pinto as novas casas que a prefeitura distribui.

Só arranjo funções ridículas, fora ou dentro de Vitória da Conquista. Troco vidros de janelas extremamente altas e difíceis, faço consertos elétricos, instalações em bares, restaurantes, e penso constantemente que, hora dessas, posso cair, me despedaçar na grama ou na rua. Um corpo negro esbagaçado na cidade... A quem interessaria? Você viria me ver?

De que adiantou tirar licenciatura em filosofia? Tenho pânico das salas de aula, tenho horror ao quadro vazio, aos olhares dos alunos, às reuniões do corpo docente, aos sentidos obscuros das bibliografias. Minha mãe, coitada, achava que isso era tudo, o platô de uma vida: um filho com grau universitário. Acontece que uma vida, minha querida, uma vida é... enfim, deixa, esquece. Minha mãe já se foi, meu pai, idem. Mas minha avó, quando consegue parar pra pensar em alguma coisa lúcida, sempre me diz: meu filho, você tem talento, eu acredito em você.

Talento pras desgraças. Suponho.

Reles sobrevivente é o que sou.

Como não morrer entre tantas estrelas que invadem a mente e arrancam suas patas do chão? Minha vontade de me espalhar entre elas é aguda, perfura a pele, provoca calos e feridas. Minha vontade briga com o que sou: um elefante preso ao solo, um elefante que ama estrelas improváveis, ilúcidas, intangíveis.

Anote isto: tenho mania de adjetivos iniciados em "i".

No cheiro de tinta, sinto o teu corpo, tua pele e teu gosto ainda desconhecidos. Só volto pra Conquista no sábado, saio com uns amigos, bebo, danço, fumo até pegar pigarro, que vira resfriado, depois tosse, depois bronquite. Se eu morresse de bronquite, penso, estupidamente alto, pelo menos você sentiria? Mas Glauco, meu melhor amigo, me atalha: não se morre de bronquite, Hendrix, no máximo, morre-se de pneumonia. Pois, então, veja que miséria é minha vida.

Minha avó melhora e quer que eu lhe traga coisas boas: discos de Orlando Silva, ela diz, de Dalva de Oliveira, de Ivon Cury. Onde diabo vou achar disco de Orlando Silva em Vitória da Conquista, vó? Como diria o Cobrador, *só rindo*.

A enfermeira fala que eu devia visitá-la mais, que minha avó se sente muito só e não se integra aos outros velhinhos. Pronuncia de um jeito esquisito "velhinhos", e eu fico embasbacado — pra não dizer emputecido —, porque sempre visito minha avó, praticamente venho vê-la dia sim, dia não. Qual é a dessa maldita enfermeira? Me colocar culpa? Filha-da-puta, devia ser proibido gente desse tipo me dirigir a palavra. Sim, deveria haver uma lei que me afastasse de pessoas assim. Visitá-la mais, porque ela se sente sozinha. É mole? O ser humano é, por natureza, absolutamente sozinho, minha filha, acorda, se toca. A gente sobrevive por instinto ou birra ou falta de opção. Jogado, perdido, amputado no espaço. Ninguém no universo, por mais bacaninha e solidário que seja, pode minimizar, com sua companhia, esse sentimento inato de absoluta solidão do outro, entendeu, senhora-controladora-das-visitas-alheias? É cada uma que me aparece. Provavelmente, não viro psicopata porque não sou norte-americano. Dei sorte ao nascer no Brasil, do contrário, nem sei, nem sei.

Mudo pra um lugar menor (aquela vila me torrava os nervos, chega, já foi, já deu), no Centro, perto do edifício onde você trabalha, meu grande amor. A luz verde-musguenta continua infiltrada, pairando entre mim e você. Faz muito frio, parece que o verão não virá este ano. Vamos todos ficar congelados nesta cidade, a cidade mais fria do Nordeste, você disse outro dia no *La Bocca*, e o garçom, também meu amigo, veio me contar, acrescentando que você nasceu em Itaparica, a ilha mágica de Salvador. Nada disso, eu rebati na bucha, sinto te contradizer, mas Morro do Chapéu é muito mais fria. Anote aí: trabalhei lá no ano passado e quase-quase viro um pingüim.

    Glauco, meu melhor amigo, fala inglês e toca *New test leper* e *Electrolite*[2] no violão. Ele é mais velho que eu apenas dois anos, acaba de fazer o teste de HIV e, infelizmente, deu positivo. Raspou a cabeça. Agora, está muito parecido com o seu adorado Michael Stipe. Ele, o meu amigo, vai lançar um livro de *hai-kais* mês que vem.
    Houve até um domingo em que ele pegou na minha mão e me abraçou de um jeito diferente. Tive pena e correspondi, apertando-o, também. Depois, tive vergonha, confessei-lhe que não gostava, sexualmente, de homens, que precisava ir embora etc. e tal. Ele suplicou que eu não fosse, em sua casa havia vinho, poderíamos tomar, sugeriu milhares de cantos da cidade onde podíamos ficar com a porta do carro aberta (o carro dele, eu, você bem sabe, só ando a pé), o som ligado, fumando, conversando, bebendo. Estávamos saindo do cinema, assistimos *Como nascem os anjos*, que eu achei legal, e ele: mais ou menos. Havia problemas, ele disse, mas não me explicou quais. Desviou pra uma questão esdrúxula sobre onde estacionara o carro. É, eu sei que não tem nada a ver, o meu amigo, às vezes, é assim mesmo: barata tonta. O carro estava a duas quadras, tínhamos que pegá-lo, passar na casa dele etc. Não, não sei por que ele estacionara o carro a duas quadras do Madrigal, se em nossa cidade fantasma o que mais a são espaços. Sim, é estranho, podemos perguntá-lo sobre isso. Provavelmente ele dirá "por nada, eu quis". Ele é assim, muito cheio das vontades. Jantou, antes, no *La Bocca* e não me trouxe notícias de ti. Ela não estava lá, disse, irônico, esquece essa mulher. De vez em quando, ele fala isso: esquece essa mulher, esquece essa ci-

---
[2] REM.

dade, esquece esse país. Uma figura, você sabe. Perguntei se não se ofendera por eu confessar ter pena dele. Não, ele disse, claro que não, que bobagem, todos nós somos dignos de pena. Realmente, realmente, concordei, é verdade. Fomos andando até o seu carro, calados, o frio aumentando, eu olhando o relógio o tempo todo, minha mania infeliz de contar as horas: 23:10...23:15...23...e

De repente, ele disse:
— O pior é quando não sabemos disso.
— O quê?
— Que merecemos piedade.
Começou a chorar, repetindo que não tinha culpa.
— Culpa de quê, Glauco?
Não tinha culpa. Culpa alguma ele sentia. Eu podia entender?
Agarrou meu ombro:
— Você entende?
— Entendo.
— É foda, cara!
Bebemos até o amanhecer.
Tomamos café na padaria onde você costuma comer pão doce. Mas o que comemos foi francês mesmo, com manteiga, bem quente, uns três ou cinco. Estávamos com uma fome desgraçada. Ele me deixou em casa às 6:15. Insisti para que ficasse, ele disse que não, estava, naquele instante, sentindo tesão por mim, era arriscado ficar, ele estava alto, ia fazer besteira ao me ver dormir. Fiquei com um puta medo. Imagine você, sou mais forte que ele, porém, ainda assim, fiquei com medo. De pensar na cena, talvez. Boca de homem na minha é coisa que não entra no meu juízo. Pedi desculpas, emocional que fico diante dele, meu melhor amigo.

Desculpas, desculpas, que mais sabemos fazer?
— *Why?* — ele disse.

— Porque estou muito sozinho e carente, tanto ou mais do que você, mas simplesmente jamais conseguiria dormir contigo.
— *But*, não íamos dormir e, sim, trepar, *dear*...
— Exato — eu disse. — Não conseguiria trepar contigo, nem com homem algum.

Ele concordou com um movimento de cabeça, falou que entendia, apertou minha mão e foi saindo.

Eu lhe gritei pra parar de falar em inglês comigo, era algo insuportável pros meus tímpanos.

Ele deu dois passos pra trás e virou-se:
— Eu?
— É, você.
— Eu falei em inglês contigo, quando?
— Falou. Fala toda hora. É um porre.
— Quando?
— Agora mesmo: *why, but, dear*. E no cinema: *really, really, do you know? Sorry, sorry, amore mio*...

Ele riu:
— *Amore mio* é italiano, Hendrix...
— Isso não vem ao caso... É irritante... Diabo de tanta palavra em inglês, depois fica tudo ecoando na minha cabeça e me atrapalha o sono.
— Ok. — ele gargalhava — Ok, guardião da nossa língua. Não falarei mais...

Repeti que me irritava à beça. Ele ficou um pouquinho sério:
— Não já pedi desculpas, Hendrix? Não acabei de dizer que vou evitar? Pare de criar caso comigo. É apenas um costume. Tchau.

É verdade, ele é professor de inglês. Não sei se você se lembra, meu amor, mas ele é o melhor professor de inglês por estas bandas. E toca violão. Várias vezes tocou *New test leper* pra mim, quer dizer, pra eu me sentir mais perto de você. Aliás, estou aprendendo tudo

sobre o REM, pra quando estivermos juntos, poder conversar com você. Ah, já te informei sobre isso? Estou ficando repetitivo. Eu sei. É porque te amo. Mas isso também já falei. Que merda.
    Gritei pra Glauco não me chamar de Hendrix. Ele inventou que eu sou a cara de Jimi Hendrix e, agora, absolutamente todas as pessoas me chamam assim. Ora, que inferno, ele resmungou, indignado, não se pode fazer nada contigo! E era bom que não fizesse mesmo.

    Dobro e redobro as ruas de olhos no chão. Horizonte de asfalto, pedras, buracos, lama. Ora quero, ora odeio pensar em te encontrar.
    Rua Bahia, uma verdadeira desgraça, rua dos Andrades — Mário, Oswald, Carlos? —, ou dos Andradas, tanto faz, tanto faz... Eu adorava ler Carlos Drummond de Andrade na minha época de faculdade... Rua dos Pinheiros, agora deram de dar nomes de árvores também, mas plantá-las mesmo é que não fazem... Desço, subo, até que não seria mau uma rua das Azaléias, cheia de canteiros e de cores... Rua das Violetas, imagine, de todos os tipos, em filas, nas portas das casas... Amenizaria a feiúra, não? Não acho nada bonito por aqui. Ou acho e me esqueço. Em Salvador, me lembro: vi um cruzamento de uma rua chamada Alfazema com outra de nome Benjoim, num bairro chique, Caminho das Árvores, acho... Parece que tudo beira a poesia em Salvador, né? Virgem cruzando com Áries, disse meu melhor amigo, que é *gay*, como já te disse, e também entende de astrologia, vive relacionando milhares de coisas com a energia dos signos. Alfazema é perfume de Virgem; Benjoim é de Áries; Sândalo e Canela são de Leão; parece que Amêndoa é de Touro. Não sei mais o quê é de Escorpião, e por aí vai... Imagine, que criatividade. Entende de tudo ele, eu: de nada.
    Meu humor, preciso trabalhar o meu humor: essa é a questão. Rua Amapá, rua Visconde do Rio Branco, que saco, em todas as cidades do Brasil há ruas e avenidas que homenageiam esse tal de Vis-

conde do Rio Branco (às vezes, é Barão do Rio Branco), o grande cara da Velha República, suponho.

Você sai do escritório antes do meio-dia. Assusta os pombos quando passa pelo centro da Praça da Catedral. Entra na João Fragoso e some. Odeio esses nomes que minha mente não consegue relacionar com nada. Devia haver plebiscito pra nomear as ruas brasileiras, eu só ia querer dar nomes de pessoas importantes: músicos, escritores, bailarinas, cineastas, pintores.
A minha falta de identificação com essa cidade pleonástica é total.
Você anda olhando pro céu, pro chão, pro trânsito, pras pessoas. Almoça como sempre no *La Bocca*. O tempo é o mesmo quando você sai: verde-fraco sobre o movimento dos seres e coisas na cidade.
Eu sou o mesmo também e te sigo. Sempre.
Sobe ao 6º andar do edifício branco de vidro fumê. Ergue as cortinas, tira o casaco. Põe numa cadeira ou algo do tipo, pois daqui, do banco da praça, não posso visualizar direito. Abaixa-se. Imagino que vai ligar o computador ou apanhar algo do chão. Vem à janela, espia, mexe nos cabelos como se fosse prendê-los e pára. Me vê, meu amor? Aqui, de binóculos, te espiando? Talvez... Quem sabe você me nota, se chateia e faz um escândalo pra todos saberem que eu vivo te seguindo, qual um psicopata norte-americano?
Nada.
Abandona a janela. Volta à mesa de trabalho e começa, suponho, a digitar.
Quando será que realmente irá embora?

Um outro amigo está passando por dificuldades financeiras e pôs à venda uma cacetada de cds e vinis. Vou lá olhar. Compro a coleção toda do REM. No caso de você demorar muito no Norte, vou matando a saudade ouvindo tuas músicas; se voltar logo, sei lá, pode ser que não tenha algum desses discos e eu te darei todos de presente. É possível? Os fanáticos têm buracos nas suas coleções? Eu poderia dar todos e muitos outros a você... Chamei meu melhor amigo, gay e HIV positivo — o nome dele é Glauco, já te falei, não? Bem, mas eu o chamo de Gauzinho —, pedi a ele pra ir comigo. É claro que ele comprou todos os discos antigos de *black music* (gosta de umas coisas meio fora de época, o Glauco). Perguntei o que ele achava que você ouvia, além de REM, é claro. Demorou um pouco pra se lembrar de ti:

— Ah, aquela ruiva? Você ainda está a fim daquela racha deprê?

Não ligue, ele chama todas as mulheres de racha, mas é sem maldade, te juro. Ou eu não percebo a maldade dele? Ah, que sei? O cara é diferente demais de mim, deixa lá. Ficou repetindo "esquece essa mulher, Hendrix, que obsessão". Eu, calado. Ficou me olhando um tempo. Pensando, acho. E, afinal, me disse:

— Se ela gosta tanto assim do REM, como você diz, com certeza deve ser tarada pelo The Smiths.

Smiths, claro, gritei. Tinha três discos dos Smiths, separei logo, e ele continuou: deve se masturbar toda noite ouvindo Morrissey, David Bowie, Lou Reed. Isso é batata: quem gosta do REM e dos Smiths, ama Bowie e Lou Reed. Lou Reed? Tinha quase nada lá do Lou Reed, outras pessoas levaram antes de mim, mas Glauco disse que não era problema, eu podia gravar dos dele, tinha tudo em casa. Glauco ouve muita coisa, tem quilos de discos, toneladas de cds, é verdade. Que mais, que mais? Eu nem perguntava por quê, ele dizia, eu ia comprando, Patti Smith, com certeza, é de lei, Television, não se esqueça que Johnny Marr e Michael Stipe já declararam que *Horses* e *Marquee Moon* mudaram suas vidas. Iggy Pop, alguém falou, comprei. New York Dolls, comprei. Ramones, idem. Glauco disse que Ramones era um pouco demais, não tinha tanto a ver com REM e, provavelmente, eu não ia gostar.

— Por quê?

— Sei lá, só te vejo ouvindo música brasileira.
Foi ele falar isso e os cinco caras que estavam lá, também comprando, me olharam, enviesados:
— Como é que você só ouve música brasileira, cara? — perguntaram dois deles.
Um outro, um *punk* babaca que vejo vez em quando por aí, murmurou:
— Música brasileira! Esse cara é uma piada ambulante.
Expliquei:
— É porque gosto de palavras, de letras... De ficar pensando nos sentidos, na entonação da língua portuguesa, nas rimas, quando existem... essas coisas.
— Ah — fez Glauco. — Juro que pensava que você gostasse apenas de MPB.
Me irritei com o olhar de escárnio do *punk*, disse, bem alto:
— Vá se foder, ouço o que me der na telha, é da conta de alguém?
Todos se calaram, me deram as costas. Exceto Glauco, que disse rindo:
— Você é o máximo, *my friend*.
Falei:
— Nada disso vem ao caso, Gauzinho, porque o que quero é me cercar e entender das coisas das quais ela gosta, entendeu?
— Das prováveis coisas — ele me corrigiu. — Não sabemos se, realmente, ela gosta desses discos aqui... É, digamos, provável, lógico, mas não é certeza...
Balançou a cabeça de um lado pro outro.
— O certo seria você saber, antes, o que ela ouve.
Fiquei perdido. Era verdade, não sabia do que você gostava, de fato. E pra piorar, um cara que mal conheço, que também estava comprando discos, veio na minha direção e disse que te viu uma vez num show do Plebe Rude, mas já fazia quase uma década.

UM ELEFANTE

— O quê? — eu gritei, incrédulo.
— Plebe Rude — ele confirmou. — Era uma banda de Brasília, não lembra?
Claro que me lembro, imbecil. Esses caras, puta que pariu, não sei não, a gente pergunta uma coisa, respondem outra. Corri louco pra seção de bandas nacionais, era tanto disco, porra, como havia gente fazendo música no mundo, um monte de bandas eu sequer conhecia, outras pareciam saídas de outra vida, outra encarnação, tão longínquas estavam na memória, Glauco ia falando: leva Paralamas, jogando os vinis na minha direção, e eu, morrendo de medo de o meu amigo-vendedor ver e se chatear, aparava-os e pedia: pára, porra, você vai quebrar os discos, assim; ele, entretanto, continuava: compre esses, são os meus preferidos, me atirando *Bora Bora* e *Severino*. Eu: vá se foder, Glauco, você sabe que tenho todos os discos dos Paralamas em cd. Ele: mas leva, leva este, tá superconservado, olha, que jóia o encarte grandão, é outra coisa, né? Dê de presente pra sua racha motoqueira. Eu, putíssimo, gritei: não chame ela de racha, seu idiota. O diabo é que não achamos nem poeira da Plebe Rude, e aí, o meu amigo-vendedor veio nos ajudar, dizendo: os da Plebe só tenho em fita.

Mesmo sem querer, não teve jeito, fui perguntar ao cara o que mais ele sabia de ti. Quase nada, ele disse, ela deu carona pra mim e pra uns amigos, algumas vezes. Carona? Mentira, ela nunca teve carro, como ia dar carona a vocês? Teve, ele me garantiu, muito antes de vir morar aqui. Ela morava na capital, num bairro afastado, periferia mesmo, e fazia faculdade no prédio vizinho ao meu.

— Faculdade de quê? — Glauco perguntou, se antecipando a mim.
— Museologia.
Eu jurava que era de Letras, meu amor.
O cara continuou a falar:
— Eu fazia sociologia, meu bairro ficava antes do dela, era um dos últimos antes de entrar na faixa dos subúrbios.

— Que carro era?
— O quê?
— Você falou que ela dirigia um carro, qual?
— Ah, era um Jipe, verde, sem capota.
Glauco deu gargalhadas:
— Homem, pelo amor de Deus, que racha é essa? Jipe, moto, subúrbio, museologia e REM!
— O que é que tem? — gritei. — O que é que tem isso, porra?
Ele riu, ainda mais:
— Nada, entojado, estou brincando.
— Não gosto que façam brincadeiras com ela.
— Não tô falando nada de mais. Deixe de criar caso comigo à toa.

De novo, não te vejo durante dias. Tenho que trabalhar em Brumado. Quando retorno, Glauco me arranja um trabalho mais ou menos decente: pintar flores e arranjos, dos mais estranhos possíveis, pra uma galeria que está inaugurando. Ele é o decorador do local. Te falei que ele é cheio de talentos, não foi? Pois é. Acaba idealizando também os móveis, os quais cabe a mim concretizar. Fico feliz de praticar a única coisa boa que meu pai me ensinou antes de morrer: carpintaria. Me perco entre as formas arredondadas que Glauco ensaia, mas não desenha de maneira exata, acabo mudando-as, minha cabeça é mais retangular do que redonda. Brigamos muito. Glauco me esculhamba, diz que sou conservador e que mudei o traço dele. Depois, fazemos as pazes e ele fica repetindo: Hendrix, na verdade, você é um grande artista, rapaz! Vamos montar uma sociedade, tenho uma grana guardada, você entra com o trabalho, vamos ganhar dinheiro neste fenômeno de cidade.
Eu adoro a voz cínica dele.
Terei, enfim, uma profissão?

UM ELEFANTE

Não acredito, porque é muito pra um pobre homem, tão perdido, tão infeliz como eu: você, de pé, a poucos passos de mim, olhando as propagandas dos filmes europeus que o Madrigal exibirá na mostra tão anunciada. Parei de te seguir por apenas dois dias, porém, simplesmente, como diria Roberto Carlos, você atravessa o meu caminho, não tem jeito.

Cannes. Você se orienta pelas premiações de Cannes, e prefere ler as matérias fixadas na parede sobre filmes oriundos de países derrotados — Polônia, Bósnia, Irã, Macedônia, Grécia, ex-Tchecoslováquia, ex-Iugoslávia —, como o nosso, é claro, o nosso gigante adormecido, deitado eternamente em berço esplêndido, só que *o berço esplêndido, sabemos, é feito de plástico barato e ninguém faz nada, ninguém faz nada, ninguém faz nada.*[3]

Entro contigo pra assistir *O sol enganador*. Imperceptível e do teu lado, como sempre. Te vejo estremecer, contrair os ombros, suspirar e... chorar. Você chora na penumbra, sei pelo movimento dos seios subindo e descendo, pela corrente de ar que faz barulho ao entrar no nariz. Você chupa o nariz e suspira, e eu, ah, como eu odeio Nikita Mikhalkov! Por que consegue, tão distante e sem sequer te conhecer, o filho da puta consegue te tocar, extrair choro e suspiros de ti?

Não posso mais e saio sem ver a ficha técnica inteira — mania que peguei com Glauco —, saio hipertriste do cinema, você nunca me vê. Ouço as buzinas dos carros, às 19:00 todos querem ansiosamente voltar pra casa. Rua dos Prazeres, só o Demônio sabe quais, rua Vasco da Gama, rua Cruzeiro — e do Serrano, não há? —, rua América, que besteira dar nome de times às ruas, nunca fui bom em futebol, não vou entender essa lógica, rua Marechal Deodoro da Fonseca, grande merda ele foi, rua Floriano Peixoto, rua Hermes Fontes,

---
[3]Renato Russo.

rua Presidente Dutra, esses vermes ditadores, devia ser proibido lembrarmos deles.

Não te encontro por três dias. Tenho que trabalhar do outro lado da cidade, numa feira de móveis usados que meu amigo Glauco organizou. Ele agora inventou de namorar um cara muito chato, cheio de trejeitos e tiradinhas 24 horas pra soltar em cima do primeiro otário que se aproximar. Evito visitá-lo — o rapazinho está morando com ele —, e, com isso, quase não nos vemos. O que é mau pra cacete, já não tenho amigos, vem esse romeuzinho de merda e me afasta do cara mais legal da cidade, meu ombro certo, meu parceiro das noites vazias, meu companheiro de copo e de mundo. Todos contra mim, inclusive você, desgraçada, que nem me nota, não sei se agüento ou mesmo se vale alguma merda tentar agüentar essa vida maldita.

Vou cortar a sua cabeça, como fazem com bois no matadouro. Cortarei a minha também.

> De novo, a luz.
> Que luz é essa que só me traz você?
> Musguenta, melancólica.
> Queria entrar dentro de um feixe dela e
> me destruir de vez.

Todavia, te encontro, te encontro novamente, bem tranqüila, tomando café no *La Bocca*. Você não ia embora pro Norte? Mentiram pra mim? Claro, se todos são contra, se a ordem do mundo é querer, à força, me fazer virar um psicopata, mesmo não sendo norte-americano, mesmo tendo tido uma mãe maravilhosa, uma infância digna, puta que pariu, é foda, não sei o que fazer, simplesmente: não sei.

UM ELEFANTE

    Glauco está comigo (o romeuzinho dele viajou, ao que parece) e resolve acabar de vez com a nossa novela. Chega desse babado, ele diz, ou você come logo essa racha ou parte pra outra e, sem me dar qualquer escolha, te chama, nos apresenta.
    Gosto tanto do teu perfume, meu amor... O mundo podia parar, as pessoas podiam desaparecer, o planeta poderia explodir, falta alguma me fariam, te juro.
    Você fala mais manso do que imaginei.
    Tem uma mancha de nascença no olho direito. Vermelha.
    Tem um olhar meio vesgo (isso eu nunca, nem por um milímetro de tempo, adivinhei). E a pele é realmente (é demais, é extremamente, é excessiva até) branca de doer.
    Pego na sua mão e beijo-a. Digo que te amo. Antes de ver teu rosto de verdade, assim tão próximo e sem disfarces, eu já te amava e te seguia, porque você é a mulher da minha vida.
    Assim ilúcido. Ilógico. Antinatural. Um elefante pisando feio na cidade indiferente.
    Seu olho se abrindo mais.
    Me acha babaca, feio, estúpido, psicopata?
    Você retira sua mão da minha, de repente.
    Glauco nos pede licença e sai.
    Ela diz com um sorriso estranho:
    — Cara, não é que você lembra mesmo o Jimi Hendrix... Naquelas fotos bem do início de carreira...
    — Como?
    — Você. É a cara de Jimi Hendrix.
    Isso até os marcianos já sabiam.
    Não perdi tempo e falei:
    — Então, case-se comigo.
    Mas, você, justamente você, meu grande amor, não me disse nessa hora: *yes, yeah, Okey*. Não disse: sim, eu me casarei contigo. Não dis-

se: *oui*, eu também te amo. Nem *si, si, cariño, yo te quiero también*. Você, assim como todo o resto da cidade, continuou a me dizer, absolutamente, nada.

Plástico tão barato, teu olhar distante me empurrando pro fundo do esgoto: como pode me amar se nem me conhece, cara?
Um riso contido.
Sobrancelhas arqueadas.
A dúvida. O colocar em xeque em silêncio.
Essa não era a pergunta certa. Sabemos.
Como posso te amar, entalado, estacionado, dentro de um mar imaginário que, quase sempre, tira de mim toda a respiração?
Não sei, não faço a menor idéia, não preciso, não quero saber.
Não foi John Lennon quem disse ser a felicidade uma arma quente?
Pois é, neva dentro, fora, em qualquer canto do mundo, de mim. O que nos mostra de forma absurdamente clara: não sou feliz.

Sou, serei sempre este romântico decadente. Talvez cesse agora a perseguição, talvez amanhã nem lembre mais de ti. Um elefante roxo, rindo por puro nervosismo, te dando as costas e seguindo pra lugar nenhum, de olho no asfalto, suportando seu próprio peso. Eternamente: denso, sozinho. O que de resto não é novidade alguma, você bem sabe.

Mãe, o cacete

IVANA ARRUDA LEITE

Ivana Arruda Leite (Araçatuba, 1951) — Socióloga, desde pequena mora em São Paulo (SP).

Bibliografia:

Histórias da mulher do fim do século (contos) — 1997
Falo de mulher (contos) — 2002

Mãe é uma cruz na minha vida. Nunca gostei da minha e duvido que as pessoas gostem tanto da sua quanto dizem.

    Quando eu estudava no colégio das freiras, elas falavam que era até pecado desgostar da mãe desse jeito. Mãe é coisa sagrada. Que eu rezasse pra mãe de Jesus pra ver se ela me ajudava.

    Rezei porra nenhuma. Não gosto da mãe de ninguém, nem da mãe de Jesus.

    Mãe é sinônimo de atraso, degradação. Mãe deforma a cabeça da gente. O mundo seria outro sem mães. Deus que se virasse pra fazer as pessoas nascerem de outro jeito. Repolhos, bromélias. Os filhos seriam todos órfãos, órfãos e felizes. Ele não precisou de mãe pra criar a humanidade. A mãe veio muito depois, e por castigo.

    A minha dava cada beliscão, batia de chinelo, puxava orelha, dava tapa na cara, cascudo com o nó dos dedos. Isso é coisa que se faça a uma filha? A única que ela teve!

    Eu queria uma mãe de quadrinho, dessas que trocam os filhos com cuidado, dão beijo na testa e fazem o nenê nanar, contam histórias, seguram na mão pra atravessar a rua, cortam as unhas do filho (a única vez que a minha fez isso, quase me arrancou a ponta do dedo).

MÃE, O CACETE

Dizem que existe.

Mas eu? Que ficasse cagada, mijada, sozinha, suja, com a cara cheia de ranho até a hora que ela bem entendesse. Tinha mil coisas pra fazer antes de me socorrer. Tive que aprender tudo sozinha: que tomada dá choque, que faca corta, que osso de frango engasga (eu mesma enfiei o dedo na garganta e tirei o osso de lá quando isso aconteceu), que mulher menstrua, que homem velho gosta de abusar de criança. Ela tinha um namorado bem velho. Era seu patrão na fábrica de arame. Eu tive a pior mãe do mundo.

Quando saíamos juntas, ela me mandava correr:

— Eu vou embora e te largo aí.

Se eu chorava, ela me dava um safanão e me mandava calar a boca. Se eu gostava de um programa de televisão, ela mudava de canal. Se me via feliz, me mandava pro quarto.

— Vai rir na cama.

Minha mãe detestava me ver contente. Talvez por isso nunca tenha me dado presente, nem no Natal nem no aniversário.

Um dia me perguntou:

— Que dia mesmo você nasceu?

Dizia que não tinha dinheiro, mas pra ela não faltava nada: ruge, batom, pó-de-arroz, tinha de tudo na penteadeira dela. Até perfume francês. Na minha, só talco Gessy e uns toquinhos de batom que ela não usava mais.

Quando eu ficava doente, me tacava um comprimido na garganta e apertava o nariz pro comprimido descer logo. Me esquecia na cama com termômetro no braço. Eu que adivinhasse a febre, quando ainda nem sabia ler.

Nunca foi a minha escola, dizia que não tinha tempo a perder.

Pouco se lhe dava saber onde eu estava.

Na rua, as meninas diziam:

— Tenho que ir embora, minha mãe tá me esperando, minha mãe vai ficar brava, a janta tá pronta.

Eu só voltava pra casa porque não tinha mais ninguém pra brincar. Se eu sumisse ou morresse, acho que ela nem ia perceber.

Minha mãe era bonita, uma morena vaidosa, gostosa, diziam. Morenona de cair o queixo. O patrão vinha buscá-la todo dia num cadillac bordô. Ela ia trabalhar de salto alto, meia de seda, *tailleur*, blusa de tafetá, toda perfumada, penteada, de colar de pérolas, anel de brilhante e pulseira de bola.

Minha mãe e o patrão dela iam de carro pro trabalho.

Um dia chegou puta da vida dizendo que havia sido despedida. A partir daí, a vida perdeu a graça. Desleixou, descuidou, ficou pior ainda.

Eu tinha 15 anos e tive que cuidar da casa sozinha. Da casa e dela. Deu pra ficar doente. Toda hora estava de cama. Até banho eu tinha que dar. Aposentou-se por invalidez.

Quando terminei o ginásio, fiz curso de auxiliar de enfermagem e entrei no Hospital das Clínicas. Acabei fazendo faculdade e hoje sou enfermeira-chefe.

Minha mãe ficou encravada na cama muito tempo até que um dia amanheceu morta. Finalmente eu estava órfã.

Dei todos os móveis do quarto dela, as roupas, e aluguei o quarto para um calouro da medicina: o Rui, 20 anos, recém-chegado à capital.

Os pais ficaram felizes ao saber que ele moraria em casa de senhora tão distinta.

Logo nos primeiros dias me engracei com ele. Chegou a minha vez, pensei. E vai ser com esse.

Fazia comidinhas que ele gostava, jantava com ele, aparecia de camisola na sala, tomava banho de porta aberta, dormia de perna aberta com a porta aberta.

MÃE, O CACETE

Ele passava pelo corredor e me espiava com o rabo do olho. Se estava frio, eu ia ver se ele estava coberto, dava beijo na testa, na boca, abraçava, deitava junto.

O Rui me ama de paixão. Eu faço por merecer. Sei agradar um homem, sem nunca ter aprendido.

Ontem um amigo dele veio visitá-lo.

— A senhora é mãe do Rui? — perguntou ao me ver.

— Mãe, o cacete — respondi atordoada. — Sou a mulher que dorme com ele, que faz a comida dele, que cuida da roupa dele, da casa dele.

— Praticamente uma mãe — o cínico completou.

— Deus me livre ser mãe do Rui. Mãe é uma desgraça na vida de qualquer pessoa. Mãe não deixa a gente ser feliz.

O moço ficou assustado e pediu desculpas.

Quando ele foi embora, perguntei pro Rui se ele me via como mãe, mas ele disse que não, nunca!

— Até porque, eu gosto muito da minha mãe. Não tenho problema algum com ela — ele disse me beijando a boca com o ardor de sempre.

Depois perguntou:

— E pai... o que é um pai pra você?

Desalento

TATIANA SALEM LEVY

Para Dina e Djamila,
minhas irmãs.

Tatiana Salem Levy (Lisboa, 1979) — Doutoranda em Estudos de Literatura na PUC-RJ. Tradutora. Mora no Rio de Janeiro (RJ).

Bibliografia:

A experiência do fora — Blanchot, Foucault e Deleuze (ensaio) — 2003

Desalento é chegar em casa de mãos vazias.
De braços vazios de ventre vazio.
É perder o filho e ter que retornar a casa.
O táxi parou bem em frente à portaria de seu edifício. Tivesse coragem ficaria no carro, o *senhor me desculpe, mas não vou saltar aqui, siga em frente, me leve para bem longe, outra cidade, outro país, outro planeta, algum lugar em que eu possa encontrar* mas não, isso lhe seria excessivamente penoso, seria como arrancar a blusa e mostrar a chaga, o sangue, o pus. Seria como mostrar a perna inchada pela elefantíase ou a carne corroída pela hanseníase e pedir esmola, *por favor, eu preciso da sua ajuda, não tenho braço perna mão pé.* Um pedido ao mundo de piedade. Mas como não queria que dela se apiedassem, pagou ao motorista (*pode ficar com o troco*) e desceu do táxi.

Buscou na bolsa o molho de chaves para abrir o portão. Ao perceber a sua dificuldade em encontrá-lo, o porteiro decidiu vir em sua direção para ajudá-la. Mas quando ela viu aquela figura magra quase esquelética sempre bem-humorada sorriso estampado aproximando-se, abaixou o rosto num ímpeto só. Sabia que na sua testa nas suas olheiras no seu cabelo desgrenhado no seu corpo abatido estava escrito, em letras vermelhas grandes e redondas: meu filho morreu. E não queria que ninguém o lesse, embora para isso fosse preciso fugir, desaparecer literalmente do mapa.

Quando chegou próximo ao portão, o porteiro suspendeu o passo e, hirto, pôs-se a observá-la, buscando com os olhos os olhos dela, sabendo que neles encontraria a tristeza mais devastadora. Ficou assim, parado, durante alguns segundos. Não muitos, mas o suficiente para aborrecê-la. Quis gritar, *anda logo, sua lesma, está esperando o quê? Abra esta porta!*, mas não pôde. Qualquer grito se transformaria logo num uivo incessante que ela não saberia como interromper. Por isso, enquanto esperava que ele se desse conta de que estava ali para abrir a porta, e nada mais, continuou procurando sua chave até encontrá-la. Entrou ligeira no prédio, evitando esbarrar no olhar do porteiro ou de algum morador que porventura estivesse saindo. Apertou o passo, subiu quatro lances de escada (para não correr o risco de ficar encurralada com outros moradores em quatro mínimas paredes) e, quando voltou a si, estava diante da porta.

Diante da porta branca, recém-pintada, a guirlanda de natal ainda pendurada, dando boas vindas a quem chegasse. Procurou no molho de chaves que trazia nas mãos a que abriria a porta. Talvez ainda pudesse desistir, voltar e chamar um táxi novamente, *siga em frente, me leve para bem longe, outra cidade, outro país, outro planeta, algum lugar em que eu possa encontrar* mas não, isso lhe seria certamente mais penoso. A porta estava ali, diante dela, impondo-se como um gigante inabalável, uma barreira que, sabe-se deus como, teria que traspassar. Já não podia conter as lágrimas, que agora lhe encharcavam não só o rosto, mas também o pescoço o colo a blusa. Sem nem mesmo conter os soluços, girou a chave na fechadura e empurrou a porta lentamente, retornando (enfim) a casa.

A luz acesa na sala o vaso com flores murchas mofadas a água suja a camisola largada no chão (o desespero?) moedas em cima da mesa a janela aberta o chão molhado pela chuva o som ligado (em silêncio) o resto de um sanduíche no prato em cima da mesa: o cenário se impôs para ela, atravessando-lhe o corpo, deixando-a sem amparo. Um cenário, um quadro imóvel. E no entanto era preciso ocupá-lo. Era preciso entrar na sala, guardar a camisola, secar o chão, trocar as flores. Talvez até chamar alguém para fazer uma faxina, dar uma geral na casa, cozinhar algo para ela. Alguém que colocasse a casa em funcionamento. Era preciso revirar a casa, tirá-la de sua imobilidade, de seu aspecto mumificante. Era preciso ocupar o espaço. Mas a cada passo, a cada gesto (entrar na sala fechar a porta deixar a bolsa na cadeira tirar os sapatos ir à cozinha beber um copo d'água voltar à sala desligar o som esparramar-se no sofá), sentia um golpe duro, um pontapé querendo empurrá-la para fora de casa.

Estava já esparramada no sofá, almofada entre os braços, lágrimas inquietas, quando o telefone tocou. Pensou em se levantar, obedecer ao chamado do toque, mas não teve ânimo e acabou deixando entrar a secretária eletrônica. *Oi Cristina, querida, recebi a notícia agora. Não fui, não pude ir ao, eh, não deu para estar ao seu lado hoje, infelizmente. Mas espero que receba esse recado. Qualquer coisa – qualquer coisa mesmo – pode me ligar. Meu telefone é 22756433, pode me ligar. Um beijo, querida, fique em paz.* Um beijo, querida, fique em paz. Fique em paz. Não, não iria continuar escutando esses recados, não queria falar com ninguém, com ninguém!

Desligou a campainha do telefone e a secretária e foi ao banheiro. Estava apertada. Sentou-se na privada e lá ficou. A imagem se repetia incessantemente, sem lhe deixar brecha sequer para respirar: o filho estatelado no caixão a cara azul pálida dois algodões no nariz a aparência lânguida os amigos da escola os amigos do futebol os seus amigos o pai os amigos do pai e ela: ela em volta do caixão em prantos o desespero o desgosto a amargura o grito oco e seco querendo sair o grito saindo a mão de um homem fechando o caixão

(*Não!*) o caixão erguido seu filho erguido o caminho até a cova a chuva caindo sobre sua cabeça o caixão amarrado por cordas sendo levado para o fundo da cova as flores o grito oco e seco querendo sair o grito saindo (*Não!*) a terra a terra a terra.

Ficou longo tempo sentada. A imagem a imobilizava. Não foi sem esforço que se levantou e puxou a descarga. Tinha fome, talvez devesse ir à cozinha procurar o que comer.

Na geladeira: carne para cozinhar um iogurte aberto (podre) um resto de leite presunto (estragado) água (quase nada) um pedaço de queijo manteiga uma maçã já cortada (quase podre) e as últimas fatias de um pão de fôrma. Pegou o pão a manteiga o queijo. Não quis se dar ao trabalho de esquentá-lo, passou a manteiga no pão gelado mesmo. Depois pegou o naco de queijo, que não era muito grande, e colocou-o em cima do pão com manteiga. Sentou-se à mesa da cozinha e deu uma mordida no sanduíche, sem vontade nem apetite, apenas obedecendo à necessidade de ingerir algo. O sanduíche estava com gosto de geladeira, aquele gosto frio e azedo, mas nem se importou. Mastigava lentamente, mordidas pequenas, para que o sanduíche rendesse, protelando assim o encontro do qual tentava escapar.

Quando enfim terminou de comê-lo, abandonou o prato na mesa e voltou à sala para ver televisão, quem sabe não se distraía um pouco. Apertou o dedo quase que compulsivamente no botão de troca de canais, de forma que nenhuma imagem chegou de fato a se estabelecer na tela. Estava nervosa. Televisão nenhuma iria acalmá-la. Pior do que ter que retornar à casa é ter que retornar ao quarto dele, pensou. Mas se tinha que ser, que fosse logo. Agora. Ai, meu filho, por quê, por quê? Estava agitada, barata tonta perambulando pela casa: sala quarto sala cozinha sala quarto escritório quarto sala cozinha sala quarto quarto do filho. Diante dela, mais uma porta instransponível. Por impulso, bateu uma vez, toc, mas logo se deu conta da besteira que fazia. E então hesitou: será que tinha mesmo que abri-la? Abrir a porta de um quarto onde só encontraria dor? Quem sabe não trancava a porta por fora, colocava um cadeado e substituía a placa por duas tiras de fita colante preta em forma de X e, em vermelho, um cartaz bem grande: *interditado*?

Mas como na verdade não conseguia se esquivar da dor, girou a maçaneta, sentindo o bafo sufocante do quarto se entranhar em suas narinas seu corpo todo. A crueldade do quarto vazio era o excesso de vestígios recentes afirmando-lhe que ele estivera ali há pouco, muito pouco, e que poderia perfeitamente estar ali, agora, não fosse

[Puxe, puxe o caixão. Força, vai, segure a corda com força e puxe. Erga o caixão: é seu filho que está lá dentro, precisando da sua ajuda. Erga o caixão. Traga-o de volta à superfície. Abra a tampa. Tire o algodão de seu nariz. *Acorde, saia desse caixão, meu filho. Me dê a mão. Vamos embora daqui, vamos embora desse lugar, vamos sair voando, gaivotas em rebuliço, vamos rir das pessoas que ficam no chão, o susto evidente nos rostos (não terão mais de quem sentir pena?), vamos rir, meu filho, vamos tirar delas o gozo da piedade, vamos tirar delas o alívio (ainda bem que não é comigo, que não é o meu filho). Tudo não passa de um mal-entendido, de um equívoco, vamos partir, vamos ganhar os ares*]

Apoiou-se à parede para não desabar. Atônita, quase morta, mas com vida suficiente para receber seu cheiro sua presença sua voz ecoante sua meiguice sua leveza sua alegria seu cheiro. A cama desfeita a bermuda no chão a latinha de skol no chão a cortina aberta as fotos na cortiça o pôster do pink floyd o pôster do pollock o som a pilha de cds o cinzeiro amontoado de cigarros. O quarto se abria para ela como terra tão nova tão antiga a ser explorada. Por onde começar? Envolver com os braços a sua roupa? Cheirar o seu travesseiro? Limpar o cinzeiro? Fechar a cortina? Deitar em sua cama? Ver as fotos? As fotos. Lembrou-se da caixa de fotos que ele guardava no armário. Quantas vezes não havia insistido para ver aquelas fotos! E quantas vezes ele não havia dito, sem nenhuma reserva, não, não pode, odeio que mexam nas minhas coisas. E agora ninguém para impedi-la. A estranha idéia de que poderia descobrir sobre o filho o que quisesse atravessou seus pensamentos, dando-lhe ao mesmo tempo regozijo e indiferença. Estava livre para revirar suas fotos suas gavetas seu banheiro, encontrar bilhetes de amigos cartas de namoradas camisinhas. Mas de que lhe serviria desvendar os mistérios quando eles já não pertencem a ninguém, quando seu dono já não é mais dono?

Abriu a porta do armário e retirou de entre as roupas a caixa de fotos. Levantou a tampa, o coração disparado ansioso temeroso curioso, e viu o monte de fotos. Uma por uma, pôs-se a examiná-las: a primeira viagem que fizeram juntos a festa de 18 anos o clube as reuniões com os amigos as viagens da escola a primeira namorada a formatura do colégio o trote na faculdade de direito o bebê pela primeira vez no colo da mãe (é um menino é um menino) o primeiro dia que foi à creche e teve que voltar tanto era o choro o piquenique no parque o aniversário de 1 ano o primeiro banho o primeiro arroz com feijão o futebol a escola o basquete o pai a mulher do pai a terceira namorada os amigos a cerveja o baseado o tênis nike o cabelo raspado o *piercing* no nariz o fórum o estágio a segunda namorada o acampamento o bermudão a praia o *skate* a prancha o judô a babá a primeira mamadeira. Fotos que ela mesma já havia visto algumas tantas vezes e que hoje sempre seriam motivo de dor e lembrança.

Enquanto via as fotos, não conseguia deixar de ouvir as vozes das pessoas no enterro, *O tempo vai te ajudar a superar essa* dor, *o tempo é um santo remédio* (Mas não quero que o tempo passe! O tempo só pode aumentar a distância entre nós...). O tempo poderia ajudá-la, é verdade, mas também levaria o rastro do filho, o cheiro que ainda impregnava a casa, transformaria sua presença em pó.

Tempo nenhum leva a dor embora; tempo leva o cheiro leva a voz leva as feições leva as lembranças até (Não, não quero que o tempo passe! O tempo só pode aumentar a distância entre nós...).

De repente, outro estranho pensamento sem licença: o que fazer com o quarto? Transformá-lo em quarto de hóspedes? Em sala de televisão? Escritório, já tinha. Talvez pudesse Ai, meu deus, pudesse seria um tatu, para cavar o chão, se arrastar embaixo da terra até encontrar o filho e não aparecer mais nunca mais. Esconder-se para não ter que pensar em nada não ter que decidir nada não ter que viver nada.

[Pule. Não tenha medo: simplesmente pule. Estire seu corpo sobre o caixão. Receba as flores como se para você. Receba a terra como se para você. Feche os olhos. Prenda a respiração. Deixe vir a terra. A terra a terra a terra.]

Cercada pelas fotos espalhadas no chão cansada exausta estafada exaurida dormiu apagou ali mesmo no chão. Com a roupa os sapatos que usava há dois três dias. Desajeitada sem posição as pernas espremidas no pequeno vão entre a cama e o armário a cabeça para o lado esquerdo as mãos ao longo do corpo. Dormiu entre as fotos. E só acordou quando a luminosidade entrou pela janela, a cortina aberta, incomodando seus olhos. Demorou para acordar, cansada que estava. Ficou um tempo entre o despertar e o sono, a realidade e o sonho. Pensou que talvez tivesse dormido demais sonhado demais. Um pesadelo que agora ia começando a reaparecer: as imagens se fazendo presentes o telefone tocando o aviso o desespero a chuva o hospital o enterro o filho azul. Não, não era sonho, a pontada no peito era aguda demais para não ser real. Abriu os olhos e viu as fotos largadas no chão e foi se lembrando dos acontecimentos um por um, como num filme, uma imagem substituindo a outra. Não, não era sonho.

Era apenas o começo.

Caligrafias

ADRIANA LISBOA

Adriana Lisboa (Rio de Janeiro, 1970) — Ex-musicista, bacharel em flauta transversa, doutoranda em literatura comparada na UERJ, é também tradutora. Mora em Teresópolis (RJ).

Bibliografia:

Os fios da memória (romance) — 1999
Sinfonia em branco (romance) — 2001
Um beijo de colombina (romance) — 2003

> Chuva de primavera —
> Uma criança
> Ensina o gato a dançar.
>
> Issa

Aventura

No banco de trás do carro, meu filho dorme. Estacionamos em frente ao supermercado. Precisamos comprar para ele uma bola de futebol que não seja de couro, porque as de couro são muito pesadas. Na semana passada, vi no supermercado umas bolas de futebol coloridas. Multicoloridas. Roxo, amarelo, azul, acho que ele vai gostar.

Espero no carro pelo pai, que foi comprar a bola. Abro os vidros das janelas, entreabro as portas e espero. Ligo o rádio baixinho e um solo de oboé sublinha muito discreto o que vejo — as pessoas indo e vindo no estacionamento do supermercado, um azul domingo no céu. Carrinhos de compras cheios. Ouço uma frase num tom mais alto de voz, um tom aborrecido. Ouço uma gargalhada. À minha frente, na parede de pedra, as sombras deixam vazar um polígono de luz que vai sem pressa mudando de lugar.

Chegam os dois: o menino gordinho de camiseta cinza e a mulher que me parece muito jovem para ser mãe dele mas nunca se sabe. Ela sugere que se sentem um pouco para descansar, no muro baixo. Sentam-se. O menino gordinho está muito suado e fica brincando de olhar ao redor sempre com um olho fechado. Os dois sentam-se ali por cinco, dez minutos. Depois a mulher sugere, vamos?, e ele obedece em silêncio, ainda com um olho fechado e uma expressão gozada na boca, um meio-sorriso torto e desleixado.

O solo de oboé há muito já deu lugar a uma grande orquestra. Desligo o rádio e espero pela bola colorida de futebol. No banco de trás do carro, meu filho dorme.

Pirotecnia

Um menino sonhou com fogos de artifício.

Anos mais tarde, ele descobriu que as palavras às vezes formavam versos. Tornou-se poeta e durante toda a vida quis recuperar o itinerário daquele sonho de infância. Remexeu nos dicionários e encontrou a possibilidade de criar imagens híbridas como sereias ou manticórias. Versos que soavam como café fresco, que corrompiam como aguardente pura, que salvavam como um lírio branco espelhado no olhar de um louco.

Anos mais tarde, publicou sua coletânea de poemas. O último deles se chamava "Os fogos paralelos" e era seu projeto de vida levado a cabo: fogos de artifício transformados em versos.

Anos mais tarde, certa leitora comprou a coletânea. Ao chegar no último poema, percebeu que as palavras assumiam cores diferentes e brilhavam sobre o fundo negro da página, ofuscando as estrelas, e impregnavam todo o livro com um discreto cheiro de pólvora.

Fracasso

Um fundo ruborizado na taça. Era tudo o que havia sobrado quando, às cinco e meia, a manhã começou, latejando. Os cachorros da vizinhança incomodavam. Os lábios secos incomodavam. E, de algum modo, naquela manhã o mundo não vingou, devedor de si mesmo. Uma gota de leite caiu dentro da taça e criou o imprevisto: um matiz mais denso que pensava na véspera, nas vésperas, acres, as mesclas estranhas, os estilhaços, a casa inchada de insônia. Os cachorros da vizinhança doíam.

Limonada suíça

Era só uma carona. Ela ainda nem sabia que releria, no dia seguinte, o súbito desejo do personagem de um livro: *essa nostalgia da distância e da novidade, esse desejo de libertação, desobrigação e esquecimento*. Era só uma carona, e no carro tocava Led Zeppelin.

Vai pra casa sozinho?

Ele entrou. Quando você fala assim, nunca sei se está me oferecendo carona ou não.

Ela riu. Que bobagem, claro que estou. É que às vezes acho que você prefere ir a pé.

Nossa, quantos dedos, quanta cerimônia. *I don't know how I'm gonna tell you, I can't play with you no more*, canta Robert Plant. Na esquina da rua dele, *desejo de libertação, desobrigação*, ela pipoca:

Vou descer para tomar um suco. Você me acompanha?

Vou só te acompanhar, estou sem dinheiro.

Eu pago.

Você me oferece carona e ainda paga o meu suco.

E você não sabia que sou rica? Riquíssima. Sou quase milionária.

Essa nostalgia da distância e da novidade. Uma limonada suíça. Pra mim também. *Era vontade de viajar, nada mais; na verdade, irrompera como um acesso e se intensificara, atingindo o nível do passional, sim, até beirar a alucinação.*

Só uma carona, só uma limonada suíça. Em 15 minutos, coloque-me a par dos seus 20 anos de vida, menino, que eu te coloco a par dos meus 30 — ela sempre acreditara haver alguma impossibilidade em completar 30, e hoje via que nada poderia ser mais absolutamente banal. Não vieram as crises. As depressões. Nada. Trinta anos eram só um número. Ou não eram? *Vontade de viajar.* Em sua carteira havia fotos da família. Marido e filhos.

Tudo em 15 minutos, e ao se dizerem boa-noite (afinal, era só uma carona, mais uma limonada suíça e um rápido bate-papo), ela, num abraço: se eu fosse sua namorada, ia brincar de desmanchar todos esses cachinhos do seu cabelo.

Um bicho mordeu um pedaço da noite. Triturou com os dentes aquele difuso espaço em que tudo era e não era, em que tudo podia ser feito e não podia. Já estava quase abrindo a boca para soltar suas labaredas — e seria bom, queimar, arder, seria dor e seria sonho. *Mas também esse impulso logo foi colocado no devido lugar, moderado pela sensatez e pela autodisciplina.*

Morrer em Veneza, como o personagem do livro, depois de contemplar o belo. Depois de se apaixonar pelo belo. Uma carona, uma rápida carona para Veneza.

Ele foi andando pela rua — era uma rua do Rio de Janeiro ou era um canal, com um gondoleiro falando aquele dialeto incompreensível? Era ou não era a Ponte do Rialto, logo ali? —, e no estômago dele queimava a gastrite dela.

Mas talvez fosse só por causa da limonada suíça. E a vida, de tão normal, continuaria a assustar.

Quintais

Na casa do meu avô, havia quatro quintais.

No principal, o portão se abria para a rua, e ali ficava a casa propriamente dita, e por cima do muro baixo a gente via as cabeças das pessoas que passavam pela rua, sempre tão devagar. Às vezes vinha dar na varanda o cheiro do rio, um cheiro de pano e de barro. Na garagem descoberta, sobre os cascalhos, dormia a Variant marrom do meu avô.

À esquerda, separado por um muro com uma passagem, ficava o universo dos abacateiros e o quartinho que o meu avô chamava de Petit Trianon. Nós apanhávamos abacates para fazer boizinhos com palitos de fósforo. O Petit Trianon eu não me lembro para que servia, ficava quase sempre fechado. Mas eu tinha pesadelos com ele.

À esquerda, separado por outro muro com outra passagem, ficava um universo híbrido em que cabiam orquídeas numa estufa, galinhas, goiabeiras e um pé de romã quase esquecido, lá no fundo, longe de tudo. Era o quintal mais colorido. Uma vez minha irmã caiu de uma goiabeira, a barriga enterrou numa torneira e ela foi parar no hospital.

À direita do quintal principal, ficava o último, e quase proibido. Havia o muro, mas na passagem tinha um portãozinho baixo de madeira, que às vezes a gente pulava por prazer. Lá só havia mato. Árvores altas, sombras, coisas indizíveis se arrastando junto às raízes, barulhos de insetos que nunca existiram de se ver. Lá fazia calor e férias, invariavelmente, mas também podia cair chuva, e a chuva ficava guardada para os nossos pés no tapete de folhas velhas, de frutos podres, de vermes lentos e moles.

Os quatro quintais da casa do meu avô arrumaram-se numa bússola, e quando eu pisei pela primeira vez numa caravela fervilhando de adultos, vinha com ela no bolso. Se não como guia, ao menos como amuleto.

Considerações sobre o tempo

ADRIANA LUNARDI

Adriana Lunardi (Xaxim — SC, 1964) — Roteirista de televisão, mora no Rio de Janeiro (RJ).

Bibliografia:

As meninas da Torre Helsinque (contos) — 1996
Vésperas (contos) — 2002

É sempre difícil encontrar o momento inicial, o quê deflagrador de uma história cuja importância só será conhecida em um longínquo depois, já instalado no campo linear de nossas biografias. O quase nada dos primeiros movimentos é apenas sombra, sem volume ou extensão necessários para a estrutura mental fazer registro. Muito simples, nosso cérebro não consegue reconhecer os sinais sutis de uma pré-história, os elementos irônicos que maquinam futuros. Escapa-nos a faísca mínima que irá gerar o grande incêndio. Assim, toda primeira lembrança é peça de ficção, zero simulado, abstração inchada pela polpa da consciência que se adensa até oferecer o fruto já formado. No instante curto entre nascimento e morte, experimentamos um máximo de desatenção. É sobre essa desatenção que quero falar agora.

Mesmo parecendo frio, o toque na campainha marcará meu começo. Limpo a garganta, alinho uma gravata imaginária e, empurrado pela pauta de racionalizações que formulei durante a semana, encaro o retângulo discreto à direita da porta. Basta um dobrar de ossos e a mão espalmada atinge a altura do botão que, uma vez acionado, irá suspender meu ruminante estado de controle e atirar-me aos leões do acaso, onde terei de obedecer a um roteiro desgovernado, feito de improvisos e reações por vezes contrárias aos meus interesses. Talvez por isso meus dedos hesitem em fazer funcionar essa máquina do tempo. Tremem como se tivessem sido encarregados de dar corda ao relógio da Criação e duvidassem da seriedade do Criador. Podemos contar com ele? me apontam, soldados incertos da inteligência do comandante. E num gesto que é mais uma resposta raivosa do que escolha, decido espetar meu *point of no return* no calendário.

Nesse ínfimo segundo, um rapaz se aproxima. Posta-se a meu lado e lança-me um olhar oblíquo. Um desconforto competitivo instala-se entre nós. Animal indeciso, afasto-me dois passos para trás e aponto-lhe a campainha, cedendo a carne à fera mais aparelhada. Examino-o pelas costas. Os ombros sustentam um casaco bem cortado, combinando com a grife do perfume que o corpo inteiro exala.
— Vá em frente — digo. Ele é jovem e não sorri agradecendo a vez concedida. Vira-se sutilmente para me observar, fingindo olhar a rua, e então dá partida ao motor que nos conduzirá à ação.

Embora não se escute aqui de fora, meu ouvido interno alcança a freqüência das três notas musicais anunciando visitas. Por puro hábito, conheço a marcha de afazeres que o som da campainha desencadeia do outro lado. Um eu antigo ainda vaga pela casa, troca chinelos por sapatos, passa pela sala, deita uma última olhada nos cinzeiros e, por fim, segura a maçaneta da porta, sempre acompanhado de Lucius em sua postura de estátua. Num devaneio aterrorizante, imagino esse eu de antes abrindo a porta para esse eu de agora. Encosto-me à parede, suplicando ao concreto do muro a confirmação de minha existência, única e real, e recebo de volta um impreciso apoio de nuvem.

As dobradiças mal se mexem e, pela fresta, vislumbro as patas de Lucius escavando o ar. Os latidos curtos e nervosos entoam um velho libelo, repetido toda vez que a porta de entrada é aberta. Essa casa tem dono, adverte, listando regras que deverão ser seguidas desse ponto em diante e enquanto se estiver nos domínios daquela propriedade. — Sim, sim, concordo com as cláusulas — digo mentalmente, estendendo uma das mãos para ele cheirar. Ao reconhecer-me, Lucius joga o focinho no solo e inicia novo protesto, desta vez contido e choramingueiro. Prevenido para esse encontro, neutralizo a fragilidade que ameaça devorar-me os músculos e, animal superior, despenteio as orelhas murchas do cão.

    Às voltas com o pequeno grupo que se forma no vestíbulo, envergando um avental de linho, Fátima divide o sorriso afável de mãe preta entre mim e o outro convidado, enquanto reprime os modos do cachorro em um dialeto só deles. O rapaz se encolhe na parede, temeroso que seu terno caro vire tapete nas patas estabanadas de Lucius. — Ele não passa de um velho resmungão — Fátima diz, querendo tranqüilizar o estranho. Seu olhar bate na altura de meu queixo e volta para o bicho, como num movimento de câmera mal enquadrada. — É verdade, Fátima, ele já tem 12 anos — ouço minha voz, apagada de emoção, lamentar os caprichos do tempo, que corre tão mais ligeiro para Lucius e seus irmãos. Apanho um osso de borracha e atiro-o longe. O cão acompanha o arco de meu braço levantado, o brinquedo caindo, mas não se anima a buscá-lo. Será indício mental da decadência que lhe cobre o corpo ou apatia por mim? Afago aquela massa castanha já opaca e cheia de falhas que encobre um pulsar arfante enquanto deixo-me envenenar lentamente pela ausência dolorosa que consegui estancar até hoje, negando, pura e simples, a importância desse bravo *cocker* em minha história. Lucius sobreviveu a três batalhas sérias de rua, entre as quais o ataque de *pitbulls* no campo de beisebol da Lagoa. À exceção da morte da mãe de Guilherme foi o dia mais tenso que presenciei nesta casa. Nenhuma das situações me exigiu papel maior do que telefonar, contratar serviços, mostrar-me hábil, diligente, confiável. Por fim, oferecer o ombro, os braços, e aninhar o desamparo de Guilherme e, nele, o de toda a humanidade.

— Quadro novo, Fátima? — o convidado aponta em direção ao cone luminoso que recorta uma das paredes. Voltamo-nos os três. A tela abre-se em uma abstração de fios que se cruzam e, nesse trançado, transfiguram-se em novas formas, diferentes a cada vez. Os tons cítricos das cores conduzem a um exercício visual hipnótico, relaxante. Nenhum malabarismo enunciativo de caos, nenhuma angústia de interpretação; apenas um passeio descomprometido pelo universo de quadrados e curvas vibrantes, o olhar flanando pelo mundo essencial da geometria.

— Seu Guilherme fez no computador — Fátima informa ao visitante, que não enxerga a marca indubitável do autor. Para mim era fácil reconhecer um quadro de Guilherme. Embora os críticos apontassem a especialidade do seu trabalho, buscando referências em toda a história da arte, ele era fundamentalmente um menino que gostava de desenhar. Preservara, não sei a que custo, a fome da criança diante de folhas de papel e lápis de cor. Entre as recordações que me sobram, está o dia de abertura do museu que lhe fora encomendado. Depois de fugir ao interrogatório do repórter de uma revista de arquitetura japonesa, ele me levou para o morro de onde se tinha uma bela vista de sua obra recém-concluída. Enquanto a mão direita aplainava no ar as linhas já armadas em concreto, sua voz me ensinava a ler a gênese daquela elaborada estrutura. Aos poucos meus olhos foram aprendendo a completar o óbvio, a enxergar o peixe pulando nos traços enganadores do estereograma. Um novelo de lã, tirado do cesto da mãe, eis o mistério de sua arte. O formato, o colorido e o enredo de fios sendo tecidos até virar outra coisa nas agulhas que a mãe regia eram o substrato lírico de Guilherme, sua infância perdida, seu rosebud. As linhas que atravessam o painel à minha frente piscam cheias de cumplicidade.

O outro convidado nos cumprimenta com um meio sorriso e desaparece na moldura do corredor. Fátima suspira. Ficamos a sós pela primeira vez. Tudo nela parece enfunar a magreza de quando chegou aqui, ainda menina. Um coque puxa o cabelo pintado, descortinando o queixo volumoso. As pálpebras formam abas no cimo daqueles grandes olhos, que teimam em não me ver. O rosto se concentra em um ponto vazio do chão. Torce e retorce-se em mim a vontade de perguntar o que ela pensa de minha volta, do porquê de minha partida, e se ela conhece o motivo de eu estar aqui. Porém a clareira silenciosa aberta entre nós é uma espécie de ética que Fátima impõe. Se sua raiva é mitigada pela posição subalterna que ocupa na cozinha, a falta de palavras é um sinal elevado de desprezo. Um repúdio ao sofrimento que causei a Guilherme, e que ela terá assistido, padecendo com ele a cada ato que compõe o funesto espetáculo do abandono.

A cena atolada em mudez é interrompida por um latido de Lucius, que delata nova presença lá fora. Fátima e eu olhamos instintivamente para a porta. Quando me volto, vejo-a enxugar uma lágrima e morder os lábios controlando a convulsão do queixo. Sinto-me impelido a oferecer consolo, mas ela vira a cabeça de lado, respira fundo e, empinando seu silêncio, retorna ao trabalho.

Esgotado meu prazo de reconciliação, embainho a derrota e sigo até a sala principal. O caminho ao inferno não deve ser tão penoso. À medida que avanço, submeto-me a uma oca indiferença. A familiaridade mais antiga que um corpo pode ter com o espaço foi totalmente violada. Destruídos os vínculos com os objetos, esvaziados agora do valor sentimental, do *mana* todo poderoso que os distinguia. O que antes materializava o bom e o belo se desfez em um amontoado de coisas de vitrine, anônimas e desalmadas. Um bazar de quinquilharias. Acaricio o mármore daquele escultor que eu tanto amava e não consigo sentir sequer a superfície gelada da pedra branca.

A casa permanece, no entanto, ainda sólida na leveza de suas treliças e venezianas, no perfume do jasmineiro oculto lá fora. Ao desenhar a planta dessa morada, Guilherme projetou a brisa que nela entraria e o perfume soprado no ar. Nada, nenhum detalhe lhe escapa. Seu mundo é inteiro, ou não é, assegura, o bordão provocativo resumindo a integridade que põe em tudo e que, de modo simétrico, também exige. Por ele, e por sua grandeza, tentei o máximo, mesmo sabendo que o máximo é uma medida variável, e qualquer erro de cálculo poderia revelar uma curvatura estratosférica separando irremediavelmente a casa e o olor do pé de jasmim.

Éramos quase adolescentes quando descobri que a rivalidade febril que existia entre nós, a curiosidade detalhista que eu tinha por tudo que Guilherme fazia, o incontrolável ímpeto de querer subjugá-lo, as pequenas perversidades que armávamos um para o outro eram, na verdade, o linguajar estouvado da paixão. Foram necessários anos de entendimento, leitura e terapia até eu aceitar o código inexato daquele desejo. Só bem mais tarde, escondida atrás da pilha de romances empoeirados onde se lê que o amor pinga frases de puro açúcar em torno de vestidos e laços de fita, descobri uma outra gramática. A partir de então, não nos separamos mais. Até o dia 19 de fevereiro de 2003, quando, ao contrário do balbuciar confuso dos inícios, deixei essa casa com aviso e hora marcada. Era o fim, e era muito infeliz para que fosse eu o único responsável. Mas Guilherme não entendia, talvez nem eu.

Vindo do centro da sala, o copeiro passa carregando uma bandeja e me ignora. Pára dois passos adiante e serve a uma senhora, de quem quero lembrar e não consigo. Ter-me tornado transparente no lar que já me pertenceu deve ser a última fronteira da minha total dissolução. Apanho clandestinamente um drinque e circulo por entre os convidados, procurando um rosto conhecido. Em nossa espécie, é natural querer enxergar aquele que nos dará a dimensão de nós mesmos. A sensação de isolamento é a mais cruel das experiências. A mais desumanizante também. Se deixados à própria conta, bebês não sobrevivem; quando sobrevivem, ajudados por bichos, por exemplo, não desenvolvem a linguagem articulada, ou seja, perdem o que temos de geneticamente mais evoluído. E porque conhecemos a dor de estarmos sós é que cobrimos com um filtro de invisibilidade tudo o que nos ameaça. A prática é perfeita. Isolar até matar de solidão. Um crime que nos deixa de mãos limpas. Mas basta uma pessoa, apenas uma, nos assinalar e voltamos rapidinho à vida, inchados de realeza. O amor deve ser, portanto, nosso grau máximo de civilização. É até onde pudemos chegar, vencendo o primitivismo assassino dos hormônios com a gentileza superior do raciocínio.

    A vidraça aberta estende o ringue da pequena festa para o lado de fora, reconstituindo a época em que todo destempero e forma de prazer eram permitidos nesta casa. Mesmo se a realidade ameaçasse muitos de nós e toda gama de infortúnio roesse estômagos e almas, durante décadas Guilherme e eu mantivemos no ar a certeza de que não podíamos deixar a alegria morrer. Uma tradição que a alguns evocava a Berlim dos anos 1920, a outros os salões escondidos da Suíça durante o reinado de Hitler, a Côte d'Azur dos russos nobres migrados, e para os nossos contemporâneos, uma extensão das areias de Ipanema dos anos 1970. E ao contrário de Gatsby, que observava tudo de longe, Guilherme e eu nos divertíamos muito e em primeiro lugar.

    Mudar-se, é o que ele devia ter feito, concluo agora. Verdade é que nos nossos últimos meses Guilherme quase não ficava em casa. Ao voltar, de manhã e bêbado, tratava de fechar-se em seu quarto e não aceitar qualquer interferência a essa nova rotina. De novo a vida falava de um jeito estranho e nenhum de nós entendia. A culpa impedia-me de tentar fazê-lo mudar, enxergar sua autodestruição, cuidar de si. Eu passava as noites insone, transido de espera, querendo apenas vê-lo vivo ao amanhecer.

A claridade do passado atrai-me para o jardim, onde as pedras brancas dos canteiros fosforescem ao luar. O olmo brilha mais do que tudo. Foi trazido do sul do Chile, uma plantinha escondida no bolso, alimentada de terra especial, cuja dosagem de NPK fora difícil de acertar. Excluindo Lucius, era a primeira coisa viva que eu acompanhava crescer, perder as folhas no outono, ganhar na primavera, enfrentar desequilíbrios naturais e vingar árvore adulta. O efeito luminoso vindo de tochas espetadas no chão dá um leve bailado à copa, que se inclina em reverência.

Às minhas costas, o burburinho de vozes cessa por um instante. Volto-me para entender o motivo daquela pausa e acompanho o pequeno público cercar uma cadeira recém-ocupada. Uma atmosfera de ternura se insinua nos gestos. Os convidados roçam de modo fraterno os ombros uns dos outros, ou abraçam-se, como se não se vissem há muito. Ao centro, escondido por óculos escuros, demoro a reconhecer o rosto triste de Guilherme. Há pouca força nele, o que obriga as pessoas a se inclinar para ouvi-lo. Assisto a tudo empurrado por uma distância que não é real. Estou a poucos metros de Guilherme, mas tão invisível como se o estivesse observando através de um hubble pousado no espaço sideral.

Quando reencontrei Guilherme — ambos já crescidos, escalavrados pela vida — entrevi a ponta sutil de meu destino. Ordenado e reflexivo, meu cérebro foi invadido por um cavalo selvagem. Da noite para o dia abandonei os planos de viajante misantropo para me transformar em peregrino alucinado. Montei vigília em frente ao apartamento onde ele então vivia. Rasguei todos os poemas de amor, envergonhado por reconhecer um apanhado mortal de clichês na letra infantilmente desenhada. Ao final de três dias, Guilherme abriu a porta e me deu de beber e comer, me pôs para dormir. Voltei, assim, aos pequenos hábitos que indicam uma mente saudável. Mas alguma coisa nunca se recuperou em mim. Havia um grande sofrimento à minha espera, e nada poderia evitá-lo. Por vezes, nas horas mais simples, rebelava-se em mim uma esperança: se eu me esforçasse muito, concentradamente, teria o que contrapor a esse sentimento absurdo e doentio que me interpelava todos os dias. Eram pequenas coisas, simbólicas, mas de valor universal e pureza suficiente para me salvar. Os livros que escrevi, as virtudes que me impus, a negação aos apelos da existência para domar o espírito. Tudo insuficiente. Abandonar Guilherme concretizou uma alternativa aventada desde o princípio.

Deixei a casa sem levar nada comigo. Guilherme aos poucos foi apagando as provas de minha presença. Doou roupas, distribuiu objetos entre amigos, trocou de quarto e deixou de pronunciar meu nome.

A existência, como se sabe, é uma noção dada pelo tempo. Nossa única e inapelável condição. Fora dela, vagamos despercebidos na mesma faixa das coisas que ainda não são e das que deixaram de ser. Simulo então como seria minha vida, se permanecesse nela. Invento-lhe uma continuidade, sigo rotinas. Acompanho a dor de Guilherme, brigo com ele, saio batendo a porta, volto para casa, nos reconciliamos. No entanto, sou forçado a reconhecer a realidade da minha ausência, a interferência inócua de meus atos, a inútil sabedoria que declaro ao vento. Há um saber, dado pelas coisas tangíveis, que foi extinto. As emoções, todas elas se ofuscaram até eu desaprender como eram, o que as movia, qual o repertório de influências que exerciam sobre meu comportamento. Pessoas, lugares e nomes se embaçaram até o oblívio. Por isso não devo, não posso abandonar essa casa. Quando esquecer sua estrutura e a posição dos móveis, o nome do cão, a história de Fátima, tudo estará definitivamente perdido.

Na sala os convidados ficam ativos. Deixam as poltronas e se aproximam mais ou menos em fila da porta envidraçada. Por costume, cedo a passagem e acompanho o esquisito cortejo. Ponho-me ao lado de Guilherme, que leva nos braços, junto ao peito, uma caixinha escura. Vamos em direção ao jardim, no passo leve e arrastado de quem adia o momento da chegada. Acanhados, formamos um semicírculo em volta do olmo. Uma mulher vestida de preto diz palavras bonitas. O rapaz que entrou comigo lê uma passagem da Bíblia, alguém recita um poema. Depois de um instante embaraçado, todos voltam o olhar para Guilherme, que vagarosamente, sentidamente, destampa a pequena urna. A paisagem e as pessoas flutuam por trás das chamas altas plantadas nos canteiros. Tudo está incorpóreo, eivado de seu instante. Deixo então de ser o fantasma esquecido que ronda a casa e volto à vida pelas mãos de Guilherme, que espalha minhas cinzas sob a árvore chilena.

Nós, os excêntricos idiotas

ANA PAULA MAIA

a Vinny e Laninha
e o incrível caso dos maléficos Vegas
na cidade do Rainbowfest.

Ana Paula Maia (Nova Iguaçu, 1977) — Formada em Publicidade. Roteirista. Mora em Nova Iguaçu (RJ).

Bibliografia:

O habitante das falhas subterrâneas (romance) — 2003

Eu tinha duas opções: apagar as luzes e dormir ou ligar a televisão e assistir ao especial exibido em memória do falecido ator John Travolta. Sim, John Travolta está morto. *Os embalos de sábado à noite* no canal 7 e *Olha quem está falando* no 13. Resolvi o problema desligando a televisão e escolhendo o que ler. Uma rápida olhada na estante e fiquei desanimada pra burro. Ok, *Os embalos de sábado à noite*.

Ainda não era tão tarde assim e o par de botas vermelhas num cantinho da sala olhavam para mim e sorriam e eram um número menor e eram da vizinha que havia me pedido para apanhá-las no sapateiro, um pequeníssimo reparo nas solas, imperceptíveis. Adorava aquelas botas e é bem verdade que as vim alisando pelo caminho. Sim, posso usá-las ainda que um número menor e mantê-las intactas. Na cabeça, para amainar os cabelos, um chapéu vermelho, presente da dona das incríveis botas.

Peguei um ônibus, saltei um quarteirão antes da boate e tomei um táxi daqueles grandões e vistosos. Havia calculado bem e o que tinha na carteira pagavam exatos 630 metros percorridos, restando 35 reais e algumas moedas. Seria uma noitada.

Night Fever, era isso que dizia o letreiro néon. Tudo bem, podia ser pior, pensei. Chacoalhar ao som dos setenta até que não seria má idéia. Agradeci a Deus pela Celine Dion estar viva, pelo menos até aquela noite.

Algumas pessoas me olhavam e eu sabia bem o motivo: meus óculos. Eu não queria ter que mencioná-los, mas eles estão sempre adiante e me conduzem e principalmente me fazem enxergar, principal objetivo, o que também permite enxergar o desprezo das pessoas, a hipocrisia e todas aquelas qualidades deploráveis que todo mundo gosta de falar e suas responsabilidades pelo desequilíbrio das relações humanas, Sartre e o inferno são os outros. A verdade é que só combinam quando estou diante do computador ou segurando um livro do Kafka, fora isso, são bem desprezíveis. As lentes de contato gelatinosas estavam fora de questão naquele momento, porque criaram uma pequena crosta de fungos e bactérias, poderia dizer, que havia uma pequena comunidade de estranhas criaturinhas assentadas nelas agora. Cultivava bactérias, assim como aipos hidropônicos na banheira.

Alguns passos rumo ao centro da boate e uma onda quente de vapor saída dos poros das pessoas suadas atinge meus óculos tornando a visão embaçada, exatamente quando destampo uma panela fervendo, e é nesse instante que me lembro da sopa no fogão. Não apaguei o fogo e provavelmente a água secará e logo logo meu apartamento, meu não, do meu primo, incendiará. Aflição, desespero, horror.

Havia um telefone lá dentro e paguei 5 reais pelas duas ligações que precisei fazer. O que foi uma total devastação nas minhas posses monetárias.

— Alô, Suzi, oi sou eu.

Suzi, a vizinha.
Uma estranha combinação de piauiense e sergipana beirando os 30 anos, aguda ignorância, exceção quando o assunto é cultura

popular, porque isso Suzi é bastante, popular. Nos fins de semana gosta de reunir outros piauienses para ingerirem cevada, porco na brasa e entoar cânticos monossilábicos com forte apelo sexual e demonstra grande habilidade em memorizar coreografias de grupos em evidência. Não nego que é bonita e possui o estranho hábito de roubar a correspondência dos outros vizinhos e roupas na lavanderia. Um tipo de alcoviteira-cleptomaníaca que parece nunca pregar os olhos.

Mesmo a dificuldade em se relacionar com quem possui a capacidade de ser polissilábico, ficamos relativamente amigas e foi entre papos de MC Serginho e explanações de Nietzsche e Sartre que tentamos estabelecer relação amistosa. Difícil, não posso negar, pois alega não usar expressões de "baixo galão", escreve baiana com h, não consegue enviar *e-mails*, sonha em ser apresentadora de televisão e passar os fins de semana na Ilha de Caras.

— Por que você tá gritando?
— Eu não tô gritando.
— Tá gritando sim. Você tá onde?
— Não tô ouvindo nada, Suzi.
— Alô?
— Apaga o fogo pra mim. Deixei uma sopa lá e esqueci de apagar o fogo. Tá sentindo algum cheiro de queimado?
— Você tá em Queimados?!
— Não! Deixei uma sopa no fogo. Esqueci de apagar, apaga pra mim.
— Mas, pagar o quê? Eu não pago mais nada pra você porque ainda me deve aquele dinheiro do cartão de crédito, lembra?
— Mas, Suzi......?
— Você é uma irresponsável, só procura a gente......

Desliguei o telefone. Que maravilha de filha-da-puta mais surda e ignorante. Liguei para o zelador, que se encarregou de checar tudo.

Suzi... tá bom. O nome dela é Suzicléia Aparecida. Com um nome desse havia de ser surda, a cretina.

Relaxei novamente me embalando sábado à noite, que maravilha, é isso aí garota. E por que não? Tirei a porcaria dos óculos, comprimi os olhos para enxergar os vultos e isso me deixou com ar *blasé* e despojado. Pedi um coquetel de frutas cítricas para aparentar mais descontração. Haveria um desfile e fui me sentar num lugarzinho que permitia ver os modelos bem de frente, todos os detalhes. Não demorou e as galopadas das pernas compridas e lisinhas e cheias de óleo de amêndoa para acentuar as curvas suaves despontavam na passarela. Cada passada equivalia a um ângulo de quase 90 graus. Pensava em geometria quando o segundo modelo entra na passarela. Olhos espremidos, olheiras, cabelos despenteados, pálido, andando ritmado em minha direção. Pensei, só quero um segundo disso. Um segundo disso e estava bom. Aquilo tudo jamais se aproximaria de mim a não ser para pedir um favor ou informações. Vá sonhando, perna torta! Vá sonhando. Mas eu tinha Kafka e sabia a exata localização de Butão, no Centro-sul da Ásia, cordilheira do Himalaia entre a China e a Índia, capital é Timfu, são budistas e falam zoncá. Levantei a cabeça e orgulhava-me disso.

Outra modelo. Grande satisfação de minha parte ao ver pequenina, magra e tímida celulite ao lado da estreita faixa branca de estria em sua bunda. A senhora ao lado percebeu meu súbito contentamento e comentou, Deslumbrante espetáculo, não? Um sujeito a minha frente esperava ansioso por algum peitinho rebelde e malcriado saltar para fora de algum vestido e a quase ereção estufava a calça dos modelos sonolentos que andavam de um lado para o outro. Me sentia superior, segura e feliz em ser aparentemente comum, ter Kafka na estante e Butão destacado no mapa.

O desfile terminou, as pessoas voltaram a dançar e beber e agora todo mundo se arranjava, até mesmo a tal senhora laqueada do comentário deslumbrante espetáculo segurava a mão de um dos modelos cuja ereção continuava visível.

Resolvi tomar mais um coquetel de frutas cítricas e remexia sutilmente meus discretos quadris quando dois sujeitos passaram por mim e riram do meu chapéu ou foi dos meus olhos espremidos... bem, na dúvida, tirei o maldito chapéu e joguei-o no lixo. Jamais usaria aquela porcaria novamente. A rebeldia capilar foi dominada por um frasco de gel líquido fixador instantâneo que se encontrava no fundo da minha bolsa, aplicado em grandes borrifadas que proporcionava um visual molhadinho. Ao sair do banheiro me sentia mais natural e relaxada, apesar da tensão firmadora capilar.

Fui para a pista de dança e no caminho algumas pisadas nos pés arrefeciam meus dedos comprimidos na bota de salto com bico quadrado. Viro pra cá viro pra lá, ganho uma dose de Malibu no pequeno decote do vestido que absorve tudo rapidamente encaminhando o líquido para o umbigo que permanece empoçado e não perco a calma.

Agora eram os Bee Gees, *Stayin' Alive*, era isso que diziam e era possível ver um ou outro Tony Manero sacolejando na pista. Enquanto danço só consigo pensar no tal garoto que o Travolta interpretou e que tinha que viver dentro de uma bolha de plástico. Pobre garoto. Imaginei ter que viver dentro de uma bolha de plástico e me angustiava a idéia dos meus aipos comprimidos dentro da banheira. Não sei bem o motivo, mas só pensava nos aipos e na completa porcaria que estava sendo aquilo. Parei de dançar, coloquei o copo em cima de uma mesa e espremendo-me entre os outros para sair da pista de dança, tento mais algumas passadas, piso no pé de alguém, o que não era bom, perco o equilíbrio por causa daquela maldita bota, o que era péssimo, e caio em cima de uma porção de batatas fritas afogadas em maionese formando um balé ao serem lançadas pelos ares.

Cinco minutos depois, estava parada em frente à boate resmungando baixinho entre os dentes pelo fato de ter pago 30 reais pelos dois coquetéis e ter sido um completo desastre. Pelo amor de Deus, eles teriam que valer à pena de alguma maneira. Lá dentro, novamente, *Stayin' Alive* e eu juro que estava tentando.

Havia 15 centavos na bolsa e que jeito de voltar para casa, senão andando. Tirei as botas apertadas e de repente as trocaria por uma corrida de táxi. Os ônibus não estavam circulando tarde da noite, porque algumas pessoas achavam divertido atear fogo nos motoristas e então esse era o silencioso protesto das empresas exigindo mais segurança nas ruas. Eu tinha 15 centavos e um longo caminho de volta. Grandes questionamentos que resolvi sentando no meio-fio. Eu poderia ter vagado de volta até encontrar a morte, o Tocha-humana, ter vendido as botas ou encontrado o caminho da transubstanciação do dinheiro e transformar os míseros 15 centavos em uma nota de 50 reais. Mas foi como uma centelha divina, que uma pequenina guimba de cigarro em brasa voou de dentro de um carro que passava próximo ao meio-fio até a minha testa, me colocando de pé e xingando o motorista. Naquele instante percebi atrás do volante... Mário Roberto.

Mário e os incríveis mullets

A década de oitenta havia terminado. O Aiatolá Khomeini havia cedido, o muro de Berlim havia cedido, mas Mário e os incríveis *mullets* não cediam. Seus *mullets* formavam uma juba no alto da cabeça e um ralo cabelinho de uns 15 centímetros atrás. Eu não conseguia permanecer muitas horas ao lado de Mário, porque há em mim uma compulsão em liquidar tudo o que é ou aparenta ser supérfluo e cortar o ralo cabelinho parecia ser a coisa certa a fazer.

Não tinha amigos, por isso cadastrava-se em associações e freqüentava as reuniões regularmente. Era fã de *Jornada nas estrelas*, havia conquistado um importante título num torneio de bocha em Governador Valadares e lia regularmente todos os livros do Asimov. Era um sujeito que não despertava nenhuma atração, nenhuma vontade de conversar, porque sua gordura era diretamente proporcional ao seu mau humor cotidiano, e a necessidade em desprezar e diminuir tudo a sua volta fazia com que se tornasse maior, mais gordo e mais desprezível. Ainda era virgem, porque para ele era impossível envolver-se físico-emocionalmente com alguém que desprezasse os princípios básicos da Lei da Robótica.

— Mário Roberto?
— Eu te acertei, não foi?
— Acertou sim, bem aqui no meio.
— Desculpa, eu não vi você aí.
— Eu sei. Já tô acostumada. Escuta, tô sem dinheiro, umas coisas aconteceram e... 15 centavos é tudo que tenho. Pode me dar uma carona?
— Não sei.
— Por que não? Você tá indo pra casa, não tá?
— Tô.

Fui abrindo a porta e me sentando antes que ele arrancasse com o carro.

— Então, Mário, como vão as coisas? Nossa, você caiu do céu, sabia?

Ele me olhava meio desacreditado, meio complacente, meio ele mesmo e deu a partida. Ficamos desconfortavelmente em silêncio por algum tempo até que...

— Você estava naquela boate?
— Isso. Resolvi sair um pouco. E você?
— Hoje é dia de reunião na associação.
— Associação de quê?
— Dos jogadores de bocha.

— Ah... e vocês falam sobre o quê?
— Sobre bocha.
Um longo silêncio. Ligou o rádio e novamente *ah, ah, ah, ah, stayin' alive, stayin' alive...*
Aquilo era um sinal. Só podia ser. Permaneça vivo. Talvez pelo menos esta noite.
— John Travolta morreu, né?
— É — respondi.
— Você gostava dos musicais?
— Prefiro a violência.
— *Pulp Fiction*, né?
— É. Mas não posso negar que *O garoto na bolha de plástico* me comoveu. Ele tinha aquela doença rara, não sei o nome, uma coisa bem rara mesmo. Assim como em *Marcas do Destino*.
— O do garoto com cabeção ruivo?
— Esse mesmo. Ele também tinha um tipo raro de doença e a cabeça dele cresceu até matá-lo, Deus do céu.
— Ele e o da bolha dariam bons amigos — ele disse.
— Talvez.
— Posso te pedir uma coisa?
— Claro, Mário.
— Quando você me encontrar e tudo, não me chame de Mário Roberto, não, tá legal?
— Tá. Desculpa.
— Não, tá tudo bem. Só que esse nome não combina com eles. (Apontou para os *mullets*.)
Isso é uma coisa chata para cacete. Penso há muito tempo em mudar meu nome para Fred Olivier. Fred Olivier é bom para cacete, não acha?
— Ô, sensacional, Fred Olivier.
Silêncio.

— Por que para cacete? Por que você fala desse jeito?
— Que jeito?
— Para cacete. É péssimo.
— Péssimo para quem?

Péssimo para quem era ótimo. Verdade. Para quem seria péssimo falar para cacete. É bem certo que combinava com os *mullets* e então fatalmente veio o comentário.

— Você não pensa em cortá-los algum dia?
— Prefiro perder uma perna.

Com aquela resposta não dava pra dizer mais nada sobre o assunto, e controlava minha estranha compulsão congênita admirando o asfalto e as luzes coloridas espalhadas pela cidade. De repente, amava tanto aquela cidade quente e abafada, deslizando suavemente pelas ruas e as estrelas, eram tantas e tanta beleza que até mesmo o Mário pareceu-me tão sedutor quanto os belos modelos do desfile. Esta cidade arde por qualquer coisa e agora ele era belo e inteligente e que porcaria de melancolia que me invadia e aquilo não passava e ele até mesmo sorria pra mim e nossa! Ele parecia ser alguém especial e um tanto incompreendido e sua gordura não me pareceu um problema naquele momento. Seus *mullets* não pareciam um problema naquele momento. Não saber as Leis da Robótica não pareciam ser um problema naquele momento. Mas os dois coquetéis, esses sim eram o problema. Trinta reais. Malditos!

Ele olha pra mim com um brilho nos olhos de quem dirá alguma coisa importante. Dá pra perceber uma descoberta em seus olhos, um descortinamento repentino e exuberante e talvez não voltaria sozinha pra casa. Não, não senhor. Eu chegarei de mãos dadas e ninguém perceberá sua gordura e mau humor e em pouco tempo darei um baita jeito nisso tudo.

— Imunodeficiência severa combinada.
— Hã?

— Era isso que ele tinha.
— Que você tá falando?
— O sujeito da bolha. Imunodeficiência severa combinada.
Que nada. Continuava sendo o Mário Roberto e seus incríveis *mullets*.
— Não tenho certeza, mas por causa de um gene defeituoso, o organismo é incapaz de produzir linfócitos T, você sabe o que são linfócitos, não? E isso acaba tornando suas vítimas vulneráveis a todo tipo de infecção e quando...
Ele falava sobre a imunodeficiência severa combinada quando uma tesoura reluziu no chão do carro, entre o meu assento e a porta. Olhei a tesoura, os *mullets*, aquele monte de banhas tagarelando sem parar com orégano nos dentes e que não sentia por mim atração alguma. Qual a probabilidade daquela tesoura estar ali, já que ele não é a porcaria de um alfaiate e quais as chances que eu tinha de enxergá-la enfiada e espremida entre o banco e a porta com a cara cheia de dois coquetéis 15 reais cada? Claro que aquilo aguçou minha estranha compulsão e me deixou muito preocupada.
Ele não me via nem como a porcaria de um linfócito, a porcaria de uma vadia, teria me sentido muito feliz se ele me visse como uma vadia, pelo menos. E não parava de falar, aquela mente obsessiva e paranóia.
— Então os linfócitos, monócitos e granulócitos, que são os principais...
Calcei as botas, apanhei a tesoura cuidadosamente e permaneci segurando-a e — Chegamos, é aqui não é — perguntou. — É sim, é aqui — falei, mas estávamos numa rua paralela a minha. Achei melhor assim. Abro a porta e ao colocar metade do corpo pra fora do carro, retorno bruscamente e Fred Olivier, *stayin' alive*! VRAU, adeus ralo cabelinho e um soco no maxilar me manda pra fora do carro, exatamente como a incandescente guimba voadora, segurando a

tesoura numa mão e os *mullets* na outra. Fred Olivier dá uma pequena ré, posiciona o carro e agora acelera pra cima de mim. Corro quase todo o quarteirão e finalmente pareço ter aprendido a andar com as sensacionais botas vermelhas, meus pés haviam encolhido e tocavam o chão ríspido levemente. Fred Olivier pára de me perseguir quando encontra Nero, um baita cachorro que perambula soltando fogo pelas ventas, um vira-lata e tanto. Suas tripas rompem com as parafernálias no fundo do carro e no dia seguinte ainda era possível ver restos flamejantes do cachorro no asfalto. Pobre Nero.

Soube que dias depois, ele conheceu uma garota, se apaixonaram e se casaram e ele perdeu aquela pança horrorosa e passou a ler alguns livros do Sidney Sheldon e não freqüenta mais nenhuma associação, muito menos pratica bocha, agora faz musculação. Minha impulsividade-congênito-maléfica transformou a vida dele e com certeza ele nunca perceberá isso e sempre se lembrará de mim por ter decapitado seus *mullets*. Havia algo naquela desgraça de cabelinho que definitivamente o tornava mais inteligente. Mesmo tendo adquirido gosto pelo Sheldon, deixou de ser virgem e gordo e jogador de bocha.

Cheguei em casa com o rosto dolorido e meio inchado a tempo de escolher entre *Os embalos de sábado continuam* e *Olha quem está falando também*. Maravilha. *Os embalos de sábado continuam* só pra ver o que acontece.

Dei uma espiada nos aipos e resolvi criá-los num grande vaso de barro na área de serviço ao lado do tanque onde batia sol por pelo menos três horas ao dia. Precisavam contemplar o deslumbramento solar para permanecerem vivos e reluzentes.

Na cozinha, a panelinha de sopa carbonizada, o teto igualmente carbonizado com uma mancha negra que formava uma figura ainda indecifrável, até que, encontrando a posição certa, podia-se ver com clareza Al Pacino em *Scarface*. O que diria ao meu primo quando ele visse a cara do Al Pacino no teto sobre o fogão? Resolvi esse questionamento me sentando diante da TV, e os dois filmes haviam terminado. Trocando de canais, a campainha toca e me levanto deixando sintonizado num documentário sobre vulcões.

"....formado pela solidificação do magma..... constituído por lavas...."

— Oi, Suzi, que foi? Desculpa ter sido ignorante, posso entrar — perguntou.

— Tá, entra aí.

"....estabelece ligação entre a superfície da Terra com o magma, no interior do globo....."

— E as minhas botas, ficaram boas? Vou sair amanhã com aquele vizinho aqui do 203. Aquele que você se diz apaixonada, mas não é coisa nenhuma, né verdade? Sabia que vamos a um restaurante mexicano? Já comeu num desses? Dizem que são muito badalados. No 4 tá passando *Xanadu*, sabia? Tire dessa porcaria!

Trocou de canal.

— Olhe! Isso aqui é que é filme. *Xanadu*! Você sabia que é o predileto do 203?

ZAP.

"..... se desprendem a intervalos, com intensidade variável liberando partículas e gases magmáticos....."

— Porque você gosta tanto dessas porcaria...... oh, meu Deus, seu rosto tá inchado?

— Dentes. Estou com uma infecção nos dentes devido a uma coisa chamada imunodeficiência severa combinada, eu disse entediada. A verdade é que poderia ter dito qualquer idiotice. Essa era a parte boa em tê-la como amiga. E isso pega? Às vezes — respondi.

— Mas então, por que você gosta tanto dessas porcarias entediantes? Você adora essas coisas estranhas exatamente como esses livros amontoados na estante...

Ela abriu a janela e agora uma brisa fantasmagórica, ora morna, ora fria nos assombrava.

— Olhe isso! Que bagunça. Quanto dinheiro desperdiçado, sabia? Eles não vão te levar a nada. Esses livros imprestáveis, você é desequilibrada.

"....*fumo, gases, pedras, lavas....*"

— Você tem toda razão. Eu sou bem desequilibrada porque não acho *Xanadu* sensacional e não me reúno com a nata do Piauí para conversas amistosas embaladas por músicas fenomenais, comendo porco na brasa e porque, afinal, eu sou a droga de uma porcaria entediante, ora.

"......*lançando-se incandescente na atmosfera, desperta fascínio e horror....*"

— Quer saber... você não me deve mais nada — ela disse.

Levantou, foi ao banheiro e depois à cozinha.

— Hei, você já viu aquela mancha preta no teto? É a cara do Mario Lanza. Você enlouqueceu, por acaso sabe quem é Mario Lanza? Minha mãe tem todos os discos dele. É claro que você não sabe nada, é o Al Pacino em Scarface, falei, você assistiu *Scarface*, Suzicléia?

— Pare de me chamar desse jeito. É Suzi. Você é ignorante demais pra ter assistido *Scarface* e saber quem o Al Pacino é, falei. E você é uma idiota retardada que quer ser descolada e só sabe criar aipos na banheira, como se aipos custassem uma fortuna, sua miserável de fome e me dê logo meu dinheiro, falou. Eu vou te dar sim, vou te pagar em aipos, você vai comer aipos até explodir esse teu cérebro de merda e voar porcarias por todos os lados.

".... *assim Empédocles, que se lança na cratera do vulcão Etna......*"

Caminhou enfurecida rumo à porta, apanhei suas botas e fui atrás.

— Suzicléia, *stayin' alive*!

E joguei as botas dentro da lixeira do prédio que, por sua vez, deslizaram até encontrar as maiores imundícies com todo o lixo dos outros apartamentos.

— Você não presta e seu universo é o seu umbigo. É preciso exorcizar seu umbigo, a válvula de escape do ego. — Ela professava com o nariz empinado enfurecida, enfiando o dedo na minha cara.

— Você andou roubando as revistas de auto-ajuda do 402, não foi?

— Não roubei nada. É claro que não — disse sem jeito.

— Pelo amor de Deus, Suziclécia, você é uma ignorante que não sabe nem escrever exorcizar e sua mãe é uma estúpida caipira que fala "adevogado" e que jamais ouviria Mario Lanza, porque ele é demais pra mente atrofiada dela. E fique sabendo que eu jamais me apaixonaria por um homem que fosse fã de *Xanadu*. Um tipo de veado que vai dançar de patins a noite toda e pedir pra você enfiar um Taco quente e apimentado no rabo dele.

Saiu correndo rumo às escadas para apanhar as botas, chorando e gritando É preciso exorcizar seu umbigo É preciso exorcizar seu umbigo.

Bati a porta.
"....que nos abrasa o sangue e inflama a alma....."
Esta cidade arde por qualquer coisa e o calor estava ficando cada vez mais insuportável como todo o resto.
Desliguei a televisão, apaguei as luzes e fui dormir, agora com o rosto inchado, dolorido e o coração em brasa. Permaneça vivo, ainda que por esta noite, pensei.

D.T.
TÉRCIA MONTENEGRO

Tércia Montenegro (Fortaleza, 1976) — Mora em Fortaleza (CE).

Bibliografia:

O vendedor de Judas (contos) — 1998
Linha férrea (contos) — 2001

— Manhã

Para José Amorim, violentado e
morto na cadeia, em 20 de abril de 2002.

Hoje deve ser domingo, porque vi da janela uma de minhas irmãs me chamando para brincar. Se não fosse final de semana, elas estariam na escola. As duas estudam; eu, não. Mas não quero brincar. Não gosto de ir à casa da vizinha, nem entendo por que minhas irmãs preferiram morar lá.

Papai continua dormindo, mas o sol vai alto e quente. Deve estar na hora: sinto fome. Saio sempre pela porta dos fundos; atravesso o terreiro e sigo três quarteirões até a casa da avó. Seguro o portãozinho enferrujado; chamo com voz alta. "Vó!" — uma vez, duas vezes. Aparece a tia: passa a mão em meus cabelos, diz que estão feito palha de aço, mas diz isso sorrindo. "Ainda são nove horas, Fran. Não tem almoço." Saio rápido, fazendo o caminho de volta. Pedras, galhos, lama, já me acostumei. Faz tempo, os pés deixaram de sangrar, e as mãos também aceitam melhor o sabão demorado de lavar a roupa. Se eu deixasse, papai nunca se trocava; ficaria dias com a mesma camisa, o calção escuro.

Antigamente, havia uma criação de galinhas em nosso quintal. Ainda me lembro dessa época, quando a mãe vivia com a gente. Ela fazia galinhada para o almoço de domingo, e era muito bom. Geralmente, minhas irmãs se encarregavam de perseguir a ave para matar. Eu era pequena; ficava só olhando as meninas correndo atrás da galinha, naquela festa, até que minha mãe chegava, ríspida, e mandava que se acabasse com a brincadeira. Então uma das meninas se posicionava com o estilingue e acertava o bicho, que caía de lado, com a pedrada. A mãe ia buscar a galinha pela asa, e nós ficávamos meio tristes, porque a perseguição tinha durado pouco. Mas hoje o terreiro está vazio, não resta nenhum frango: todos foram vendidos, quando o dinheiro se tornou mais urgente que a refeição de domingo.

Abro a porta do quarto e vejo papai dormindo. Ronca alto, como se fosse alguém muito gordo, mas ele é franzino e sei que várias vezes fica sem comer. Pela manhã, eu preparava cuscuz, conseguia pão, mas a comida sempre endurecia antes que ele conseguisse estar de pé. Agora me preocupo somente com o almoço. Não todo dia, é verdade, porque às vezes papai consegue acordar cedo e até sai, em busca de algum trocado. A velha carroça de catador vai rodando, puxada pelas mãos grossas de meu pai. A cada esquina, ele pára, investigando o lixo amontoado em calçadas — procura papelão, que vende para reciclagem. É trabalho de horas, até que se encha a carroça. No retorno, suado, penso que papai está arrependido de tanto esforço. Nos próximos dias, ele ficará trancado em casa, esvaziando garrafas no quarto.

Tento adivinhar as horas, pelas mudanças no céu. Gasto o tempo lavando panos na pia da cozinha. Justo em frente, a janela aberta.

Minhas irmãs estarão brincando na casa do outro lado da rua. Elas têm idades muito próximas, 12 e 13 anos. Talvez por isso estejam sempre juntas. Saíram juntas, para morar com a vizinha, quando a mãe foi embora. A gente ouvia as brigas na sala, do pai com a mãe, e depois apareciam manchas escuras na pele do rosto e dos braços, na mãe. Um dia ela partiu, sem dizer nada. Dona Anastácia foi quem comentou que ela havia saído da cidade. Então minhas irmãs se mudaram para a casa em frente, mas eu quis ficar. Papai precisava de alguém com ele.

O dinheiro dos frangos sumia, e eu achava aquilo um mistério, um encantamento. A mãe se desesperava, ao olhar o fundo da latinha: contava as notas e moedas, ficava com raiva, batia na gente. Certo dia, obrigou-nos a ajoelhar sobre milho, sem que eu soubesse a razão do castigo. Meus joelhos doíam; só tinha para olhar a parede descascada em frente — e foi quando minha irmã mais velha disse, quase gritando: "Eu vi o pai tirar o dinheiro." A mãe saiu transtornada, e caí sentada para trás, quando a porta bateu: massageei as pernas, tentando desfazer as marcas na pele. Horas depois, papai chegou, bêbado. Não disse nada, foi dormir. A mãe não apareceu em casa naquela noite.

Ando novamente pela rua, o sol bem mais forte. Sinto o corpo suar, enquanto vou contando as árvores do caminho. Sempre encontro algo novo para contar. Já me distraí observando pássaros, cães, bicicletas, varais de roupa. Agora vejo as árvores, quase dez, até a casa da avó. Chamo, segurando as barras do portãozinho. A tia diz, aproximando-se: "Ah, Fran, o gás acabou. O almoço ainda não ficou pronto. Mas entre, venha comer um biscoito."

A casa da tia e da avó: tão bonita, com azulejos na cozinha e bancos estofados. Eu me sento, esperando. Sei que devo parecer um cachorrinho de pêlo marrom. Estou suja, os dentes sujos partindo os biscoitos, engolindo o café. Vovó aparece, com seu cabelo branco e crespo, o vestido de algodão. Beija-me no rosto e me entrega uma toalha. Depois do lanche, vou tomar banho.

— Tarde

Da última vez, foi pior. Achei que não iria conseguir o suficiente para encher a carroça. Andei quilômetros, antes de chegar à casa do Ismael, que negocia com essas coisas. Ele me ajudou a descarregar as caixas desfeitas; empilhou o papelão num canto da sala, já obstruída por outros quilos de garrafas, latinhas de cerveja e materiais de plástico. Olhou-me por cima de seu bigode cinza, caído para os lados, que parece um peixe. Contou algumas notas e me deu. Eu não disse nada; voltei para casa, puxando a carroça. Já sentia a cabeça zoar, a multidão de abelhas nos ouvidos. Pequenas luzes espocavam na vista, e não sei quanto tempo levei até acertar o caminho. Estava escurecendo, quando Fran abriu a porta: entreguei algum dinheiro para ela e entrei no quarto.

De madrugada, acordei pensando em bebida. Sobrara apenas uma dose de pinga, mas eu tinha uns trocados no bolso. Fui ao bar que fica aberto na Rua Doze — ânsia na garganta, tremor nas mãos. Pedi duas garrafas da purinha; aguardei que me fizessem um embrulho. Bebo sempre em casa; não gosto do ambiente de bares, conversa, risos. Mal cumprimentei os conhecidos, enquanto voltava para casa. Fran estava dormindo: vi sua pequena sombra, deitada na rede, à luz da lamparina. O copo de vidro já se impregnara do cheiro da pinga, e nem me dei ao trabalho de lavá-lo, comecei a beber no gargalo. Vi amanhecer o dia e adormeci novamente.

Não sei quanto tempo fiquei assim, acordando apenas para beber, dormindo de novo, bebendo sem comer nada. Várias vezes aconteceu isto: as batidas na porta, leves, da mão de Fran, me chamando.

O som na madeira, insuficiente para me acordar. Apenas a sensação nublada de uma voz de criança, meus olhos se abrindo para a claridade e a penumbra, sucessivamente, sem que o corpo tivesse ânimo de reagir.

Quando Maria ainda não tinha fugido, acho que era diferente. Não recordo direito, é verdade, mas existem lembranças esparsas das meninas juntas, brincando, e a mulher sorrindo, ao fazer o almoço. Eu trabalhava de pedreiro, então; bebia apenas no fim de semana. Mas depois começou a ânsia, o desejo cada vez mais forte, e a mulher com suas brigas, o som estridente da voz dando ordens. Meu punho caía com força, dedos fechados em murros, ou abertos na palmada. A mulher chorava, sumia com as manchas de sangue pisado no rosto. Até o dia em que foi embora, e Dona Anastácia catou minhas duas filhas, antes de falar que Maria nunca mais iria voltar. Fran não quis se mudar para a casa da vizinha.

Antigamente, eu também não rejeitava as pessoas; tinha amigos, conversava com a família, fazia visitas. As meninas estudavam, tão engraçadinhas no uniforme azul da escola. Havia uma criação de galinhas no quintal comum, e ninguém brigava pelos bichos, comprados por mim e pelo Zaranza, o vizinho do lado. Quando se precisava de um trocado, era só vender um dos frangos. Se alguém fazia sopa, sempre exagerava um pouco na quantidade, para distribuir uma porção pelas casas próximas, todas com gente amiga.

Dona Anastácia organizava novenas e festas santas, e aquilo distraía as pessoas. Lembro que fui aproveitando esse período para me isolar — Maria estava ocupada com as crianças, fazendo rifas ou preparando barracas e gincanas. Eu me trancava no quarto; bebia rapidamente, escondendo a maior parte das garrafas. Não percebia a hora em que o pessoal voltava: estava dormindo pesado, e ficava assim por dois, três dias. Perdi o emprego sem lamentos; até ri, quando cheguei à construção e me disseram que não era mais pedreiro. Olhei para o mestre-de-obras e ri alto, descontrolado, rindo da cara vermelha do homem, de suas calças largas. Levaram-me à força para outra esquina, eu ainda no acesso de riso. Senti uma pancada forte no queixo, e foi quando me calei.

    Maria lavava roupas, costurava. No tempo livre, estava sempre se queixando, eu sabia, com Dona Anastácia. Também, pouco me importava. Acostumei-me ao gesto automático de procurar dinheiro na latinha. Antes, fazia isso com remorso, dizendo para mim mesmo que havia de devolver a quantia, logo que arrumasse um emprego. O dinheiro significava um frango vendido, uma trouxa de roupas passada, a feira da semana mas, para mim, era simplesmente a entrada no paraíso, através da boca. Aos poucos, fui me tornando ousado: mal escutava a porta batendo, denunciando que Maria não estava, metia a mão à procura de moedas, no fundo da lata. As meninas viam; não lhes dizia nada. Saía em seguida, para voltar com outras garrafas e trancar-me no quarto.

    Muita gente veio me falar, então. Acho que o único que não tentou me aconselhar foi o Zaranza, velho companheiro. Nem mesmo ao perceber o prejuízo na sua parte de frangos, vendidos ou bebidos por mim. Ficou em silêncio, sem me incomodar. Talvez estivesse zangado, mas não quis me aborrecer. Fechou-se como uma ostra, o velho, e passou a me evitar na rua, atravessando para outra calçada. Tanto melhor. Melhor aquilo que censuras e conselhos.

    Até minha mãe não compreendeu. Quando soube que Maria tinha fugido, veio em visita solene, junto com minha irmã. As duas se horrorizaram com o estado dos cômodos, a sujeira e a falta de comida. Disse que as meninas estavam com a vizinha e eu mesmo não me importava com nada. Ofereceram-se para fazer limpeza, trazer isso ou aquilo. Minha cabeça doía; já não tinha dinheiro e fazia horas que estava sem beber. As mulheres insistiam, investigando a poeira sob a cama, o cheiro das roupas, o conteúdo das latas... não agüentei. Dei um grito alto, agudo, expulsando-as como quem expulsa um demônio. A vizinhança toda deve ter ouvido. Sei que nunca mais a mãe e a irmã apareceram.

— Noite

Para Francilene Amorim, 7 anos,
assassinada em 18 de abril de 2002.

Aconteceu que certa vez ele trancou a porta da frente, enquanto a filha estava fora. As meninas mais velhas moravam com Dona Anastácia, mas a caçula tinha insistido em ficar com o pai. Forçou a maçaneta com sua mãozinha, chamou, gritou — nada. Apareceu um vizinho que a levou dali: apenas alguns metros, até a esquina. Dona Anastácia abriu-lhe os braços, pouco antes de resmungar as palavras de costume. Aquele homem não prestava, bêbado infeliz, que agora punha a filha na rua. As irmãs de Francilene alegraram-se, inventaram brinquedos. A menina distraiu-se um pouco, mas naquela noite quase não dormiu.

No dia seguinte, foi o mesmo. Por mais que olhasse para a estreita porta de madeira, não havia jeito de ela abrir. Francilene lembrava as palavras mágicas da história que há muito tempo uma professora havia contado: "Abre-te, Sésamo!" Achou aquilo tão bonito, que deu o nome de Sésamo a um cão vadio que volta e meia aparecia no bairro, para receber restos de comida. Era um cão negro, de orelhas caídas. Todos se encarregavam de alimentá-lo, com arremessos de osso. Mas ninguém sabia do nome secreto que ele carregava. Francilene sorria ao vê-lo: Sésamo.

Agora, porém, não existia mágica. Ou as portas não obedeciam, como os cachorros quando chamados. Passaram-se mais dois, três dias, com a porta emudecida. Francilene deixou de comer, teve febre. As duas irmãs lhe rondavam a cama, como pássaros sombrios, enquanto Zaranza resolvia chamar a polícia. Esperava encontrar um corpo já meio apodrecido. Mas, quando os policiais forçaram a fechadura da porta e conseguiram abri-la, acharam um homem muito magro sentado na rede. Alguém lhe perguntou o que tinha acontecido, e então ele abriu os olhos sangüíneos contra a luz e disse: "Nada."

Dona Anastácia insistiu que a menina ficasse com as irmãs; havia espaço para todas. Francilene não respondeu: no instante em que os policiais saíram, entrou na casa onde o pai estava, derreado na rede como um inválido. Então recomeçou sua rotina de criança ocupada com afazeres domésticos. Primeiro, as poucas peças de roupa que suas mãozinhas lavavam com sabão de coco, antes de deixá-las secando no prego que antigamente segurava os xaxins na parede — assim, demorava um pouco mais, e as roupas não secavam logo por inteiro, mas Francilene ainda não alcançava o varal que se estendia entre duas árvores. Depois, o almoço de todo dia, geralmente conseguido com a avó, porque o dinheiro, quando havia, era economizado para o café e a rapadura, o leite e o pão: desjejum que o pai nunca tomava. Por fim, os pequenos brinquedos que inventava, nas horas vagas — o carrinho de lata puxado por um barbante, a boneca de espiga que logo se desmanchou, o jogo de botões para jogar sozinha.

Francilene certa vez encantou-se com o vôo de uma pipa serpenteando no céu. Foi há muito, muito tempo; lembra apenas que era agosto, porque ventava bastante e quase todos os meninos da rua fizeram papagaios para soltar. A mãe ainda estava em casa e interrompeu a filha, que pedia um brinquedo: "Esse negócio de pipa é coisa de menino." Mas o pai não olhou para a esposa; pegou a mão da filha e saíram para comprar uma daquelas arraias vistosas, parecidas com trapézios.

O pai, sóbrio; sua mão segurando o frágil papel da arraia, colorida de sol. Não demoraria muito para o brinquedo rasgar, desmanejado por uma brisa mais forte. Francilene recolheu seus restos; escondeu uma parte da serpentina da cauda e as varetas na cama, entre o estrado e o colchão. Toda noite, quando se deitava, sentia o contato das finas madeiras, à altura dos joelhos. Aquilo não a incomodava — eram lembranças, pequenos ossos, de uma época feliz.

Quando José Amorim entrou no quarto, naquela madrugada, não sabia que debaixo do colchão da filha estavam os restos de uma pipa que fora presente dele. Também não lembraria nunca que tinha comprado uma arraia vermelha numa tarde de agosto e passado horas ensinando a menina a lidar com o vento. Já lhe era impossível recordar muitas coisas: o rosto da esposa Maria, por exemplo. A esposa que um dia partiu sem dizer nada, uma ausência que só lhe trouxe alívio, porque então não ouviria mais nenhuma voz estridente nem teria de se esforçar com os punhos fechados para calar aquela voz.

José Amorim entrou no quarto que não era o seu, e no momento não distinguiu nada do ambiente recém-iluminado. Sabia somente que estava sem dinheiro e há dois dias não conseguia um gole de álcool. Passara um tempo dormindo, mas agora, sem saber exatamente se estava acordado, é que lhe vinham os pesadelos. Não tinha fome, mas, por uma espécie de instinto, quis comer. Antes, havia a criação de galinhas no quintal, e agora um enorme caranguejo marrom surgia, imóvel a sua frente. Pareceu-lhe terrível, o animal, e mais que comê-lo, tinha de exterminá-lo, como se faz com uma cobra venenosa.

Durante alguns instantes, o homem esteve atordoado, sem saber para onde se voltar. Atravessou a cozinha, sentindo com horror que o solo começava a se desfazer sob seus pés. O chão líquido, o calor da noite — a única coisa sólida era a pedra que segurava a porta que dava para os fundos da casa. José pegou a pedra; a porta bateu sem ruído. Arma compacta de um guerreiro: uma pedra segurada firme, para quebrar a carapaça de um caranguejo. Não lhe pareceu suficiente, porém. Depois do segundo golpe, olhou entre os dedos, e a pedra então era pequena e mole, somente um grão acinzentado.

José voltou à cozinha, desta vez lentamente. Estava ali, encostada na parede, uma vassoura. O cabo fino de madeira partiu-se com um barulho de folhas secas e pisadas. Agora, uma lança, uma espada que serviria para afundar a carne fresca do crustáceo, o peito róseo que era a continuação da cabeça. Aquilo extenuava; o homem terminou o serviço tenso e ofegante, sem pensar mais em comer. Sentou-se à beira da cama, o cabo de vassoura caído no chão. Olhou para o enorme caranguejo a seu lado e lhe pareceu que perdia as pernas, a articulação das patas, e ficava mais vermelho que marrom.

Três pancadas surdas na porta, antes que Zaranza surgisse, metido num pijama. O vizinho olhou com espanto para José, que não disse nada. Tinha uma expressão distraída, parecendo esquecer por que havia chegado ali. "Quer alguma coisa?", perguntou-lhe o velho, e José apenas apontou a própria casa, distante alguns passos. Zaranza hesitou; era de madrugada, e a lua minguante não deixava ver nem os arbustos do terreiro. Já não sabia se confiava naquele homem que fora seu amigo, mas depois se desconhecera, de tão alcoolizado.

Da entrada, pelo quintal, Zaranza viu que a cozinha se iluminava apenas pela lâmpada acesa num dos quartos. "O que foi, José? Que é que você quer?", tornou a perguntar. O homem não se voltou, continuando a andar, e foi seguindo naquela direção que o vizinho então parou. José ficou ao lado da cama, olhando para lugar nenhum. No colchão, a pequena Francilene deitada, com o crânio achatado e nódoas de sangue no peito.

José Amorim não fez menção de fugir; ficou esperando na casa, enquanto o vizinho saía para chamar a polícia. Estava amanhecendo, quando as viaturas chegaram. A porta da frente, que há muito tempo permanecia fechada, abriu-se num estrondo. José estendeu as mãos para as algemas e baixou os olhos para não encarar as pessoas paradas na rua. Todos reunidos, algumas vozes altas — ali estava também Dona Anastácia, trazendo as duas irmãs de Francilene. José conservou os olhos baixos enquanto os policiais o conduziam, e apenas se deteve para observar um cão negro que cruzava a calçada.

Um oco e um vazio

CÍNTIA MOSCOVICH

Cíntia Moscovich (Porto Alegre, 1958) — Escritora, mestre em Teoria Literária. Ex-diretora do Instituto Estadual do Livro, é jornalista em Porto Alegre (RS).

Bibliografia:

O reino das cebolas (contos) — 1996
Duas iguais — Manual de amores e equívocos assemelhados (novela) — 1998
Anotações durante o incêndio (contos) — 2000

Por enquanto, ela se dispunha só assim: de olhos fechados. E se abrisse os olhos e se lhe perguntassem para onde olhava, não saberia responder — decidira-se, por fascinação, a um início; inclusive se havia disposto a estar somente de olhos fechados. Tudo era partida: despira a roupa e postara-se de quatro, sobre os joelhos e sobre as palmas das mãos, e ainda sem entender o que viria a seguir, pensou — um pensamento capaz de assombrar a precariedade que tem uma mulher nua, de quatro e de olhos fechados —, pensou que se uma pessoa fizesse apenas aquilo que alcança o entendimento, não avançaria um passo. Mas não era caso de avançar, não era caso de entender, era só caso de dispor-se ali, à espera, nua, de quatro, olhos fechados, conforme lhe fora dito. Conforme lhe ordenara o homem de alguma idade que se havia sentado na cadeira junto à cama e que lhe pedira tire a roupa, não me olhe, quero lhe ver primeiro. Para não ficar sozinha, para não ficar sem ele, obedeceu.

E então, na troca de um momento a outro, sentiu-se tocada com a polpa macia de lábios e se contraiu num espasmo que não era ainda desejo, um espasmo que era a nascente de uma expectativa. Na solidão escura dos olhos fechados, já não estava sozinha sobre a cama.

UM OCO E UM VAZIO

Nua, indefesa e sem saber das coisas adiante, transformara-se numa pessoa de intensa espera.

Um rastro de tepidez alisou a coxa, a nádega e as costas, e a respiração morna do outro ergueu-lhe um arrepio. Suave, o homem, agora tão irreconhecivelmente suave, o homem filigranou as voltas de sua conformação, cioso trabalho de minúcia, demorando a boca e língua onde ela desejava — onde ela ia, aos poucos, querendo. Assim, lenta, se armou a cobiça, feito maré montante, feito mar de braços abertos arfando num pulso de ida e vinda. O homem falava coisas, falava; e ela entendia, entendia. Logo foi um refluxo de queimor, e o pulmão agitava-se, e se revolvia no ventre uma força tão grande de agudeza, que sua vontade era estar entregue — como se, nua, olhos fechados, de costas para o outro, representasse a confiança máxima, como se bastasse confiança para estar entregue. Quero lhe ver primeiro, não me olhe, era a vontade do outro, aquele que dizia coisas, que lhe raspava as ancas com as unhas, que lhe fustigava com os dedos cavando um oco no meio do ventre, um buraco a ser tapado, um buraco. Ela, que não sabia, que ainda não olhava, quis dar volta com o corpo, quis ver no rosto a quem lhe pedira, não me olhe. Mas nada podia, olhar não podia, ver não podia, e fez na mente o rosto do homem, esse de alguma idade, de músculos frouxos, cabelos ralos, óculos postos, que entrava na sala de aula em alguns dias da semana, que na saída da classe de hoje, depois de apagar as equações no quadro-negro, chamara por ela: vem comigo. Vem comigo, e ela crescera de repente, tornando-se grande para conter a si mesma dentro da exigüidade de menina, tão agitada, tão ansiosa, tanto de tudo o que vinha de sonhar com aquele homem, o mesmo que agora subtraía-lhe da visão e que, dizendo coisas, a sulcava. Tentou, mas não pôde, imaginá-lo na nudez e, forcejando, numa intensa abstração, viu-o na ardência — ardente por ela. Deu-se conta que se armara uma pose de bicho, como um bicho roçando a carne que a mimava, como um bicho impelindo-se contra o rosto do outro, feito bicho fermentando o desejo na pele dos dedos e na dureza das unhas do homem; era um animal querendo a queimação. Tinha virado nisso, numa corda tensa, os músculos vibrando sangue, os braços já quase dormentes, o ventre pedindo, os seios suspensos sobre o travesseiro, o rosto tapado de escuridão. Ela inteirava-se de seu estado de mulher estando com um homem, não mais um menino, um homem mesmo, de punhos duros, veias salientes, pêlos grossos, como se fosse essa a grande generosidade do mundo. E então era isso, como se, conforme ele dissera, conforme ele prometera — desobrigara-a de amá-lo e, sem obrigação de amor, ela podia exonerar-se do mundo e não mais precisava estar perturbada com a piedade. Sabia que estava bem perto de ser feliz, quase ali, ao alcance, um pouco mais, e não o olhava, porque, se olhasse, na certa acabaria por ter laços, aqueles que estava proibida de ter. Porque, se olhasse, a mágica estaria acabada e seriam dois infelizes naquele quarto.

De repente, sentiu a pressão e o peso sobre as costas, tudo demais para seu corpo: o rosto afundou contra o travesseiro, as ancas levantadas, as mãos de poder retendo-lhe a carne, atando-a, ele um ser de músculos frouxos, cabelos ralos, locupletando-se, e ela sem poder olhá-lo no rosto, sem poder enxergar a contração da boca, os sulcos das rugas, a boca crispada. Buscando apoio nos punhos, jogou-se com força para trás, e o homem retribuiu o impulso com força e mais força e disse-lhe coisas, arremeteu-se ainda com mais vigor, e ainda mais, até que ela não suportou, o corpo desistiu, estirando-se no colchão, o rosto em atrito contra o travesseiro, os seios nos lençóis, e ele veio junto, como se estivesse grudado, como se fosse de arrasto, como se fosse legítimo ele negar-se à visão, como se só fosse legítimo os dois corpos ligados. O homem gemeu. Para ela, por mais que ansiasse, foi de repente a compreensão: já não havia tempo. Mais uma vez o homem gemeu e lançou-se sem dó, sem pena.

Mais uma vez o gemido, e outro, e ele, rápido, arfou e disse coisas e insistiu nela, cada vez mais rápido, cada vez mais, e ela agora sem jeito, dispondo-se, contornando-se ao prazer alheio, fazendo-se o vaso das coisas que viriam. Foi quando ouviu:

— Meu amor.

E ela, que não era amor de ninguém, compreendeu que estava alforriada pela impostura, que tudo estaria acabado a partir de agora: finalmente abriu os olhos, finalmente e a tempo de ver o homem que tombou abatido e inútil a seu lado na cama. Meu amor, ele ainda ousou repetir, esforçando os lábios numa palavra que não cabia em sua boca, não no meio daquela cama no meio daquele quarto de solteiro. O homem limpou-se com o lençol e, antes de fechar os olhos baços rumo ao sono, deu-lhe um sorriso, como se fosse meigo ou terno, brando só porque esteve nu e se repletou numa mulher.

Ela deu de mão no mesmo lençol, enfrentando, magoada, a textura úmida. Com as pontas dos dedos, arremeteu-o aos pés da cama. Afofou o travesseiro e estendeu-se ao lado do homem, apequenada numa espécie de resignação: ele fizera nela as coisas que são só ânsia, às quais não correspondem doçura nenhuma, nas quais só se ama, ou se diz que se ama, um pouco antes do fim. Quis, porque era moça, porque se acostumara à maciez da companhia, quis encostar o rosto ao peito magro, sentir o pulmão respirando em compasso sereno; quis, como quis, merecer o sagrado de uma pele que descansa. Não podia, não com aquele homem, não com aquele cuja imagem fazia nascer um enjôo doce.

No entanto, não sossegava. Como se ainda não pudesse caber na quietude, apoiou-se sobre o cotovelo e viu o homem de carnação débil e de músculos frouxos. Viu mais: o homem galante ao entrar na sala de aula, a fala pausada, um deus de letra redonda, pensou no que havia pensado que teria com ele, nas coisas que falava, no amor prometido por descuido, e reacendeu. Os dedos migraram sobre os pêlos grisalhos do peito, atravessando o ventre alteado, até espalmar a mão. Um tremor. Retrocedendo séculos, ela apenas queria, como uma ancestral épocas antes quisera. Mas era sozinha que tinha de estar com o outro, porque o outro que cabia naquela cama lhe havia roubado, com suas ordens e seu sono, a presença salvadora. E, vendo o homem que dormia, extinto do quarto e apagado das coisas, resolveu apaziguar-se. Com medo de mexer errado em si mesma, foi cuidadosa. Para si mesma, podendo olhar-se inteira, teve zelo e paciência.

Antes que o mundo lhe sobreviesse, antes de se tornar fina e limpa a atmosfera, antes mesmo de o prazer surgir da solidão a que fora arrojada, cometeu: beijou os lábios do homem. Foi então que se uniu a ele, só quando pôde beijá-lo e só naquele instante seco, para nunca mais. E depois de beijá-lo, depois de compor e desatar nós, e sem que ele sequer se inteirasse de um mundo que se construía e desmoronava a seu lado, a moça deitou-se de olhos abertos. E as pupilas estavam largas, tranqüilas, vingadas. A penumbra começava a azular as cores do quarto.

Acordou de um sono muito curto e sobressaltado. Ele continuava lá, de costas para ela. Naquele pouco tempo, fez-se o movimento das miudezas, e ele, com sua ausência, havia transformado a nudez e o prazer de ambos em blasfêmia. Cheia dos odores, acendendo as luzes pelo caminho, foi até o banheiro e encheu de água o côncavo das mãos, espargindo rosto e colo. Mas ainda não era o suficiente, e esqueceu-se muito tempo sob a água da ducha. Enxugou-se com uma toalha áspera. Foi até o quarto e, tateando, encontrou o interruptor que fez brilhar a lâmpada fraca e amarela. Vestiu-se. O homem dormia numa fragilidade tão grande de corpo lasso e de músculos frouxos. Cobriu-o com o lençol, protegendo-o. Piedosa, de volta ao mundo, juntando sua nova sabedoria, beijou-lhe a fronte.

UM OCO E UM VAZIO

Bateu a porta. No corredor do edifício, era partida.

Saiu à rua de olhos muito abertos. Pensou que uma pessoa deveria fazer apenas aquilo que entendesse. E seguiu pela avenida vazia de fascinação.

Por acaso

NILZA REZENDE

Nilza Rezende (Rio de Janeiro, 1959) — Escritora, dramaturga, autora de literatura infanto-juvenil. Mora no Rio de Janeiro.

Bibliografia:

Guerra de Canudos: o filme (reportagem sobre os bastidores da filmagem) — 1997
Um deus dentro dele, um diabo dentro de mim (romance) — 2003
Elas querem é falar (contos) — 2004

Sim, tenho medo de voltar a falar de amor, medo das histórias que se repetem (e talvez mais medo ainda das histórias que não se repetem), medo de ouvir a mesma música, medo de sentir as mesmas coisas. Sempre me intriguei com isso: com as mesmas coisas acontecendo às pessoas, transformando as pessoas nas mesmas pessoas. Quando ando pelas ruas, tento espiar pelas janelas a casa dos outros, como querendo adivinhar o que os outros são para no fim talvez tentar saber quem eu mesma sou. Mas na casa dos outros, assim como nas nossas casas, tem sempre as mesmas coisas: um sofá, um abajur, às vezes um lustre imponente, às vezes só uma lâmpada pendurada, um ou outro quadro. No fundo, e de longe, é tudo igual.

O amor — também será assim? Amam as pessoas da mesma forma? Gemem, urram, metem, trepam, é sempre igual? Claro que existem as pequenas, sutis ou não tão sutis, diferenças: um corpo mais gordo, um corpo mais magro, um peito largo, com ou sem pêlos, seios fartos, seios retos, pau grande, pau pequeno, pau torto. Vai, Carlos, vai ser *gauche* na vida... Tem homem que geme mais, tem homem que só suspira, tem aquele que parece morto, tem o que grita. Deve ter mulher assim também. (Aliás, como eu me classificaria, ou ainda, como me classificariam?) Sob essas diferenças, de luz apagada, é tudo igual. E fazer sempre o mesmo *show*, independentemente da platéia, não é ser mambembe? Variar sempre foi um atributo do mundo ocidental — varie o vocabulário, varie a roupa, varie a vida. Reconheço: tenho medo de falar de amor, é como se fosse piegas e tolo e estúpido falar de algo que todo mundo fala, o amor.

Mas, objetivamente, já que é preciso ser pragmático, como nos mandam os executivos bem-sucedidos, aqueles que ganham dinheiro com as estatísticas — as mesmas; com as fórmulas — as mesmas; não devemos nos preocupar com a originalidade nem tampouco com a criatividade — originalidade, criatividade — palavras tolas, de pessoas tolas, que insistem em remar contra a maré, — ora, prosseguiriam eles em suas palestras tão ricas de contéudo... — tanto "emebiei" por um punhado de dinheiro, *cash* e pago na hora, naturalmente — , num mundo globalizado, fale do que todo mundo fala, sinta o que todo mundo sente, seja o que todo mundo é. Portanto, não tenha medo, *darling*, é o amor que gira a vida, é do amor que todos falam: as novelas falam, os romances falam, as canções falam, as revistas falam, a sua vizinha fala. Pode mudar uma coisinha ou outra, o nome dos personagens, o desenrolar de alguma ação, mas, no fundo, *c'est l'amour*! — é do amor que eles falam. Então, por que eu não posso falar também?

De onde vem essa pretensão de ser diferente, de ser especial? Tolice, pura tolice. O amor é tolo mesmo, como tolas são as pessoas, como tola é a vida. Eu pretendia que não fosse, eu imaginava que não seria, achava que a vida me daria coisas geniais, no sentido mais preciso da palavra, a vida me colocaria diante de pessoas interessantérrimas, a vida me traria momentos inesquecíveis, me levaria a lugares nunca dantes navegados. A vida não me deu nada disso. A vida não dá isso. A vida é substantivo. É pão com manteiga; arroz e feijão. Nova York e Paris. É a certidão de nascimento e a certidão de óbito. É o óbvio. A vida é segunda-feira — cinco feiras para um só sábado e um só domingo.

E cá estamos, numa segunda-feira, talvez exatamente igual à segunda-feira passada, provavelmente igual à próxima segunda-feira: o despertador toca, na mesma hora, no mesmo minuto, então, é hora de partir, e eu me levanto, trôpega (preciso conferir a dose do remédio), e vou me vestindo (clássica — reunião com a diretoria), rapidamente me olho no espelho, dou um jeito na cara amassada pela fronha bordada à mão (resquício do primeiro casamento, quando ainda se fazia enxoval — sim, enxoval! —, e se acreditava em amor eterno), passo um batom — mal como sempre (invejo os lábios bem delineados, sobretudo das francesas de pele branca carregada de pó compacto, feito bonecas de porcelana), jogo um perfume no pescoço (sempre um ponto de vantagem na hora das negociações; nisso, o mundo não muda), tomo um rápido e quente (nunca há tempo) café. A pasta, onde está, Joana? Um beijo, meu filho; bom dia, Severino. Um táxi, por favor, e ainda trôpega (estranha palavra essa que insisto em repetir), entro eu e meus óculos escuros a me protegerem da luz, do dia, de mais uma segunda-feira, desta segunda-feira.

O carro sai deslizando pelo asfalto (não tanto, há crateras pelas ruas do bairro), e eu vou vendo, às vezes vou vendo e sentindo, às vezes não vejo para também não sentir, mas há, logo ali, há uma criança deitada no chão, ela está nua e tem uma chupeta velha na boca, ao seu lado, muitas outras crianças, jogadas entre jornais, feito bosta de cachorro, e eu sinto dó dessas crianças todas, assim, tão desprotegidas, tão diferentes do menino que eu tenho em casa, eu sinto dó, essa palavra monossilábica tão fora de moda, tão despolitizada, tão envelhecida, tão *out*, mas é o que eu sinto, eu sinto dó: como dói.

Desvio, então, o olhar para o engolidor de fogo que faz sua cena no sinal — será que em breve teremos também leões fora das jaulas nas esquinas? A labareda cai no chão, e eu vôo longe. "Cuidado, menina, com fogo não se brinca." A vida se conta em anos, dizia o/a poeta. Minha mão gelada, o trapezista salta, ele cai, ainda bem que tem a rede, ele gira o corpo, agradece os aplausos de consolação, e sobe — tem de subir, tem de ir, tem de acertar —, a corda bamba, a arquibancada silencia pronta também a desabar, ele se prepara, aquela agonia, meu coração pela boca — por que aquele homem, aquela mulher, aquelas duas crianças, de branco, lá no alto, se jogando daquele jeito, pra lá e pra cá? Quem inventou tudo isso, pra quê?

O motorista, objetivo, me interrompe: a vida tá dura, moça, parece que não tem jeito mais não — acho que é isso que ele me diz, eu respondo uma coisa qualquer, preferia não ter que responder nada, não gosto de falar quando não quero falar. Aliás, odeio motoristas de táxi, eles nos obrigam a falar, "bater um papinho", por que eles precisam tanto falar? Palavras não existem para serem jogadas ao vento, desperdiçadas, ainda mais a essa hora da manhã, quando os sonhos (e os pesadelos também) teimam em circular por nosso sangue.

Eu nunca poderia ter te amado, talvez você também nunca pudesse ter me amado, então, por quê? Onde foi mesmo? Tolice achar que opostos se atraem; não, opostos não se atraem, opostos não se fazem bem, a bela e a fera só se encontram em *dolby stereo*. E cinema é cinema. Mas eu — e você também — caímos na doce e suave armadilha e acreditamos que nosso *mix*, como dizem os bacanas, era bacana, era moderno, era perfeito. Peça em três atos. Tese, antítese, síntese. Trilogia, santíssima trindade. Pai, mãe e filho. E o espírito santo que nos proteja.

Mas ele não nos protegeu. Pelo menos a mim, não me protegeu.

Foram beijos, lambidas, chupões, foram; foram trepadas, palavras de amor, sim, foram; foi sexo de todos os jeitos, foi; foi teu corpo sobre o meu e o meu corpo sobre o teu. (Melhor interromper: memórias não me fazem bem.) E, de repente (não consigo parar), sem mais nem por quê, as coisas foram se espaçando: eu não te ligava porque você não me ligava, você não me ligava porque eu não te ligava; eu não te chamava de meu amor porque não ouvia você me chamar de meu amor ou você não mais me chamava de meu amor por que não me ouvia mais te chamar de meu amor? Mas não éramos nós dois completamente diferentes? Ou o que parecia ser não era? Já não sei mais de nada, quem foi primeiro, quem veio depois; quem foi o autor, quem foi o réu; se existe (ou não) culpado; só sei que foi-se, foi-se perdendo, cada vez para mais longe, a nossa história, o nosso amor, foi-se.

Não, definitivamente, memórias não me fazem bem.

Se nos encontramos por acaso, por que insisto, então, em não nos perder também por acaso?

Entro e saio carregando na bolsa esta mesma pergunta: que fim teria esta história se ela não tivesse este fim? Como um livro, cujas últimas páginas foram rasgadas e a gente não sabe o que nelas estava escrito, nem quem as rasgou, nem por que as rasgou — será que foram pro lixo e se perderam de vez?

Detesto o silêncio. A palavra não dita é ferida aberta — como a do menino da rua, sem remédio que a cure, a não ser, às vezes, esparsas lágrimas — e só.

O motorista arranca meu choro e me joga, com toda força, sem piedade, no asfalto: olha, lá, dona, esse carro, há um minuto brilhava, agora tá aí, todo arrebentado. O homem já deve ter passado pro outro lado. Num instante, por acaso, tudo mudou. E não adianta tentar entender, viu, quem tenta entender um negócio desses fica maluco. Vira doido.

De fato. O carro está ali, é traça, tralha, é lata velha, sucata. Talvez não adiante mesmo tentar entender: é como um número de espetáculo — se der, deu; se não der, paciência. A vida: ora sim, ora não; o amor também: é de foder, tudo ou nada.

Sessões e sessões de terapia, alguns antidepressivos, noites mal dormidas, trepadas enlouquecidas, coitos interrompidos. Nada me liberta dessa corda no pescoço.

Se a vida é o acaso e talvez, por acaso, seja mesmo; se tudo pode mudar de um minuto pra outro e tudo muda mesmo, que vale, então, tudo? Ou, se, por outro lado, a vida é o acaso e se, por acaso, as coisas não mudam, nem de um minuto pra outro nem de um dia pra outro ("a vida se conta em anos") e à noite, todos estarão lá, nos mesmos postos, como se o sol não tivesse ardido e não tivesse se posto, e eu também passarei por lá, à mesma hora, com a mesma sensação e os mesmos pensamentos, por que, então, me deixar tomar por tanta dor? Entender, pensar, concluir — velho hábito das provas escolares: justifique — e eu justificava tudo o que podia, tudo o que sabia, e até o que não sabia, só para garantir o dez, e agora, o justifique se repetindo, como prova de maturidade: pense, entenda, aceite-se, justifique, "justifique-se". Justificar a vida, a miséria, a morte, o amor, o desamor... — como?

Em que momento teremos nos perdido, em que olhar, em que noite, em que palavra? Em que piada sem graça, em que gozo forçado, em que indelicadeza? Em que desejo mal realizado? Em que exato momento nosso amor foi-se, "fodeu-se"? Que horas marcava o relógio, você viu? Eu não.

— É, dona — o motorista insiste —, acontece, a vida é assim, da mesma forma que começa, acaba.

Como o amor, será? Uma noite ali, uma briguinha aqui, um beijo bem dado, um tchau súbito, você gosta de mim? Diga, meu amor, mais uma vez, uma vezinha só: você gosta de mim? Te amo, ele/ela até pensou em dizer; talvez até tenha dito, mas ela/ele talvez não tenha nem ouvido — será que foi ali, naquele instante? Quem há de saber?

Enfim, estamos chegando. Por aqui, não há mais meninos pela rua (talvez porque não haja ninguém a lhes dar moedas), só alguns tênis pendurados pelos fios, uma ou outra bola, uma pipa cortando o céu (ainda azul) e eu (ainda) tentando, nos poucos minutos que me restam, achar o fio da meada, as causas e as conseqüências — como se houvesse —, para que, dotada da história, com ela inteirinha na mão, tudo bem esclarecido, encaixado, bem resolvidinho, possa, enfim, livrar-me do motorista, abrir a porta e depois a página em branco, e jogar nela todas as palavras, assim e assado, e contar a história, fazendo a vida virar ficção e ao mesmo tempo fazendo o inverso, desfazendo-me da vida através da ficção.

Sim, amor, conto nosso caso, por acaso, assim como, por acaso, termino essa história, como a nossa também terminou — e também como começou —, sem mais nem por quê, simplesmente porque, talvez, talvez a vida, a história e as histórias, essa palavra escrita e essa palavra lida, o sofrimento, o prazer, o prazer e o sofrimento, o princípio e o fim de tudo e de todas as coisas, eu e você, e todos, aqui, agora — talvez tudo isso não passe de um belo acaso. Tudo absolutamente por acaso. Como esse conto. Conto por acaso.

Madrugada

HELOISA SEIXAS

Heloisa Seixas (Rio de Janeiro, 1952) — Jornalista, tradutora, escritora profissional. Mora no Rio de Janeiro (RJ).

Bibliografia:

Pente de Vênus — Histórias do amor assombrado (contos) 1995
A porta (romance) — 1996
Diário de Perséfone (romance) — 1998
Contos mínimos (contos) — 2001
Através do vidro (novela) — 2001
Pérolas absolutas (romance) — 2003
Sete vidas — Sete contos mínimos de gatos (contos) — 2003

1:10

Não, eu não tinha idéia do que seria, não podia imaginar. Só hoje, que estou limpa, posso olhar para trás e ver o talho de negror, aquela ferida aberta reluzindo como óleo derramado na baía. Uma cicatriz, um rasgo de alto a baixo, de fora a fora. Óleo e água não se misturam e o negror que me tomou o fez por inteiro, como um buraco negro, tragando. Não foi gradual, me arrebatou, embora eu não pudesse antever o desfecho, isso nunca. O desfecho, o fim, o quase fim, a escuridão, isso nunca. Olho minhas mãos na penumbra. Estão firmes, já não tremem mais. A luminosidade da rua penetra pela cortina japonesa, vara os pequenos talos que amarrados formam a trama e se espraia mais pela nesga, pela fenda. Assim deve ser, por enquanto. Não posso acender as luzes. Ainda bem que uma das bandas fica sempre entreaberta, quem olhar da rua não há de estranhar. Por enquanto ninguém pode saber que voltei, ninguém. Nem ela. Principalmente ela. Antes, preciso ter certeza. Sei que já estou forte, sinto o sangue puro correndo novamente sob a pele, os nervos pacificados, mas ainda não posso correr riscos. O risco no vidro, o diamante, as unhas cravadas na carne, sangrando. Vejo o tampo de vidro da mesa que cintila, mesmo no escuro. Vejo os tacos de madeira, antigos, desenhados, as sombras dos apliques nas paredes, estas paredes que me viram nascer e quase morrer, que guardam na tinta, na cal, na argamassa, os fluidos do terror que aqui dançaram, por tantos meses. Até nos tijolos se terá talvez entranhado o malefício. Eu poderia contar tudo, passo a passo, rever mentalmente o que aconteceu para assim me proteger, me acalmar, recitar os versos satânicos como se fossem um mantra enquanto espero o dia amanhecer, mas não sei se devo, não sei se devo. Meus olhos ardem, não posso deixar que se fechem. Não posso dormir, preciso estar alerta. No filme dos invasores de corpos era assim, eles agiam enquanto as pessoas dormiam. Um minuto, um cochilo, apenas — e eles tomavam conta. Pronto. A pessoa não era mais a pessoa, apenas um corpo sendo comandado pelo exército invasor, alienígena. *Vampiros de almas*, foi como se chamou aqui. *Vampiros de almas*. Foi o que aconteceu comigo, hoje sei, agora que estou limpa. Foi uma possessão. Contar, talvez seja preciso, então. Contar, a única forma de me manter desperta, de vencer a noite, a madrugada, o único meio de afastar o sono da exaustão sem me mover, sem chamar atenção. Contar, recontar, repisar o escuro, falar para mim mesma, em voz alta, deixar que vibre cada fibra no esgar do pânico, que fluam novamente todos os líquidos, as gotas de suor, álcool e gozo. Minha garganta se contrai num segundo, sinto as paredes internas que se fecham, um nó feito ao mesmo tempo de desejo e medo. Mas não importa. Preciso contar. Aqui, junto à janela, protegida pela cortina japonesa, entrevejo a rua. É noite alta, já não há movimento, mas percebo a lisura do asfalto, os carros adormecidos junto ao meio-fio, dois deles têm fitas de Nosso Senhor do Bonfim penduradas no espelho retrovisor e outro traz no vidro traseiro um adesivo plástico onde está escrito *Je-*

sus. É com olhos baços que observo esse cenário tão banal, toda a sensação de normalidade que dele emana, a luta por boa sorte, proteção. Os donos desses carros hão de ser pessoas comuns e me pergunto se algum dia fui como eles, e se algum dia voltarei a ser, depois que o tempo tiver apagado a marca, o sinal. Mas não, não houve sinal, foi como gás. Sempre me perguntei como é possível as pessoas morrerem envenenadas por gás, no chuveiro. Será que não sentem o cheiro, não podem fazer um gesto, soltar um grito de socorro? Mas um amigo meu morreu assim e foi encontrado deitado no chão do boxe com uma expressão serena, de quase felicidade. E eu finalmente entendi, não há tempo. Foi o que aconteceu comigo. Eu nada senti até que já era tarde, até quase o fim, e só consegui sair porque alguém me arrancou, me levou para longe, bem longe, para fora da esfera física e geográfica onde se dava a influência maléfica. Mas agora voltei e aqui estou, sozinha na madrugada para contar a história, e se conseguir vencer a noite — apenas esta noite — estarei salva. Dou as costas à janela, caminho pela sala devagar. O ar parece viciado, tem um peso, e é como se eu singrasse com lentidão a penumbra abrindo nela uma ferida, a escuridão feita de matéria palpável, meu corpo uma cunha. Deve ser pelo tempo que o apartamento ficou fechado. Deve ser, também, pelos sopros assombrados que aqui restaram, aderentes. Mas aceitei o desafio e não posso fraquejar, só assim terei certeza de que venci. Passar uma noite aqui, uma noite e continuar limpa. É difícil, eu sei. É difícil remexer o lodo sem sujar as mãos, mas vou tentar, vou tentar, é preciso. Deixar que a memória escorra, traga tudo, deixar que desçam as lembranças sem ordem, sem depurações, sem filtros. Do caos se fará a catarse, da treva surgirá a luz, e quando a luz da manhã tocar afinal os vidros da janela, saberei que estou viva. Deixar correr, deixar, fazer fluir as lembranças, não estancar as cenas, as sensações, abrir os sentidos para receber outra vez todos os gostos, todas as visões, todos os cheiros.

1:15

Eu não conhecia o cheiro de fêmea. Tinha tido homens, muitos, na minha vida errante, solitária. Mas sempre passei por eles como um navio em águas profundas, flutuando ao largo, incólume diante dos rochedos espalhados ao longo da costa. Nunca um deles me rasgou o casco, me fez soçobrar. Como eu poderia adivinhar o que estava por acontecer? Daquela noite, daquela primeira noite, recordo pouco. Lembro vagamente de um beijo de mulher, no corredor que dava para o banheiro de uma gafieira, envolto em luz vermelha. Estávamos todos bêbados, era noite de festa. De olhos fechados, encostada à parede, tive vontade de rir, para mim era uma brincadeira, não podia ser outra coisa. Eu gostava é de homem. Mas deixei que acontecesse. Pensei na amiga que muitos anos antes tinha subido ao palco numa peça do José Celso Martinez e levado um beijo na boca de uma mulher. Um beijo de língua, molhado e agressivo, que a princípio fora para ela um grande susto, mas que acabara num momento de entrega. Ela ria, se justificando, e dizia que de olhos fechados não fazia diferença. "É igual, beijo de homem e mulher." Era o que passava por minha cabeça naquele corredor vermelho, encostada à parede. Eu não podia saber. Jamais, jamais. Não teria como adivinhar que a pequena caverna que se abria para mim, úmida e quente em meio à penumbra avermelhada, era o flanco, a fissura mortal, o acesso por onde viria o vampiro. Nos filmes de terror o vampiro se disfarça, seduz, engana, porque ele só pode entrar na casa se a porta lhe for aberta de forma espontânea, ao menos da primeira vez. Feito o gesto, nada mais será capaz de detê-lo. A porta, a porta real, aquela por onde ela entrou, aí está, a poucos metros de mim. Parece inofensiva, olhada assim, a parte interna forrada de couro tacheado, a maçaneta de metal brilhando na penumbra. Não ouso chegar perto. Minhas mãos frias se apóiam nos braços da poltrona, percebo na palma as irregularidades do tecido de tear, o tecido que bebe meu suor, e minhas pernas se dobram para que o côncavo da cadeira me receba. Não sei como viemos parar aqui. Aquela noite, a primeira, me ronda como um torpor, já disse, vejo apenas seus olhos no espelho do banheiro, um espelho salpicado de manchas cor de ouro velho, e de repente a lembrança se transfere para cá, para essa porta que olho agora. Sinto nas costas a superfície de couro, a protuberância do olho-mágico cravado em algum ponto da nuca, sinto a mulher que se impõe, envolvendo-me, sinto-lhe o hálito, o cheiro, as mãos que prensam como tenazes, a boca-ventosa que quase me arranca a pele. Tenho a sensação de ser arrastada e aqui estou, jogada nesta poltrona, rendida, ofegante, à espera, e é aqui — exatamente onde estou agora — que ela mergulha e me faz morrer pela primeira vez, o corpo desfeito em gozo e ódio. Mas isso é só o começo, ela quer mais, muito mais, nada a sacia, e as paredes são frágeis para conter seu ímpeto. Na espiral de prazer e dor em que me dissolvo, já não sou dona do meu próprio corpo, ela me domina, e me deixo levar por todos os portais, todos os cômodos, todos os quartos, e cada canto da casa recebe nossos gritos, nossas secreções, as nódoas de saliva e sangue ungindo o chão, unção extrema. E a esse ser andrógino, esse anjo das trevas, macho e fêmea, eu me entrego por inteiro, corpo e alma condenados, deixando que me sugue, que me chupe a carne e me triture os ossos, com a força descomunal que só os loucos têm.

1:18

Os minutos escoam e eu continuo parada aqui, presa à poltrona onde ela me feriu e me bebeu, ouvindo o som da minha própria voz. Preciso falar em voz alta, sim, ouvir a história como se contada por outra pessoa, para me manter desperta e firme e lúcida. Como no filme. Vampiros de almas, vampiros, pois foi também uma possessão, agora eu sei, agora entendo. Meus amigos diziam, me alertavam, mas naquela época eu já nada ouvia. Foi como gás. Ela se infiltrou em mim sem que eu me desse conta, tomou-me de assalto e eu perdi os rastros, a trilha, as pedrinhas, as migalhas de pão, qualquer chance de volta, destruí as pontes, queimei os navios, me afastei de todos. Foi um milagre que ainda tivesse havido tempo, que alguém ainda conseguisse me arrancar no último instante, quando eu já estava no precipício, segura a um galho de árvore por apenas uma das mãos. Ao longo do tempo em que estive mergulhada no negror, na floresta assombrada, não tinha qualquer contato com o mundo exterior, nada. Ou quase nada. Às vezes ouvia ainda uma ou outra voz, muito fraca, ao longe. E essas vozes me diziam coisas, me alertavam, me falavam de mim, do quanto eu tinha mudado. Falavam de minha própria voz. Sua voz se transformou, diziam. E a dela também. Ela atende o telefone e nós pensamos que é você. *Ela está tomando posse.* E estava mesmo, passou a reinar nos meus espaços, por toda a parte, a vasculhar gavetas, a trocar móveis de lugar. Refez a casa, refez a vida, refez a mim, recriando cada célula à sua imagem e semelhança, como se eu fosse um torrão de barro, uma costela tirada de seu corpo, um ser novo a ser moldado, ainda sem vontade própria. A mesma voz, a mesma alma, osmose, encosto, possessão, hoje eu sei. Mas naquela época, não. Não ouvia nada, não via nada, sabia apenas do delírio, da argamassa de álcool e saliva que me envolvia como um casulo. Fecho os olhos e volto a sentir, com toda a nitidez. Não há engano. A noite começa a cair e eu estremeço, mosca na teia, paralisada, aguardando a morte, todas as mortes, todas as noites, madrugada adentro. Madrugada, como agora. Bebendo, bebendo, bebendo sem parar, as mãos trêmulas segurando o copo de uísque, as paredes de vidro suadas umedecendo-me os dedos, fazendo tilintar as pedras de gelo. Há na entrega do inseto um gozo suicida, há terror e desejo em seu coração enquanto aguarda, suspenso no ar, crucificado aos fios. Sabe que vai morrer, mas não tenta fugir e antecipa o contato pegajoso, o sanguessuga, as garras afiadas que abrirão sulcos na pele, as presas cravadas na carne, o sangue, a dor. Por trás do ruído do gelo, ouço o estalo da porta, a vibração das patas que se arrastam pela teia, lentamente. O corpo nu espojado sobre a cama, a alma embebida em álcool estremecem no prazer antecipado, à espera do beijo, o beijo da morte. Revejo tudo, volto a sentir cada textura, cada cor e aroma, os sentidos da memória trabalham, falam em voz alta. Não, não posso me calar, preciso me manter desperta. Se dormir, ela virá. Eu sei. Eu sinto. O perigo ainda não passou.

1:21

Eu não sabia o tamanho do rasgo, da ferida. Desconhecia o quanto já fora drenado, quão meu sangue se contaminara, e todo meu corpo e meu espírito. O vampiro trabalhava. As manchas azuis no pescoço disfarçavam os pequenos orifícios, a carne esponjosa por onde escapava o sangue e junto com ele todos os fluidos, toda a essência. Eu não sabia. Como poderia saber? Como, se fora envenenada por duas poções poderosas, que envolvem e viciam? Sexo e álcool, sexo e álcool eram minhas noites e também meus dias, pois os dias só existiam na espera do instante em que, posto o sol, o ruído do trinco me anunciaria sua chegada. Foi como gás. Não sei como houve tempo, como ainda pude ser salva. Os amigos, as vozes, aquelas mesmas vozes distantes, conseguiram talvez romper o cerco do mal, não sei, a crosta, a fronteira. Sei que um dia, antes que anoitecesse, eu fugi. Saí pela porta como estava e como estava pedi socorro, abrigo. *Dai-me, Senhor, serenidade para aceitar as coisas que não posso modificar, coragem para modificar aquelas que posso e sabedoria para distinguir umas das outras.* Alguém me ouviu, alguém me ajudou. Eu não via nada, nada ouvia, era apenas um ser amorfo com duas bocas que pediam, latejando de sede e desejo. Mas fui levada para longe, para outra cidade, para um lugar distante daqui, longe da influência, do poder. E isso me salvou. Dos primeiros tempos, só me restou um torpor. O corpo sacudido por tremor e suores, eu sentia as patas da aranha subindo devagar, muito devagar. Tentava gritar e não podia. Mil vezes achei que ia morrer, mil vezes *quis* morrer, mas aos poucos fui acordando para o que me cercava, um mundo feito de lucidez, de calma. *Serenidade, Senhor*. Foram semanas, meses, nem saberia dizer ao certo, muita coisa se perdeu, se apagou. Mas sei — isto, sim — que estou limpa. Volto a olhar minhas mãos, na penumbra. Sim, elas não tremem mais. Torno a observar os móveis, as cortinas, o tampo de vidro da mesa, que cintila ainda. A porta, o olho-mágico, a maçaneta de metal. Ainda falta muito para amanhecer e não devo ter medo, só preciso me manter acordada. É minha prova definitiva, sem ela eu me perguntaria pelo resto da vida se não ficara dentro de mim uma parte vampiro, uma porção morta-viva adormecida, esperando o sinal. Eu precisava voltar, estar aqui sozinha hoje, nesta madrugada, e aqui fincar a estaca, marcar a testa com o crucifixo incandescente, deixar entrar a luz do sol purificando tudo, para transformar em cinzas a memória desse desejo doentio. Uma noite, apenas. Madrugada. Os amigos, as vozes, não queriam. Cuidado, disseram. Um dia depois do outro, é preciso humildade. Mas hoje eu conheço os riscos, sei de cor todas as armadilhas, sei que posso quase tudo. Só não posso dar o primeiro beijo, o primeiro gole. O perigo ainda não passou.

1:24

Por um instante fecho os olhos. Sinto contra a córnea o contato seco da pálpebra, como seca é a boca, mas, repito, não devo ter medo.

Não sei que horas são. Não faz muito tempo ouvi bater uma hora no carrilhão antigo, que fica no corredor. Cheguei a pensar em trazer para a sala o relógio digital, de cabeceira, mas achei que ficar olhando-o pela madrugada afora, acompanhando minuto a minuto, seria uma tortura. Melhor assim, melhor não saber, embora às vezes eu tenha a impressão de que o visor com seus números verdes está bem aqui à minha frente. Logo soarão as duas badaladas, não vai demorar. Meus olhos estão pesados, mas vou abri-los, com eles fechados tenho medo de dormir. Não posso baixar a guarda, preciso estar alerta. Abro os olhos devagar, as pálpebras parecem coladas, resistem. Está escuro. Mais escuro do que antes. Sentada aqui na poltrona, de costas para a janela, sinto que a cortina já não deixa filtrar a luminosidade. Parece que lá fora a noite se fechou. Sinto as mãos frias, úmidas, coladas aos braços da poltrona. Talvez vá chover, meus pés também estão frios, as plantas dos pés transpiram. Ouço um troar distante, um trovão talvez. Isso explicaria a umidade, a frieza nos pés e nas mãos, a escuridão crescente. Abro mais os olhos, arregalo-os no escuro, mas não vejo nada, nem a silhueta dos móveis, nem a sombra da porta, nada. Talvez devesse erguer a mão na altura do rosto para testar a escuridão, mas meus braços estão inertes, como se atados à poltrona. Sinto um torpor. Não posso dormir, isso não. Dormir seria perigoso. Pisco os olhos, uma, duas, várias vezes. Ainda estão secos, mais até do que antes. Mas estou atenta. Com os olhos mortos, o sentido da audição ficou aguçado. E aí está. De novo, o trovão. Um som mais grave desta vez, que se repete, ecoa. Parece mesmo que vai chover. Respiro fundo. Vou levantar e ir até a janela. Espiar com cuidado, tentar entrever uma nesga de céu, que há de estar fechado, sem estrelas. Sem dúvida, vai haver tempestade. Há no ar, já, um cheiro de terra molhada, trazido pelo vento. Engraçado, mas não há vento. O ar está parado, tudo tão quieto. Mas o cheiro, sim, o cheiro, posso senti-lo com clareza, um aroma tão pesado de umidade que quase tem textura, há nele qualquer coisa de lodo, de folhas em decomposição, de florestas mortas. E aí está o som, ainda mais encorpado do que antes, mais próximo. A tempestade sem dúvida caminha. Agora vou mover-me, agora sim, a começar pelas mãos. Mas é estranho, elas não querem, elas se recusam. Continuam imóveis, pegajosas, como se envoltas num casulo, numa teia. Redobro a ordem, mas nem pés, nem mãos, nada me obedece, meu corpo está todo ele paralisado e no entanto preciso levantar daqui, andar até a janela, manter-me desperta, afastar o perigo. O perigo. Certos insetos inoculam um veneno que paralisa suas vítimas. Sinto um arrepio, as gotas de suor brotam quase instantaneamente da fronte, da nuca. E o som, novamente o som, cada vez mais perto. O suor brota mais, encharca rosto, mãos e pés, a frialdade me faz pensar que estou cravada na lama, na areia movediça, enterrada até o pescoço em camadas e camadas de folhas apodrecidas. Há em torno de mim um cheiro de morte e decadência, e o som, o som que não pára. Já não parece trovão e sim um som compassado, a intervalos pensados, matemáticos, como se houvesse por trás deles um comando, uma força inteligente. A ordem cerebral dispara como uma chispa, corre de um neurônio a outro, mais rápido que a velocidade da luz, e seu sentido, decodificado, chega afinal aos membros, aos músculos. *Talvez você a esteja chamando.* Mas não, não pode ser. Preciso ter o controle, preciso, é apenas sugestão, fantasia. Talvez tenha sido um erro não trazer o relógio digital, acompanhar os minutos, o piscar dos segundos, seria uma maneira de me manter desperta, em contato com a realidade. Mesmo no escuro, eu veria o brilho verde dos algarismos na contagem regressiva para o amanhecer. Quantos minutos se terão passado? Quantos minutos, depois que o carrilhão bateu uma vez? Agora abro de novo os olhos, as pálpebras permanecem imunes ao veneno, elas se movem, mas de que adianta abri-las se continuo cercada de trevas? Os ouvidos, ao contrário, trabalham como nunca. E o som cresce, se apressa. A garganta trancada, não posso mais negar, não tenho como tentar me convencer, não há engano. O som está cada vez mais claro, cada vez mais perto. Agora sei que ele não vem da rua, dos céus, está à minha frente, aqui mesmo, a poucos passos, do outro lado da porta. *Passos.* Sim, passos. A boca seca não pode gritar, os olhos cegos nada vêem, mas os ouvidos estão despertos e as narinas, ah, as narinas dilatadas me transmitem o cheiro, que também é cada vez mais forte e mais real, o aroma acre que fere os canais, que toca a ponta dos sensores e desce aos pulmões, que se espalha por mim, por todo meu corpo, até que o reconheço e sei que é cheiro de húmus, de terra decomposta – cheiro de sepulcro. Num gesto desesperado, ainda tento desatar os braços, as pernas, tento abrir a boca para gritar, mas nesse instante percebo que o som está *dentro de casa* e aqui reverbera como as badaladas de um velho relógio, uma, duas, três vezes, anunciando minha condenação.

3:00

Três vezes. O eco do carrilhão se estende, metal contra metal, reverberando. Três badaladas, três – mas como? Como o tempo passou à minha revelia, se apenas fechei os olhos? Não posso ter dormido, não posso. Olho em torno, muito devagar. O tampo de vidro na penumbra, banhado pela luminosidade que vem da rua. A porta com a forração de couro, contornada de tachas, aí está. Tudo como antes, tudo quieto. Vejo também a maçaneta de metal trabalhado, daqui enxergo seu brilho com uma clareza quase sobrenatural. Minhas mãos suadas se mexem, livres da paralisia. Deve ter sido um sonho, só pode ter sido um sonho, mas se sonhei é porque adormeci. Os dedos gelados voltam a abraçar o tecido da poltrona, num espasmo. E os olhos se abrem muito, se arregalam. Só eles se comunicam comigo agora, transmitindo a mensagem. Os ouvidos, não. Já não há qualquer som. Mas os olhos — os olhos vêem. Observam com minúcia doentia a maçaneta à minha frente. *Alguém está mexendo na porta.* Vejo a superfície de metal da maçaneta, as reentrâncias do desenho parecendo formar um rosto, um rosto de duende com seu sorriso maléfico que agora se contorce, se inclina como a me observar melhor. *É ela.* Ela me descobriu. Duas bocas, duas bocas latejando, duas, e eu me ponho de pé, as pernas trêmulas, as mãos suadas estendidas à frente, já sem a âncora do tecido, meu corpo reinando sobre mim, me dando ordens. Ele quer. Eu não, mas ele, meu corpo, sim. Meu corpo vai partir, eu sinto, ouço os murmúrios dos músculos, o estalar dos ossos, movendo-se em direção à porta. A porta que minhas mãos vão abrir, estas mãos que se estendem mais, que me puxam e me guiam, que já vão à minha frente. E o corpo rebelado, o corpo que me carrega estala agora numa gargalhada, todo ele sacudido, rindo à minha revelia, e por um instante insano penso que se aqui houvesse um espelho eu talvez vislumbrasse o cintilar dos meus próprios dentes, no escuro. Ou talvez não. Talvez, se aqui houvesse um espelho, eu passasse diante dele e já não visse minha imagem refletida.

A um passo

ROSA AMANDA STRAUSZ

Rosa Amanda Strausz (Rio de Janeiro, 1959) — Jornalista, autora de 14 livros para crianças e adolescentes. Mora no Rio de Janeiro.

Bibliografia:

Mínimo múltiplo comum (contos) — 1990
Bispo e Colombina (poesia) — 1992

> Que rompam as águas:
> é de um corpo que falo.
>
> Nunca tive outra pátria,
> nem outro espelho;
> nunca tive outra casa.
>
> EUGÉNIO DE ANDRADE

Sei que já há algumas horas que estou caminhando pela avenida Brasil e também sei que é este o nome desta estrada frenética. Sei que o prédio que acabo de avistar à esquerda abriga a Fundação Oswaldo Cruz (antigo Instituto Soroterápico Federal, criado em 25 de maio de 1900 para fabricar soros e vacinas contra a peste) e que, a despeito de sua aparência de castelo mourisco cenográfico, ali funciona um centro de pesquisas e ensino em saúde pública.

Nada sei a meu respeito.

Sei, no entanto, que pessoas desmemoriadas costumam ficar um bocado confusas. Mas minha mente está aguçada e o simples fato de poder fazer esta afirmação indica que ainda consigo estabelecer

A UM PASSO

comparações. Estou mais atenta do que sempre estive: outra comparação.

Venho caminhando desde que o sol raiou. Não lembro de ter adormecido, nem de ter acordado. Minha primeira recordação é a de estar caminhando pela avenida Brasil em direção ao coração do Rio de Janeiro. Quero ver o mar.
Trajo um vestido de linho misto azul cobalto, meio gasto e agora sujo. Pode ser meu mas quem há de afirmar com certeza? Carrego uma bolsa grande de curvim imitando couro, e dentro dela não há nada além de uma caneta pilot preta.
Meu corpo dói e ignoro a causa. Mal consigo mexer o pescoço. O braço esquerdo reclama quando tento alongá-lo e a mesma coisa acontece com a coxa. Resultado de uma noite dormida de mau jeito? Uma sessão de amor descuidada? Fui espancada? Saí na porrada com alguém? Ou tudo junto? Ou nada disso?
O que importa é que, evidentemente, minha saúde é boa. A despeito dos músculos doloridos, as muitas horas de caminhada não me cansam. Faz um calor miserável. É verão. Estamos em janeiro, dia 16. Dentre todas as informações que possuo, nenhuma me revela como transmutar fome e sede em comida e água. Devo ser acostumada a viver com dinheiro.

Água é o de menos. Entro num posto de gasolina e vou até o banheiro. Bebo com a mão em concha da torneira da pia. Aproveito para molhar o rosto e os braços, que o calor está me matando. Tiro a roupa para me lavar melhor. Olho a figura no espelho: uma mulher de queixo pequeno, olhos castanhos e dentes tortos e escurecidos — não devo ter dinheiro ou teria cuidado disso no dentista. Não há marcas de violência nos braços, pernas e costelas, o que sugere que ou a dor é resultado de uma noite mal dormida ou de serviço executado por profissional.

Está fresco aqui. O banheiro limpo e deserto me agrada. Poucas mulheres entram em banheiros de beira de estrada numa terça-feira às duas da tarde. Se não precisasse continuar caminhando, bem poderia passar uns dias ali.

Mas a fome incomoda. Talvez por causa dela, me vem à mente a imagem de um desenho de boi com todos os cortes da carne indicados por setas. Gosto da idéia de que cada parte do corpo do boi tenha um nome, embora ele próprio não saiba dizer o seu. Bobagem, ele também não sabe falar alcatra, chã de dentro ou filé mignon. Quem dá o nome ao corpo do boi é quem o retalha. Mesmo assim, gosto da idéia. Meu corpo também tem nome. Muitos nomes. Então, pego o pilot na bolsa e começo a pontilhar minha pele, seguindo o mapa dos músculos. Começo pelo rosto. Mal encosto a ponta da caneta na testa e uma moça entra no banheiro. Não presta atenção em mim, vai logo para uma das cabines. Também não ligo para ela. Começo a delimitar os espaços da testa e vou escrevendo: frontal, orbicular, superciliar. Prossigo pelo meio do rosto: piramidal, dilatador nasal. Desço mais um pouco, orbicular dos lábios, bucinador, elevador comum, grande e pequeno zigomático, risório, triangular dos lábios. Sigo pelo pescoço, desço pelos ombros. Quando chego nos seios, faço um círculo em torno de cada um e escrevo: Peito 1 e Peito 2. Antes que perca a idéia, faço a mesma coisa na bunda. Bunda 1 e Bunda 2. Depois, retorno para os braços e, lentamente, vou dando nome a cada músculo. Quando chego ao flexor curto do dedo mindinho do pé esquerdo, a tarde já vai pelo meio.

Agora sim, estou cheia de nomes. Ninguém pode dizer que não me conhece. Sou uma mulher transparente. Dobro o vestido azul com cuidado desnecessário — é de linho misto, não amassa — e guardo dentro da bolsa. A moça que tinha entrado no banheiro sai da cabine da privada, me vê pelada, toda marcada a pilot, e se assusta. Em vez de ir até a pia lavar as mãos, aperta o passo em direção à porta. Está com medo de mim. Gosto disso.

Gosto mais ainda quando saio do banheiro, balançando Bunda 1 e Bunda 2 a cada passo, primeiro uma, depois outra, e os frentistas também me olham amedrontados. Educadamente, me aproximo de um deles e peço para falar com o gerente. O homem gagueja e sai rápido de perto de mim. Some por dentro da loja de conveniência e logo volta acompanhado por um sujeito grisalho. O homem já vem de sobrancelha franzida, meio nervoso, como se eu fosse da fiscalização. Dou boa-tarde e explico que preciso de algum dinheiro para comprar comida. Um posto tão acolhedor, com um banheiro tão limpinho e funcionários tão prestativos não teria um gerente sovina que me negasse um trocado para o almoço, teria?

Ele tenta não olhar para a minha cara, mas aí seus olhos caem para Peito 1 e Peito 2 e ele fica mais sem graça ainda. Pode ser alguma coisa da lanchonete mesmo, explico. É que já passou da hora do almoço faz tempo.

Sem dizer nada, o sujeito faz sinal para que eu o siga até a loja de conveniência, que está vazia não só de gente mas de coisas convenientes para quem pára no posto. Prateleiras banguelas trazem várias falhas nas fileiras de mercadorias. Os negócios andam mal por ali é o que o homem me diz enquanto olha em volta. Finalmente, decide. Recolhe alguns croquetes, pastéis e pães da estufa, põe num prato de papel e estende para mim. Se quiser comer aqui tem que se vestir, ele avisa. Desse jeito, vai acabar espantando a freguesia. Mordo um pastel meio murcho, dou as costas para ele e saio passeando pelo meio das prateleiras. O óleo que fritou o pastel deve ter a idade da lanchonete, mas tirando o ranço o gosto é bom. Digo que reaproveitar o óleo da fritura tantas vezes libera substâncias cancerígenas e ele não fala nada. Pergunto o preço de um sorvete cheio de confeitos coloridos e estranho o silêncio. Quando me viro, dou de cara com o sujeito caído sobre o balcão, com um furo de bala na têmpora. Os olhos dele estão fixos em mim mas o homem não pisca mais. Nos fundos da loja, uma pequena janela aberta. A bala só pode ter passado por ali, um quadradinho de nada, quarenta centímetros, se tanto, vinda do morro que fica logo ali atrás. É, meu camaradinha, só mesmo o destino consegue fazer uma bala vir de tão longe, passar por esse buraco mal acabado e acertar no alvo. Pelo menos, morreu logo depois de realizar uma boa ação. Se existir um paraíso, Deus há de levar o fato em conta. Só por causa disso, faço o sinal-da-cruz.

Enfio o lanche na bolsa e saio da loja tentando aparentar naturalidade. Cruzo com os frentistas e arrisco um tchauzinho, que nenhum corresponde.

* * *

Não é só por causa do calor que a nudez me conforta. Com seu modelo e cor fora de moda, o vestido de linho azul cobalto me deixa quase invisível, mas sempre há o risco de algum olhar distraído estacionar na cor berrante ou no corte antiquado. (A cor do verão 2004 é rosa, todo mundo sabe.) Com a musculatura exposta, as pessoas desviam deliberadamente o olhar, se afastam rapidamente, evitam proximidade. É assim com a senhora gorda, com o homem de terno, com as crianças que saem da escola. E também com o grupo que vem caminhando na direção oposta à minha.

Tenso, compacto, negro, o bando avança pela calçada tendo, ao centro, um rapaz que se destaca dos demais pelo olhar apavorado, fixo num futuro que se adivinha curto demais. As pessoas desviam deles, desviam olhares, pensamentos, memória (se lhes perguntarem alguma coisa, dirão que nada viram; e será verdade). Mas me sinto protegida o suficiente para passar pelo epicentro do invisível furacão. Conto sete, todos másculos e jovens, e nenhum deles desvia. Nenhum ri ou mexe comigo. Minha carne previamente retalhada afasta qualquer lógica de contato. Mas encaro o rapaz sem futuro, que não desvia os olhos. Dois homens o seguram, um por cada braço. Ele vai morrer. Nos reconhecemos ali. Ele sabe o que perdeu. Eu não tenho mais a noção da perda. Só contabilizo meus ganhos. Sei de tudo, cada pedaço de meu corpo tem um nome e nenhum perigo pode me atingir porque até o perigo teme o mapa que tracei. Isso é muito. Isso é poder. Tenho vontade de parar o rapaz, tirá-lo do meio do grupo e levá-lo comigo. Por isso o encaro, pupila com pupila. E paro bem na frente dele, barrando o cortejo fúnebre que conduz o morto-vivo. Um dos homens que segura o rapaz pelo braço me manda sair do meio do caminho mas respondo que só saio se ele me der o menino. Quero ele para mim, explico, sem medo de ser redundante. O homem forte é que tem medo. Isso é bom demais: um assassino com medo de mim. Me dá, quero levar ele, repito. Um dos rapazes aperta o braço do mais assustado com muita força e começa a rir. Parece uma idéia e tanto, entregar o babaca para a maluca rabiscada. Pode levar, diz um deles, se destacando do grupo e mostrando com a voz que é quem manda ali. Mas não deixa fugir. Se esse babaca aparecer de novo por aqui, mato ele e mato você. Concordo e pego meu rapaz pelo braço. Agora você é meu, digo, como se o momento pedisse alguma explicação. Atravessamos uma cortina de gargalhadas e seguimos pela Avenida Brasil na direção do porto.

Quero ver o mar, mesmo esse mar baço da baía de Guanabara. Um mar que não reflete o céu, que só serve para levar barcas e navios para lá e para cá. Mais chão que água. Pego meu rapaz pela mão e seguimos em silêncio, só o estômago roncando, que os pastéis do homem do posto não serviram para nada. De repente, ele diz me espere aqui. Já estamos quase chegando ao porto e não tenho vontade de parar, mas fico quieta, esperando, só porque espere aqui é a promessa de uma surpresa. Pouco depois, ele volta correndo com um pacote debaixo do braço, uma embalagem metálica, ainda quente amassada, cheia de pedaços de frango assado amontoados com farofa. Ele sabe conseguir comida sem dinheiro. Está ofegante e olha para todos os lados enquanto come apressado.

Eles iam matar você, não iam? pergunto enquanto me sento no chão com uma coxa de galinha entre os dedos. Não tenho vontade de comer apressada. Não sou bicho. Ele diz que sim. Por causa do cara do posto? Em resposta, ele diz só que foi sem querer. Mas que sabia que uma mulher iria salvá-lo. Então, conta que se chama Ângelo e que é filho de uma mulata com um finlandês chamado Tarja, daí os olhos verdes que só nesse momento reparo. A mãe conheceu o pai e foi morar com ele em Hanko, num lugar que tinha mar, mas fazia um frio do cão. Chamava Dilma, a mãe. Assim que engravidou, começaram os problemas. Tarja não queria filhos. Ela teimou e nasceu Ângelo. Quando o menino tinha três dias, Dilma acordou no meio da noite e não viu o bebê no berço. Saiu feito louca pela porta e encontrou o filho nu, deitado na neve do jardim. Desde esse dia, não dormia mais de medo que Tarja matasse o menino. Acabou pedindo ajuda ao consulado e voltando para o Brasil, mais pobre do que tinha saído. Ângelo cresceu forte e agora tem 26 anos. Sempre que alguém tenta me matar, aparece uma mulher e me salva, diz ele. Então, vejo a guia de Iemanjá no pescoço dele e digo que vamos ver o mar.

Já é noite quando conseguimos entrar no cais do porto e chegar até perto dos navios. Sem Lua, só estrelas que enfeitam sem iluminar, ficamos cheirando o ar de maresia até que ele me puxa pela mão e entramos num dos armazéns. Não sou sua mãe, eu digo. De resposta, ele morde minha boca. Morde sem os dentes, só de carinho e provocação. Agora estou nua mesmo e respiro o ar dele para dentro de mim. Meu corpo de mar tem mil caminhos, nenhum riscado a caneta, nenhum durando mais que um minuto, minhas águas se abrem e fecham sobre o corpo de navio de Ângelo e flutuo num balanço que conduz a lugar nenhum. Quando ele me deita, olho para além de seus olhos, vejo o céu estrelado e mergulho para cima, para as profundezas da noite mansa.

Mais tarde, brincando com meu corpo, ele descobre uma cicatriz de cesária na minha barriga e pergunta se tenho filhos. Não sei dizer, mas ele continua perguntando. Acabo me irritando e Ângelo diz que eu devia me vestir. Está esfriando. Não quero botar o vestido azul. Então, ele me dá suas roupas e põe o vestido. Fica mesmo parecido com uma mulher. Aproveito e lhe dou também a bolsa, tomando o cuidado de guardar comigo, no bolso da calça, a caneta pilot. Onde você vai vestido de mulher? pergunto. Ele diz que vai ganhar um marinheiro e se enfiar dentro do primeiro navio que estiver indo para a Finlândia. Quer pegar Tarja pelos cabelos e jogá-lo nu na neve. Quer olhar enquanto o corpo do velho vai azulando. Então, ri e diz que o vestido azul vai combinar com a ocasião. Com roupa de linho, você vai congelar também. Ângelo ri mais ainda e só então percebo que é um belo homem. Me dá um beijo e sai em busca do marinheiro finlandês.

Agora sim, meus olhos desmaiam. A última imagem que tenho é a das costas largas de Ângelo sumindo pela porta do armazém. O chão é fresco, a roupa dele é macia, o cheiro da baía da Guanabara combina com o meu, somos mulheres, as duas. No meio das águas, sou noite feito a noite escura.

* * *

Sei que já faz algum tempo que estou caminhando pelo cais do porto e também sei onde estou. Sei que o navio que partirá no meio da tarde vai para a Finlândia. Quero ir para lá. Quero conhecer uma cidade chamada Hanko.

Só não sei nada a meu respeito.

Não lembro de ter adormecido, nem de ter acordado. Minha primeira recordação é a de estar caminhando pelo cais do porto. Minhas roupas não dizem nada a meu respeito. Uma calça jeans alguns números acima do meu e uma camiseta velha. Posso tê-la roubado ou ganhado de alguém. Sei que era homem por causa do cheiro. E também porque a face interna de minhas coxas está dolorida de um jeito que sugere uma noite divertida.

No bolso da calça há uma caneta pilot. Atravesso a rua e vejo que as paredes do viaduto em frente à rodoviária estão cobertas de textos. Então, vejo os carros tentando alçar vôo com ajuda do cimento e acho graça. Encontro um canto vazio no piloti que sustenta a pista e escrevo que viaduto é o brinquedo que os homens inventaram para fazer de conta que carro voa. Começo a rir sozinha.

Estou de bom humor, hoje.

Flor roxa

CLAUDIA TAJES

Claudia Tajes (Porto Alegre, 1965) — Publicitária. Mora em Porto Alegre (RS).

Bibliografia:

Dez (quase) amores (contos) — 2000
As pernas de Úrsula e outras possibilidades (romance) — 2001
Dores, amores e assemelhados (romance) — 2002
Vida dura (romance) — 2003

A minha é a cidade dos jacarandás, grandes árvores com flores roxas que logo caem dos galhos e ficam pelo chão, colorindo as calçadas e, vez por outra, derrubando quem passa. Por isso, quando chega a primavera, eu ando pelas ruas olhando sempre para baixo, atenção que meus passos, normalmente, não mereceriam. Tu pisavas nos astros distraída, dizia a velha música que meu pai cantava. Um verso lindo, mas eu jamais correria esse risco com os jacarandás.

    Saio da escola onde sou professora de português, e onde tento, sem muito sucesso, ensinar turmas e mais turmas de alunos que nunca sabem com certeza onde usar o CH e o X, cuidando para não escorregar nas malditas flores roxas acumuladas pelo caminho. Quero andar rápido, muito mais rápido, mas o medo de cair me impede. Em casa, à minha espera, o livro de um dos meus autores preferidos, que eu havia começado a ler na noite anterior e só não tinha terminado porque, às cinco da manhã, meus olhos não obedeciam mais aos comandos do cérebro para que ficassem abertos. Durmam, incultos, foi meu último pensamento, ou do meu cérebro, que seja, antes da escuridão tomar conta de mim.

    É madrugada quando chego ao fim. Quase 500 páginas depois, o vazio de não ter mais uma linha sequer para ler me leva ao computador. Durante muito tempo, não saberia dizer quanto, relato com detalhes todas as minhas impressões sobre a história, os personagens, cada capítulo e o próprio autor.

Passa das 6 da manhã quando envio meu tratado à editora do livro, implorando para que seja encaminhado ao escritor João Alberto Pires. Mais alguns minutos e o despertador toca, inútil. Então deito e tento dormir.

Quase não acredito quando vejo o nome do escritor na minha caixa de mensagens. Antes de ler o e-mail, fecho as cortinas e desconecto o telefone. Não quero nenhuma interferência do mundo lá fora nesse instante.

Prezada leitora, foi com surpresa e grande satisfação que acusei o recebimento de sua correspondência eletrônica. Devo confessar que, em tantos anos de vida literária, poucas vezes estive diante de opinião leiga tão procedente. Fique, pois, com o agradecimento e a admiração deste. João Alberto.

E isso era tudo.

Em resposta ao meu longo e apaixonado texto, apenas quatro linhas, e incompletas. Em lugar das palavras que me deixaram duas noites sem dormir, um bilhete de inspiração parnasiana. Teria eu, por engano, escrito para Olavo Bilac, onde quer que ele esteja?

Leio e releio aquelas poucas palavras procurando algum significado maior. Se ele existe, não consigo descobrir. Começo um novo e-mail e desisto dele cem vezes, até que me decido a mandá-lo.

Prezado João Alberto, infelizmente a sua resposta ficou extremamente aquém do romancista sensível e refinado que você é. O que enviei a você, muito mais que uma opinião leiga, foi o resultado de anos e anos de fidelidade à sua obra e à sua trajetória. Uma pena você não ter entendido. Um abraço. Julia.

Novo e-mail e o autor se explica para mim. Pede desculpas pela superficialidade da resposta, fala em pressa, compromissos, trabalho, coisas banais que o impediram de se dedicar ao meu caso. Agradece a análise que fiz do seu livro e se coloca à minha disposição tão humildemente que só falta assinar João Alberto, um seu criado. O estilo ainda é parnasiano, ou *new* parnasiano, talvez, como se alguns ares de romantismo começassem a chegar levemente até ele.

Escrevo outra vez. Não demora muito e vem a réplica. Eu respondo e, pouco depois, recebo a tréplica, e assim se vai a tarde. Eu já deveria estar a caminho do curso supletivo onde dou aulas de redação para adultos que tem como última preocupação saber que a introdução de um texto deve apresentar, obrigatoriamente, a idéia a ser desenvolvida nos parágrafos seguintes. O certo seria eu ir agora para a rua, cuidando para não escorregar nas flores de jacarandá que cobrem o chão, mas não saio da frente do computador. Nesse momento, o autor acaba de dizer que está indo para a Amazônia. Vai visitar um velho amigo, fotógrafo francês que hoje vive em uma aldeia indígena, casado com três ou quatro nativas. Viaja amanhã e não volta antes de 20 dias.

É quase inacreditável. Assim que me interesso por um homem, ele pega o primeiro avião e vai para o seio dos pataxós.

Prometo escrever 50 e-mails por dia durante a temporada amazonense de João Alberto Pires, mesmo duvidando que o meu provedor faça entregas na selva. Prometo também que, na sua volta, vou encontrá-lo em São Paulo. Chego a pensar nos motivos que levariam um autor best seller a manter correspondência com uma mulher que ele não conhece, mas logo desisto.

É o meu lema: filosofia, só na infelicidade.

Sempre que vai para a Amazônia, João Alberto fica em um tal Hotel Lisboa, categoria cinco arcos e flechas, provavelmente. Sabendo disso, ligo de surpresa e escuto a voz dele pela primeira vez. Uma voz grave, com um sotaque que não identifico bem. Pode ser paulista ou mineiro ou as duas coisas misturadas com algum dialeto ianomâmi. O escritor fala diferente do que escreve, menos paciente com as palavras. Não consigo ligar a voz à pessoa. As poucas fotos dele publicadas em jornais já devem ter alguns anos. Também já vi entrevistas na TV e a atenção que não tive na hora me faz muita falta. Ele pede para eu escrever mais tarde, maneira mais ou menos educada de encerrar o telefonema.

João Alberto, acabei de falar com você. Fiquei nervosa e acabei não dizendo nada muito inteligente. Acho que por isso você não estava muito entusiasmado ao telefone, acertei? Outra hipótese é que você tenha conhecido uma silvícola de pequenos peitos empinados, como se via na revista *Manchete* há alguns anos. Antes de você se entusiasmar, olhe para os peitos da mãe dela, na outra página. Depois não diga que não avisei.

Faz um dia que eu não conheço você e que só penso em você. Queria uma foto recente sua (não precisa ser com aqueles calções de futebol com que os índios sempre são fotografados), uma descrição física detalhada, queria enxergar você melhor. A sua voz é muito diferente do que você escreve. Faz um dia que não penso em mais nada, só em você. Acho que estou com febre, quente, pegando fogo. Ah, nada disso, foi só o o ferro de passar roupas que esqueci ligado em cima de mim.

Me escreva daqui a pouco, em alguns minutos, nos próximos segundos, ou não respondo pelos meus atos.

Um beijo. Julia.

Nada como o amor para fazer alguém perder toda a dignidade. Aqui estou eu, quase de joelhos, implorando para um desconhecido me escrever.

Hora de reagir.

Ligo para minha amiga Maria Clara e vamos juntas afogar as saudades, as minhas, evidentemente, em um bar qualquer. Estou em dúvida entre o Civilização Condenada e o Sodoma & Gonorra, mas acabo indo ao Purgatório, que inaugurou há poucos dias.

Muito chato, o Purgatório. Todas as pessoas parecem tomadas por um tédio secular. Quem não vegeta em um sofá vermelho, está em transe ao som de alguma coisa que não parece música.

Um cara se aproxima e fica balançando atrás de mim, a título de dança. Mais um passo e vai estar montado nas minhas costas. Apesar do barulho, ele tenta conversar comigo. Tem dez anos menos que eu, é vendedor de *surf shop* e evangélico, tudo que a minha religião não permite. Desço para a parte inferior do Purgatório e procuro minha amiga na escuridão. Encontro, mas já tem um japonês praticamente dentro da boca dela.

Desisto de esquecer João Alberto e vou embora para o meu inferno particular de viver há dois dias sem ele.

Julia, também fiquei nervoso quando falei com você. Também não sabia o que dizer. Por que você não me manda uma foto? Pode ser de calção. Outra coisa: em vez de me esperar em São Paulo, você não me daria o prazer de esperá-la aqui na Amazônia? Saudade dos seus beijos que eu ainda não sei o gosto. João Alberto

Sete da manhã e eu vi cada segundo da noite passar. Só pode ter sido Deus em pessoa quem colocou esse homem no meu caminho. Ou então foi o Bill Gates, o que deve dar no mesmo.

Saudade dos beijos que ele ainda não sabe o gosto. Também ficou nervoso quando falou comigo. Quer me esperar na Amazônia. O autor parnasiano deu lugar ao mais exacerbado dos românticos. Nem Rimbaud tem versos tão bonitos. Nem Roberto Carlos.

Depois de muito esforço, consigo sair da cama. Passo na casa da minha mãe, que lembra o pânico que tenho de insetos e desaconselha minha viagem à Amazônia. Minha irmã mais moça acha que eu devo ir amanhã mesmo. Tem mais e-mails de João Alberto na caixa de mensagens, todos perguntando quando chego. Minhas palavras não são páreo para as dele, o escritor nocauteia e morde a orelha dos meus melhores argumentos para não ir. Ligo para a agência de viagens e marco a passagem.

Alego problemas de saúde e consigo uma licença não remunerada na escola e no supletivo. Saio à procura de alguma loja de caça e pesca para comprar cinco litros de repelente. O dono me convence que seria bom levar um samburá também. Tomo as vacinas contra doenças tropicais como a febre amarela. No outro dia estou com febre e amarela. Mala e samburá na mão, digo *bye, bye,* casa, *hello,* selva.

Ir para Lisboa, o hotel, é mais difícil do que ir para Lisboa, a cidade. Ainda por cima, o piloto não pode ver um aeroporto que já vai fazendo escala.

O carrinho da comida deve ter passado umas dez vezes desde a nossa primeira decolagem. Levada pelo tédio, devoro as coisas mais inacreditáveis. Agora mesmo estou roendo o que, pelo gosto e pela dureza, deve ser um rabo de jacaré selvagem. Desse jeito vou estar gorda e oleosa quando encontrar João Alberto.

Ele vai estar me esperando. Tento dormir um pouco para diminuir as olheiras, mas o hare-krishna ao meu lado recita um mantra sem parar. Na tela passa um filme com Brad Pitt, minha grande paixão até o escritor aparecer. Eu sempre tive dificuldade em amar alguém possível, vizinho, colega ou outro qualquer que gostasse de mim. Não tive chances com Brad, mas agora sou recompensada com a entrada de João Alberto na minha vida.

O comissário avisa que estamos em procedimento de descida, e descemos. Falta pouco agora, basta eu apanhar a minha mala, mas ela não vem. Seguiu viagem para Bogotá junto com o repelente, o inseparável creme para celulite e as camisinhas.

Estou lamentando o desaparecimento no balcão da companhia aérea quando vejo João Alberto pela primeira vez.

Quero dizer alguma coisa interessante, mas não digo sequer uma desinteressante. Por mais que eu tente, as palavras não saem. O escritor parece aliviado em me ver, devia estar esperando qualquer coisa bem pior no meu lugar. Relações pela internet têm esse inconveniente, o fator surpresa. E, com exceção de um casal de amigos meus, os dois bonitos e inteligentes, que se conheceram e terminaram casando depois de uma intensa troca de e-mails, a surpresa não costuma ser das mais agradáveis.

No carro, João Alberto pede um beijo na boca. Dou e é bom. Ele fuma muito, mas não beija no sabor minister. O escritor quer ir direto para o hotel e eu prefiro adiar esse momento conhecendo antes um pouco da exuberante vegetação local. A situação é constrangedora: em breve vou estar dividindo uma cama e, ainda pior, um banheiro, com um homem que nunca vi mais gordo. Felizmente, mais magro, no caso do professor.

Um tanto contrariado, João Alberto vai ministrando o curso A Amazônia para Leigos pelo caminho. Tento prestar atenção, mas me perco examinando o rosto dele, o jeito de falar, os gestos, tudo que eu só conhecia por escrito.

Almoçamos alguma coisa típica que eu procuro não saber o que é. O escritor fala sem parar e parece ter gostado de mim. Conta que seu amigo fotógrafo, analisando toda a história, apostou com ele que eu era um travesti. Pelo jeito como me diz isso, João Alberto está interessado em ver, rapidamente e *in loco*, se eu sou ou não um travesti.

Próxima parada, hotel.

Ninguém fala nada durante o trajeto. Silêncio total no elevador. Ele abre a porta, não coloca as minhas malas no chão e começa a explicar as regras do quarto.

Não posso alagar o banheiro em hipótese alguma. A janela fica sempre aberta por causa do cigarro. O lado esquerdo da cama é dele. Não vale pontapé dormindo, nem puxar a coberta do outro.

Fico horas imóvel embaixo do chuveiro, não posso deixar uma gota escorrer para o piso de lajotas verde-amazônicas. Sem roupa para trocar, visto uma camiseta dele que vai até minhas canelas. Quando saio do banheiro, João Alberto entra para inspecionar, procurando pelo chão todos os pingos de água que não deixei cair. Espero o resultado da investigação fingindo que leio um jornal. Ouço a porta do banheiro sendo fechada e nem preciso olhar para saber que ele vem na minha direção.

O telefone toca.

— Ela está comigo e você ligou na hora errada.

João Alberto dispensa o amigo fotógrafo, que liga em busca de notícias sobre a aventura na selva. Então me pega no colo e, para maiores detalhes, favor consultar a obra de Cassandra Rios.

Nesse momento me sinto profundamente apegada a João Alberto, que fuma um cigarro atrás do outro e me faz rir de tudo. Depois o escritor enrola outro tipo de cigarro, poderoso, talvez preparado com a receita do pajé. Ficamos no quarto, fumando e gargalhando como dois desconhecidos de longa data. Desde a minha chegada, essa é a primeira vez que me sinto à vontade, e mais à vontade, impossível: da cama posso ver minha única *lingerie* jogada no chão, perto da camiseta com o logotipo de um SPA paulista que ele havia me emprestado.

Hora de vestir a roupa e sair. Vamos jantar na casa do fotógrafo francês. O programa inclui ainda conhecer a noite de Manaus e terminar no bar local mais famoso. Por onde passamos, restaurantes, lojas, casas, postos de gasolina, João Alberto me apresenta como sua mulher. E é verdade mesmo. Por alguns dias eu larguei tudo, meu trabalho, minha casa, minha família, larguei 30 anos de história para ser a mulher do meu escritor preferido, até que a Varig nos separe.

Voltamos para o hotel. Olho o teto por muito tempo e acho que não vou conseguir pegar no sono nunca mais, até acordar com o primeiro cigarro dele, às 6 da manhã.

Três dias depois e João Alberto, como um bom marido, já não se mostra tão receptivo a carinhos. Já estivemos em todos lugares onde o homem branco pisou e conversamos sobre 80 anos de assunto, 50 dele e 30 meus. O carro marca mil quilômetros rodados enquanto o escritor fala muito, e bem, e eu ouço muito e melhor ainda.

No quarto dia, inesperadamente, João Alberto resolve voltar para São Paulo. Justifica a decisão como resultado de seu temperamento instável, que não o deixa permanecer por muito tempo em endereço algum, mas acho que a verdadeira razão é fugir de mim. Pergunto e ele nega. Nessa última noite, quando vou deitar, o autor de livros que me acompanharam por madrugadas inteiras já está dormindo, como vai estar também durante todo o longo vôo de volta.

Se eu não disser agora que quero muito mais que quatro dias, minha alma vai queimar no fogo do inferno. Pior: sozinha. Aproveito um raro minuto em que João Alberto desperta para ir ao banheiro e vomito todos os meus desejos e esperanças nos ouvidos dele.

João Alberto sorri e volta a dormir.

Em São Paulo, é tudo muito rápido. Ele não quer ver uma semi-desconhecida chorando, eu não quero chorar na frente dele, ele pega um táxi, eu espero outro avião.

E isso é tudo.

Prezada Julia, obrigado pelos dias agradáveis e repletos de descobrimentos. Com certeza saio enriquecido da experiência. Um abraço deste. João Alberto.

João Alberto agradece, em duas linhas parnasianas, a rica experiência. E eu pensando que fosse paixão. Respondo que vou a São Paulo e para sempre, se ele quiser. Nenhuma resposta. Durante o dia escrevo vários e-mails curtos que talvez não tenham chegado, porque o retorno não vem. Já é noite quando começo um longo tratado e mais uma vez não durmo, escrevendo para o mesmo destinatário todas as razões que poderiam convencê-lo a ficar comigo. São milhares, a maioria inventadas.

Nenhuma resposta.

Ao final da minha licença não remunerada de dez dias, seis deles sozinha e fechada em casa, é preciso voltar ao mundo. Abro o portão para pisar direto nas flores dos jacarandás. Tudo continua igual, até mesmo eu.

Sofro muito com a falta de João Alberto, como se alguma vez o houvesse tido. Ou talvez eu sofra por mim nisso tudo. Nenhuma personagem romântica que eu me lembre terminou o livro sem ninguém e com seis prestações de uma passagem aérea para pagar no cartão de crédito.

Foi pior do que acreditar em Papai Noel: foi acreditar em Barbara Cartland.

Eu deveria andar atenta ao chão onde as flores roxas se espalham sem cerimônia, mas caminho olhando para todos os lados, pessoas, cachorros, lixos, carros, pedras, nuvens. Em um desses olhares noto, pela primeira vez, uma inscrição que deve estar há muito tempo no tronco de um dos jacarandás da rua, palavras inscrustadas na madeira e cobertas por um limo úmido e espesso.

O amor é uma flor roxa que nasce no coração do trouxa.

Nem que vivesse 300 anos, um parnasiano teria inspiração suficiente para escrever uma frase assim.

*Mundos paralelos*

PALOMA VIDAL

Paloma Vidal (Buenos Aires, 1975) — Doutoranda em Estudos de Literatura na PUC-RJ. Mora no Rio de Janeiro (RJ).

Bibliografia:

A duas mãos (contos) — 2003

Uma parte do aeroporto tinha sido reformada. Ao atravessar as portas de vidro automáticas, reconheceu à sua esquerda o velho terminal por onde tinha partido. Não era a primeira vez que voltava e provavelmente não seria a última (sempre acabava voltando para aquela cidade). Com a brisa da rua, veio o cheiro familiar que tantas vezes, estando em outros lugares, lhe trouxera a lembrança da sua cidade natal. Sentiu-se em casa. Por um instante sentiu-se feliz, em paz. Mas imediatamente o motivo da viagem lhe devolveu a amargura à boca: seu pai tinha morrido. Pela última vez, muito provavelmente pela última vez, visitaria aquele bairro, entraria naquela casa, encontraria aquelas pessoas (que chegaram a ser muito próximas numa outra época da sua vida). Pela última vez, veria seu pai. Sua garganta se fechou, escondeu o rosto entre as mãos e permaneceu assim até que uma pessoa se aproximou. Obrigada, quis dizer ao desconhecido que encostou a mão no seu ombro, muito obrigada, mas se limitou a sorrir em silêncio e acenar para o ponto de táxi, querendo indicar que estava tudo bem (mesmo sabendo que não era verdade e que seu corpo gelava só de imaginar a viagem que tinha pela frente, mais uma, mais uma espera). Por que devo fazer isso sozinha? E se revoltou contra uma ausência indefinida, contra alguém que deveria estar ali, do seu lado, naquela hora. Pouco importa, disse a si mesma em voz alta. Pouco importa, insistiu, tentando se convencer. Lembrou-se da primeira vez que voltou e sorriu de novo (sorriu pela segunda vez naquele dia em que sorrir parecia tão improvável): as portas do terminal se abriram e uma onda de felicidade veio na sua direção. Buscou (e daquela vez achou) os olhos do seu pai. Sorriu pela terceira vez. As portas se abriram e durante as horas seguintes preocupou-se apenas em respirar. Respirar a companhia dele, o cheiro da rua e seu movimento, o tempo que tinha passado, o outono chegando. Viajaram em silêncio até sua antiga casa. O táxi demorava uma hora para percorrer o trajeto. Precisava não pensar. Apoiou a cabeça na janela e fechou os olhos. Lembranças de infância retornavam como uma ladainha. Em outros momentos da sua vida, ela as havia cultivado com muita ternura, mas agora não podia suportar nada que viesse do passado. Um quintal, um balanço, mãos quentes e suaves empurrando suas costas, um sorriso quase ao seu alcance. Uma porta, uma brecha de luz, uma cama, um rosto sob o abajur. Um longo corredor úmido, as cerâmicas geladas sob seus pés, uma voz ao fundo chamando seu nome. O motorista fez alguns comentários sobre o clima e, diante do seu silêncio, ligou o rádio. Não pôde deixar de ouvir a notícia de uma moça que na noite anterior havia sido estuprada nos arredores da capital. As acusações, os acusados, o local do crime, o estado do corpo. O estado do corpo: encontrado à beira do rio, nu da cintura para baixo, o rosto inchado, marcas arroxeadas nos braços e nas pernas, um corte na vagina. Sentiu um calafrio e apertou uma coxa contra a outra. Estava sozinha em casa naquela tarde. A campainha tocou. Foi levada só com a roupa do corpo. Esperou em vão nos dias seguintes que alguém telefonasse para explicar que tudo não passava de um engano. Tinha medo de enlouquecer, tanta a angústia. Paizinho, me tira daqui, me tira daqui, paizinho. Definhava e contava. Contava carneirinhos, contava o eco de gotas pingando, contava os passos dos policiais (um, dois, feijão com arroz, um, dois, feijão com arroz). O estado do corpo, do seu corpo, convalescente e quase irreconhecível, mantinha-a ocupada à procura de uma posição que lhe permitisse dormir. Embaralhavam-se entre o sono e a vigília imagens de lugares perdidos no tempo. Um balanço, um quintal, uma mulher sussurrando um segredo no seu ouvido. Abandonava-se nesses devaneios semiconscientes e, de olhos fechados, deixava-se estar, esperando morrer. Não morreu. Ainda não foi dessa vez, disse a seu pai quando o viu do lado de fora da delegacia. Seguiram-se dias de mudez e desamparo, incapaz de falar sobre aquilo. Não queria que ninguém sentisse pena. Ou temia que não sentissem nada? Tinha medo do silêncio que se seguiria ao seu relato monocórdio, todos à espera de um desfecho que viria sem emoção, sem a dramaticidade necessária. Então não contou, inscreveu-se numa pós-graduação no estrangeiro e dois meses depois estava morando à beira-mar. Assim foi. Voltou pela primeira vez depois de dez anos e agora voltava de novo, para enterrar seu pai. Precisava objetivar as coisas. Pão, pão, queijo, queijo. O táxi estava quase chegando. Algumas esquinas conhecidas, outras que a surpreendiam com lojas novas ou simplesmente fechadas, o bairro como sempre muito vazio, idosos sentados na calçada vendo a tarde passar, o tempo quase parado, a vida transcorrendo vagarosa, entre uma conversa e outra com o vizinho. O que seria daquele bairro? O que seria dele quando outros, como seu pai, também morressem? Que vida invisível existia atrás daqueles portões de ferro? O dia estava esplêndido, iluminado, o que tornava muito mais nítidos os contornos das casas, das árvores, dos carros. Abriu um pouco mais a janela do táxi e respirou profundamente aquele ar. Não estava sendo nada objetiva, afinal de contas, os olhos novamente embaçados, uma saudade indefinida de tudo e uma sensação de estranhamento, de alheamento, de não fazer parte daquele mundo. E de qual? Ajudou o taxista a achar a rua da casa. Pensei que você fosse estrangeira, o homem comentou, enquanto descia do carro uma mala enorme (todo o exagero, a desmedida, as dúvidas sobre quantos dias, qual o clima, qual a moda, que ela via refletidas ali). E arrastando aquele volume desproporcional, dirigiu-se até o portão de ferro. Tocou o 1 C no interfone e esperou. Reconheceu a sombra oscilante da sua tia, caminhando lentamente na sua direção. A porta se abriu e, à sua frente, o longo corredor escuro. Deu um passo adiante erguendo a mala e equilibrou-se na soleira da porta, no limiar entre dois mundos.

O morro da chuva e da bruma

LETICIA WIERZCHOWSKI

À memória do meu avô, Bertuíno

Leticia Wierzchowski (Porto Alegre, 1972) — Escritora profissional, mora em Porto Alegre (RS).

Bibliografia:

Anuário dos amores (contos) — 1998
A prata do tempo (romance) — 1999
eu@teamo.com.br (romance) — 1999
O anjo e o resto de nós (romance) — 2000
A casa das sete mulheres (romance) — 2002
O pintor que escrevia (novela) — 2003
Cristal polonês (novela) — 2003

Nasci num quartinho pequeno, mas tão pequeno que os gritos da mulher que me pariu ricochetearam pelas paredes e acabaram engolidos por mim. Por isso, creio eu, cresci muda. Minha mãe era uma cigana filha do Vento, sem mais morada que o ar que cerca tudo, e mal acabou sua tarefa de trazer-me para este mundo, lavou-se com esmero e partiu para o nada do mesmo modo que veio.

Deixou-me, é claro — ainda que enrolada numa manta — o que na visão dela era o bastante para manter-me viva e aquecida até que o Destino houvesse de encontrar para mim outra mãe com paradeiro mais certo. Muito tempo mais tarde, descobri que ela era regida pela Roda da Fortuna, Arcano Maior, instável e eterna — e perdoei-a sem mais, porque sabia que partira por instinto e que um dia haveríamos de nos reencontrar, as duas.

Minha mãe cigana errou em seus cálculos e a manta com que me esqueceu na beira do caminho que dava na praia quase não foi o bastante para ater-me a este mundo. Fiquei abandonada por muito tempo, mais que uma semana por certo, mas menos que duas. E o Destino então resolveu ocupar-se de mim. Foi um homem quem me achou e com ele vivi 24 anos. Era velho, monocromático, de olhos acastanhados como toda a sua pele, cabelos escuros onde serpenteavam fios brancos e honrados, de voz mansa e fala sábia. Herdei muito dele, mas mesmo assim não o bastante. Sim, herdei dele quase tudo que me faz ser como sou, porque creio que a genética é quase nada e nunca ouvi falar de alguém que houvesse herdado a doçura do pai ou a luminosidade da mãe. Herdei do Velho o baralho que me mantém, uns poucos potes de ervas, uma sacola de lona colorida, a calma de viver um dia de cada vez e a mania de querer ajudar tantos quantos a mim se interponham, embora o faça sem os mesmos resultados do meu velho pai.

"Uma posta de peixe, uma xícara de chá", assim pensava ele naquela tardinha de outono, enquanto subia pelo caminho de terra ouvindo o mar quebrar na praia deserta. Na vida, isso e um par de bons amigos, um amor para acomodar as carnes e nada mais se precisava para ser feliz. E um baralho, é claro, para espiar na janela do futuro o que quer que lá houvesse para ser espiado. Era um bom segredo para se viver, porque ele andava já com mais anos do que lhe permitia somar a sua parca matemática, e era feliz.

Pensava isso quando me viu: pequenina, magriça, sem choro. O Velho lembrou que seu último amigo morrera ainda no verão passado, de modo que lhe faltava mesmo uma boa alma para consolar suas tardes de praias desertas, e me pegou no colo sem esforço. Não estranhou que eu não chorasse porque abriu a minha boca arroxeada de fome e viu que os gritos de minha mãe ainda bailavam lá dentro. Então, desfraldou a manta enrolada em quatro xales e examinou-me minuciosamente, sem preocupar-se com minha ânsia de leite e de calor. Viu que eu era forte, rosada e ossuda. Uma filha do mundo, isso que eu era.

O Velho tratou de enrolar-me na mantilha, aninhou-me como pôde entre suas pernas magras e abriu um espaço de grama para desvendar o meu futuro. Dispôs as cartas apagadas sobre o chão e leu-as sem dificuldade nenhuma. Com o tempo, as verdades haviam

tomado o lugar das tintas, de modo que pouco lhe importavam as faces desbotadas: o destino estava todo ali.
— Vai ser uma folha no vento — disse ele. — E é Sacerdotisa.
Dois mais dois são quatro, e o Velho desdobrou mais quatro cartas — uma para cada Elemento. Uma criança filha da intuição. Sim, a inquietude e a clarividência. Teria de fazer uma cama e apertar o ralo mobiliário do casebre, mas poderia criar a menina pelo pouco tempo em que ela aceitasse um teto, porque não era à toa que a encontrara no meio do caminho que ia dar na praia.

O Velho sempre soubera o que eu não aprendi, pois conhecia a eterna força da herança. Levava eu um Arcano Maior, não o mesmo de minha mãe cigana, mas tão forte quanto o dela. E intuição, uma intuição confusa. Ele riu — não era mesmo à toa que, dentre tantos caminhos no mundo, eu acabara no caminho dele. E nem tampouco se surpreendera ao topar comigo, porque há cinco noites que sonhava com um Ás, e era um Ás de Ouros. O Velho, então, tratou de seguir seu caminho, agora com companhia. E ele pensava: "Uma posta de peixe, uma xícara de chá e uma boa mamadeira. Um Ás de Ouros, eu bem que devia saber."

O Destino foi sábio ao dar-me um pai e não uma mãe. O Velho suportou-me os muitos anos de silêncio com a calma de uma rocha, porque achava que quando eu tivesse palavra que valesse ser dita, eu haveria de abrir a boca. Enquanto isso, me criou como pôde, uma menina sem choros nem risos, plácida e misteriosa. Mostrou-me o céu e adorei suas luzes; mostrou-me o mar e mergulhei em suas ondas. Fiz o mesmo com a lagoa dourada que habitava entre dois pequenos montes e para a qual dava a janela do meu quarto. Depois o Velho mostrou-me os homens, mas deles tive receio. Amava a Lua, dava-me bem com o Sol e com a chuva que rebentava em gotas sobre nosso telhado de zinco. Recordo-me ainda da voz do Velho dizendo:

— Você ganhou um pai porque já tem mãe. — E, se eu negasse suas palavras, insistia: — Tem mãe sim, menina, está perdida pelo mundo, mas que é sua, não tenho dúvida.

E, para comprovar-me, tratava logo de abrir o seu baralho. Indicava a Grande Roda que ia e vinha, eterna, semeando alegrias e tristezas, ora isso, ora aquilo. E a Princesa de Paus, para ele, minha mãe: fogosa, filha do vento, instável. Uma borboleta de entusiasmo, mas tão inconstante quanto uma criança. E assim ele explicava-me a vida. Não era caso para lágrimas porque nada no mundo ficava no mesmo lugar.

— Só os obtusos, as rochas e as árvores — contava num sorriso cheio de falhas.

E, afinal, acabei por enamorar-me daqueles signos desbotados que desvendavam o Destino. O Velho não se espantou outra vez. De tantos caminhos, acabara no dele, de modo que era justo que eu seguisse a fazer o que ele mesmo fazia. Aos 8 anos, a curiosidade me venceu e juntei um punhado de palavras para lhe fazer a primeira pergunta de minha vida:

— E eu, pai, verei o futuro como você?

O Velho embaralhou as cartas sem espanto. O último grito de minha mãe abandonara-me durante um sonho ainda na semana anterior, coisa que o fez compreender que eu logo falaria. Ele espalhou as cartas num mosaico e fitou-as por alguns instantes.

— A sua clarividência é confusa, menina. Mas sim, vai poder ver o futuro; talvez não todo. — E aconselhou-me: — O que não souber, invente. É assim que eu faço e sempre acertei. A lógica e a mágica, juntas, desfiam a vida feito um novelo.

Foi o único conselho que me deu, porque era homem de poucas palavras, mas dele nunca me esqueci: usei-o sem parcimônia. Mas o Velho aconselhou-me de boa-fé — naquele tempo ainda não conhecia a minha imaginação, minha vontade de ajudar nem a eterna confusão de meus pensamentos que se misturam ainda mais a cada vez que embaralho as cartas.

Quando destravei minha língua, o Velho decidiu que era hora de dar-me um nome. Desde sempre, chamara-me simplesmente menina, e a mim não ocorrera mais nada além de achar que era esse o meu verdadeiro nome. Mas ele explicou-me que não, que era partidário do livre-arbítrio na vida e que, mesmo quando inventava futuros que não podia antever, fazia-o com uma grande margem de possibilidades para que o querente pudesse sempre fazer o que lhe dava no tino. Por isso, nunca me havia dado um nome; achava que se eu haveria de ser chamada a vida inteira por qualquer coisa que fosse, deveria ser algo de meu agrado. Sentou-me então em seu colo e perguntou qual o nome que eu havia escolhido.

— Menina — respondi simplesmente.

O Velho riu um riso enferrujado e rouco, depois disse:

— Menina não é nome, é qualquer coisa. Invente um nome para você.

O mundo da invenção surgiu-me ali, infinito e colorido, um labirinto, e eu me pus a misturar palavras e coisas numa orgia absoluta.

— Lua Rosa — disse eu, rindo — Janaína-colorida-feito-o-céu. Carolina-na-areia-a-desvendar. Lua-cheia-e-mar-azul. Rainha de Copas. Aurora-de-um-dia-de-verão. Chuva-fina-e-cobertor.

O Velho, num suspiro, mandou que eu me calasse.

— Chega. A Temperança nunca lhe acompanhou mesmo. Se você não sabe usar a mágica, menina, então me resta usar a lógica. Seu nome será Eva, que foi o primeiro nome feminino da Terra e ainda me parece muito bom.

E assim foi que, aos 8 anos de idade, ganhei meu nome: Eva. Um nome curto, que decepcionou minhas ânsias criativas, mas que o Velho escolheu, e a autoridade dele eu nunca pude contestar. No entanto, por muito tempo ainda esqueci de atender-lhe os chamados e por mais que o Velho gritasse Eva, Eva; Eva isso e Eva mais aquilo, eu continuava olhando as estrelas. E assim me ia até que o Velho capitulasse: "Menina!". Então eu olhava-o com uns olhos de primeira vez e ele só podia mesmo era sorrir. Mas, com o tempo, acabei por aceitar meu novo nome, e hoje se gritam: Eva!, levanto a cabeça ligeiro. Mas sempre me ficou a nostalgia de ser chamada Lua Rosa.

Com a voz, abriu-se para mim um mundo novo. O Velho vivia numa praia quase deserta, de mar verde e céu cor-de-rosa, mas ainda assim por ali passavam uns bons bocados de viventes, porque a dificuldade de acesso àquele paraíso era mais do que compensada pela beleza de seus cantos e pelo dourado de suas luzes, de modo que fiz algumas amizades por lá. Foram poucas, com certeza. Era gente que chegava sem mais que uma mochila pendurada nas costas, um amor pela mão e um cigarro enrolado no canto da boca. Era gente que amava a natureza e nada mais tinha do que ela, assim como eu. O Velho saía a pescar todas as manhãs e, se o mar estivesse bom, voltava apenas pela tardinha e eu ficava só. Por isso, um dia meti o baralho no bolso esfarrapado de minha saia de cortina e fui ver se arranjava algum querente e umas moedas. Desci o morro, cruzei com o canto onde minha mãe abandonara-me e fui dar na praia mais bela que Deus fez por essas bandas. Lá estavam: dois casais e uma barraca, e lá fui eu com o baralho desbotado do Velho e umas poucas mentiras decoradas para lhes cantar um futuro qualquer.

Uma rapariga andrajosa e magrela, de olhos cor de anil e cantilenas de destino tem poucas chances de dizer qualquer ai, mas eles dispunham de todo o tempo do mundo e me quiseram ouvir. Primeiro, uma moça de grandes peitos e risadas que riam de nada, e para ela pedi que tirasse três cartas. A moça riu, esgarçando sua boca larga, e obedeceu-me. Tirou as três cartas e tornou a rir. Mas as cartas dela tinham pouco de sua graça e assustei-me com o Diabo, o Cinco de Espadas e o Enforcado. Senti que ela estava fugindo, que tinha medo e que era coisa pouca para que caísse num buraco infinito e negro do qual não mais haveria de voltar. A moça riu, sacudindo os peitos com seu riso, mas não tinha a mesma graça de antes e senti alguma pena. Inventei que seria estrela e ela disse que sim, que era isso mesmo, gostava de cantar. Alegrou-se um pouco, e percebi como era bonita e jovem. Perguntei-lhe se tinha mãe e ela disse que sim outra vez.

— Volte para ela, sofre por você.

A moça não riu dessa vez: havia-se esquecido da mãe. Mas salientou que seria estrela, o que era muito melhor.

— E o Diabo? — Perguntou ela. — O que é?

Olhei seus braços de veias arroxeadas e respondi:

— O Diabo é isso, minha amiga. O que lhe mata.

Naquela tarde, depois do Mago, do Rei de Paus e de dois Ás, voltei para casa com cinco moedas — o bastante para o Velho tomar café por quatro noites — e me senti muito feliz. Ele riu-se de mim, andando pelos caminhos que eram dele, chamou-me de magrela, afagou a minha cabeleira e, por fim, perguntou:

— Então, Eva, você enxergou alguma coisa?

— Sim, pai, enxerguei. Vi um relâmpago para os lados da serra; talvez chova.

Ele riu com parcimônia, que era o seu jeito de rir de tudo. Não, não era isso. Era o Destino; eu o havia visto? Respondi que não sabia ao certo; talvez sim. Não sabia se o havia visto ou se o imaginara. De qualquer modo, seguira-lhe o conselho, sugerindo com tal cuidado que, fosse qual fosse o futuro do querente, ele ia fazer mesmo o que lhe desse na telha.

— Muito bem, Eva — respondeu o Velho. — O futuro é a gente quem faz. Não arrisque muito a sua garganta por ele, muda a todo instante. Um bom conselho já é quase um bom futuro, desde que seja ouvido.

Naquela noite, bebemos café e chovia lá fora; o calor do dia fora intenso e a água celeste temperava a brisa noturna. Antes de dormir, rezei pela moça de risos infantis que tinha os braços em feridas tristes, e lembrei-me de minha mãe cigana.

Depois disso, fui muitas vezes à procura de viventes que desejassem um resvalo de futuro. Achava-os nos morros, pela praia, dentro do mar furando as ondas. Oferecia-me por quase nada, o que tivessem, e lhes tirava umas cartas, uns bons motivos pra sonhar, umas verdades que eu via — confesso que eram bem poucas — e umas mentirinhas para fazê-los felizes, porque o cliente tem que sair feliz senão vai-se embora desacreditando, rindo. Voltava para a casa sempre com alguma coisa no meu bolso de cortina desbotada. Umas moedas, um pedaço de pão, uma vela, um anel de fantasia. E foi assim, tirando uns futuros pela praia, que juntei as coisas que tenho hoje, confusas e engraçadas, e que levo comigo para onde vou — a não ser o cachimbo que certa vez ganhei e que dei para o Velho para fazê-lo feliz.

Foi no verão que encontrei o Poeta. Os verões eram sempre cheios de pessoas pela areia, porque com o calor vinha também a coragem de aventurar-se por aqueles morros que acabavam no mar. Numa dessas tardes, topei-me com ele. Era alto, magro, e tinha um rosto que me recordava alguém e que, muito mais tarde, quando vi a Bíblia pela primeira vez, soube que era o rosto de Jesus e que o recordava das minhas orações de menina. Acerquei-me dele oferecendo meus dons de vidente charlatã, ele largou o lápis com o qual escrevia sonhos e fitou-me com atenção.

— Você vê o futuro? — perguntou.

Disse-lhe que sim, que via. Era quiromante? Quiro-o-quê?, perguntei. Ele riu-se de mim e percebi que, rindo, era ainda mais suave.

— Sente-se aqui, rapariga — pediu ele com carinho. — Como você se chama?

— Menina — disse eu, sem pensar. Mas arrematei: — Eva, me chamo Eva.

O Poeta tornou a rir, mas seu riso manso era menos brincadeira do que carinho. Perguntou-me então se eu via o futuro pelas linhas traçadas na palma da mão. Respondi que o futuro estava no baralho de meu pai, um baralho de Tarô. Os poetas são curiosos, e esse desejou que eu lhe visse o destino.

— Tire três cartas — pedi.

O Poeta fez sua escolha correndo os dedos longos pela trilha do baralho; depois emparelhou as cartas selecionadas e ficou muito quieto, apenas esperando. Ele tinha um Arcano Maior que o guiava — A Estrela — e o brilho fulgurante dessa carta escorria-se dos olhos dele. Disse-lhe que tinha um bom futuro pela frente, o que era verdade, e que o Nove de Copas indicava a satisfação de todos os seus desejos, portanto seria feliz. Falei que partiria em breve da praia cor-de-rosa e logo estaria cantando e declamando seus versos pelo mundo. O Poeta não me acreditou.

— Juro — assegurei. — Não estou mentindo em nada, seu futuro é muito claro.

Ele disse que aquilo lhe trazia algum medo: era mais fácil viver na penumbra, acalentando sonhos. Sorriu-me um sorriso de prata, enquanto remexia os bolsos procurando uma paga para o futuro que eu descortinara.

— Não tenho moedas, Eva — disse ele, desajeitado.
— Dê-me qualquer coisa. Um poema.
— Sabe ler?

Respondi que não, mas o alfabeto eu conhecia. O caso era misturar todas as letras. Ele rabiscou-me umas palavras numa folha e meteu-a no meu bolso, dizendo:

— Guarde-as aí. Um dia você lerá a minha rima.

Naquele momento me veio um amor muito grande pelo poeta com olhos de Cristo, e me arrependi de não lhe ter mentido, dizendo que ficasse na praia entre os morros, que seu destino era viver ali ao lado de uma mulher ainda menina, que a esperasse crescer sob aquele céu rosado que se apagava no mar.

    O Poeta então tirou um pequeno cigarrinho enrolado e meteu-o entre meus dedos, pedindo que eu o guardasse por algum tempo, que era um presente, uma coisica qualquer, mas que haveria de dar-me um alento, um calorzinho morno num dia de chatice e umas idéias de querer ser feliz. Despedimo-nos, e fui embora pelo caminho, o cigarro de maconha metido no bolso, sabendo que um dia eu veria o rosto do Poeta pela televisão, fazendo cantar as multidões. Mas naquela tarde, enquanto o sol caía atrás dos morros, o Poeta ainda era meu, inteirinho, com suas risadas de cristal e seu futuro ainda em segredo. Desobedeci-o, é claro, e antes de chegar em casa eu já havia fumado o presente. Achei-o muito melhor do que o café negro e espesso que o Velho gostava de bebericar.

    Em casa, o Velho estranhou os meus risos frouxos, remexeu-me daqui e dali, ranzinza, e perguntou se eu havia visto o futuro de alguém ou se ficara de pasmaceira pela praia com algum dos malandros de verão. Disse-lhe que sim, tinha visto um futuro lindo, mais que isso ainda: tinha visto uma sina, um destino, e estava feliz.

    — Está é doida, Eva. Fumou um cigarrinho daqueles — reclamou o Velho.

    — Ganhei um poema, pai — disse eu, desconversando, e meti o papel entre os seus dedos. — Leia para mim.

    Ele examinou bem a caligrafia, virou a folha de um lado e tornou a devolvê-la pelo outro, franziu o cenho de modo atento e, por fim, entregou-me o papel.

    — Não sei ler essa letra — mentiu. — Peça para outra pessoa.

    O poema andou comigo de sol a sol durante dois meses e meio sem que ninguém o decifrasse, pois as gentes da praia entendiam muito de marés, mas quase nada de letras. Desesperada, tentei traduzir o seu significado nas cartas, mas o Tarô tampouco lia poemas, de modo que o mistério daquelas rimas permaneceu intacto ainda por muito tempo. Foram dias de ler uns futuros mentidos, de gentes que não tinham a graça dourada do Poeta, alguns naipes de Paus, um Eremita, uma menina que trazia a Morte ao lado e que morreu afogada antes do fim do verão, e mais umas outras coisas chatas que nem posso mais me lembrar; mas do Poeta: nada.

Quando o sol começou a amornar, as pessoas levantaram acampamento da praia. Da janela do bangalô de meu pai, eu os via indo embora pelos caminhos do morro, alguns tristes, a cabeça ainda buscando uma última imagem do mar, outros com a mesma eterna graça do verão, cantando velhas músicas que se perdiam no ar luminoso e fresco. No meu bolso, uns poucos cigarros que eu economizara para aplacar a solidão dos invernos e no coração uma tristeza pelo poema não decifrado. Mas sou guerreira, e já o era aos 10 anos de idade, por isso agarrei o baralho e saí pelos caminhos em busca de uns últimos clientes dispostos a ouvir alguma previsão de viagem.

E, numa clareira donde via-se um triângulo verde de mar, encontrei o Poeta. Ia embora também, disse-me ele, para a cidade grande. Estava belo com seu violão pendurado às costas, seu riso de estrela e seu futuro de menestrel de multidões. Vendo que partia, meu coração apertou-se no peito, mas escondi minha tristeza e pedi que tirasse uma carta.

— Uma previsão de viagem — falei.

Um Ás de Espadas revelou seu futuro de progresso — talvez um pouco solitário — o dinheiro, a fama de encantar multidões. O Poeta abriu um sorriso claro e satisfeito. Era um bom motivo para deixar o paraíso. Afagou os meus cabelos emaranhados e pediu que eu me cuidasse, pois voltaria para ver-me, famoso ou não, algum dia.

— Mas não tenho paga para você — disse ele. — Nem um cigarro.

— Leia o meu poema, então — e tirei do bolso o papel amarrotado.

E, desdobrando-se feito a folha amarelada que guardava suas rimas, a voz dele vibrou pelo caminho com clareza e musicalidade.

Até hoje, mesmo que o Poeta esteja distante, neste ou em qualquer outro mundo, até hoje tenho nos ouvidos as palavras daquele dia há 30 anos. Era um poema de estrelas, e gravei-o inteirinho em minha alma porque sabia que muito tempo haveria de passar antes que eu o encontrasse frente e frente, e então aqueles versos seriam apenas uma recordação que a maconha não apagou.

Naquele dia, à beira daquele caminho de despedidas, tive certeza do futuro daquele poeta: ímpar mirada na janela do tempo, pois o futuro dele foi o único que me ocorreu inteirinho, sem falha ou mentira. Sim, ganhou fama o meu poeta e ouvi sua cantoria por tantas estradas quantas pisei. Muito mais tarde, no último giro da Roda da Fortuna, quando a vida acertou comigo as suas pendengas e deu-me a menina rosada de meus sonhos, nada mais me ocorreu que as antigas palavras do Poeta, e chamei-a Estrela.

Após esse verão de meus amores, uns bons anos passaram tão iguais que sempre pareceram ser um; mas numa primavera qualquer percebi que o Velho estava mais velho, quase nem ria, esquecia o café na xícara e não decifrava mais o Tarô. Certa noite, quando a lua da madrugada desenhava o chão do bangalô com desenhos prateados, vi que o Velho levantava-se sem levantar-se, quase mais luminoso que a lua. Então soube que ia morrer. Mas, na manhã seguinte, o Velho acordou-se igual a sempre e, durante o dia inteiro, não morreu nem teve qualquer dor.

Vigiei-o como pude e corri para a praia a fim de ver uns futuros ligeiros, porque precisava de moedas para lhe dar de comer. Mas fui nervosa e triste e não vi uma alegria para ninguém — meu estado de espírito sempre se intrometeu nas cartas. Quando voltei, o pai ainda estava lá, tão decrépito quanto antes, fritando um peixe para o jantar.

— Qual a sua idade, Eva? — perguntou-me com sua voz arranhada, enquanto virava o peixe na frigideira.

— Vinte e dois.

O Velho conhecia-me bem e insistiu:

— É verdade ou está mentindo, Eva? Você é muito miúda para ter tantos anos.

Mas a comida nunca dava, e ele sabia. Não que fosse caso de fome, mas era difícil crescer com folga naquelas praias de poucos recursos. O Velho retrucou minhas palavras, dizendo que comer demais acomodava o cérebro e fazia nascer gordura entre as idéias da gente.

— Mas a cigana que pariu você era magriça assim mesmo — disse ele. — Eu sei porque a vi num sonho. — Depois, brigando com a catarata que o cegava, examinou-me: — Vinte e dois, e você nunca foi muito grande mesmo.

Na noite seguinte, o Velho tornou a dançar pela casa durante a madrugada inteira e fez o mesmo durante todo o resto da semana, e o verão se foi de igual maneira. Acabei por acostumar-me às suas loucuras noturnas, à rebeldia de sua alma que parecia estar cansada da prisão daquele corpo encarquilhado, e suas danças insólitas acabaram por nem me incomodar. Em verdade, o Velho dançou por dois anos, num leve arrastar de cadeiras... A chaleira de água espatifou-se no chão uma vez, mas ele não incendiou a casa nem puxou meus pés, porque sua alma era pacata e boa e sempre acordava com tanta calma que, durante esse tempo todo, não tive coragem de contar-lhe sobre suas madrugadas, de modo que fez amizade com a morte sem que ninguém o incomodasse.

Uma noite, fiquei observando a dança do Velho, sua leveza de alma quase desencarnada, seu olho branco, e, ao mesmo tempo, via-o deitado ao meu lado, quieto e enroscado na sua cama carcomida. Isso me intrigou. Não sei se ele compreendeu a minha apreensão ou se o relâmpago que riscou o céu acordou-o de seu bailado, mas o Velho achegou-se a mim, tocou-me de leve o ombro e sorriu. Foi um instante, não mais, porque o céu permaneceu capturado pela luz da tempestade. Mas ele acarinhou-me com um amor que lhe escorreu feito lágrima dos olhos embaçados, e disse:

— Menina...

Na manhã seguinte, não acordou.

A chuva que despencou nessa última madrugada levou-o como ele queria, pois o Velho pescador gostava era de estar perto da água. Quando despertei de meu sono nervoso, vi que ao meu lado, sobre a cama, estavam o baralho de ver o futuro e umas poucas moedas, a eterna herança do único pai que tive na vida. Apesar da dor em meu peito, não chorei porque ele me havia ensinado a ter coragem nas horas em que todos perdiam o tino. Levantei-me, acendi o fogo e fiz uma xícara de café com o pó que havia guardado para ele, mas que o pobre economizara de modos que me durasse muito tempo. Sorvi o líquido escuro e forte observando seu último sono de ancião. Havia sido um Velho sábio, e tivera consciência de que morreria logo. A lógica e a mágica, dissera-me ele, certa vez.

Enquanto velava meu pai, fiquei olhando a casinha carcomida, salgada pela brisa marítima. Agora era minha, porque nunca o Velho contara-me um ai de seu passado que me garantisse haver restado outro em sua vida senão eu. O sol começava a subir no horizonte, era um dia claro de verão; a tempestade fora embora sem deixar qualquer vestígio. Na varandinha, fiquei segurando o baralho dele com força, em parte para sentir os restos de sua energia e um pouco para pedir um conselho. Eu estava sozinha no mundo outra vez. Um Dois de Espadas surgiu entre meus dedos magros e me assoprou que a vida dava outra volta: eu devia partir, não ainda, mas muito em breve.

Na praia, avistei um grupo de velhos pescadores amigos de meu pai e avisei-os da sua morte. Alguns choraram, mas eu ri: não era caso para pranto, o Velho tinha-se ido como queria. Um deles quis saber se o pai partira quando do estouro do mais violento relâmpago, porque pareceu a ele que aquilo era mesmo o adeus de alguma alma. Respondi que sim, havia acontecido desse modo. Despedimo-nos, e tomei o caminho para a casa. O Velho lá me esperava com toda sua paciência de morto. Numa curva da estrada, alguns me chamaram pedindo cantilenas e destinos.

— Não — disse. — Hoje meu pai morreu. Se eu olhar o futuro de alguém, garanto que só enxergarei tragédias.

Deixaram-me em paz com minha dor e fui embora morro acima, a Eva da praia, filha de mãe cigana, perdida no mundão de Deus. Pelo resto do caminho, procurei o riso do Poeta, mas o ar era fresco e apenas cheio de silêncios.

O enterro do Velho foi rápido e lindo. Eu não conhecia nenhuma oração, de modo que tratei de inventar uns versos de despedida e pareceu-me mesmo que as copas dos pinheiros arquearam-se, emocionadas com as minhas palavras. O Velho foi sepultado numa tarde em que o azul do céu confundia-se com o mar lá embaixo, e numa ponta do morro donde seria fácil que ele contemplasse todo o horizonte de sua praia cor-de-rosa, quando por acaso suas vontades de morto o impelissem a fazê-lo. No caminho para o enterro, encontrei um lírio branco, único e — como se nunca em meus muitos anos ali houvesse visto um daqueles — imaginei que era um presente de Deus para que eu não me despedisse do pai com as mãos vazias. Ao depositar o lírio sobre a sepultura dele, pensei que agora sim haveria de ter espaço para as suas valsas de alma penada e que dançaria com as estrelas e se banharia nas águas prateadas pelo luar. Esse pensamento acompanhou-me até em casa e, naquela noite, apesar de tudo, dormi feliz.

Entregue o Velho aos seus caminhos do além, não tive luxos de ficar em casa de luto e tampouco vi motivos para isso. Fui para a praia aproveitando as pessoas e suas curiosidades, lendo o futuro por qualquer moeda que me dessem, fumando um cigarrinho aqui e outro ali, conforme a boa vontade dos que de mim acercavam-se. Se tinham boa cara e tiravam uma carta ruim, tinha-lhes dó e fazia umas trapaças de nada com o Destino, pedindo que tirassem outra carta. Trocava a Morte pela Temperança para que pudessem compreender melhor os seus atos e aprender a pensar. Se tinham boas histórias e eram alegres, achava-lhes um amorzinho qualquer; seriam felizes, o Dois de Copas dizia. Assim, de destino em destino, desfiando pequenas lorotas e alegrias menores ainda, fui vivendo a minha vida naquela praia solar e idílica, enquanto corriam os idos de 1970.

Foi a voz do Poeta que me avisou que sim, que a hora de partir chegara. Porque ouvi sua cantoria num radinho de pilhas enfiado num canto qualquer da praia, foi que me atinei de tocar meu destino para outras paragens. Nesse dia, estava lendo a mão de uma rapariga e, de tão feliz com aquele reencontro estranho, lhe disse:

— Você vai ter um grande amor. Garanto.

Perto de nós, a voz dele ecoava, levemente metalizada, mas tão cheia de vida e de ritmo quanto antes, quando ele cantava à beira-mar para alegrar as festas em torno da fogueira. Ouvindo a música dele, quase chorei. A menina à minha frente assustou-se com meus olhos ardidos.

— Que foi, Eva da praia? É a maconha?

— Não — disse eu, sacudindo a cabeça.

A menina sorriu, perguntou se era o amor que lhe via que me deixara tão emocionada.

— Sim — respondi sem pensar. — É o seu amor que me faz feliz, e todos os outros amores do mundo também.

Na praia, eu tinha amigos; ler futuros aproxima-nos das pessoas, de seus segredos e desejos, e — quando se inventa como eu, distorcendo o azar em boa sorte — as pessoas ficam agradecidas. Sem ninguém a me esperar na velha casinha, gastei aquele verão a rondar pelas areias, lendo a sorte e dando conselhos que, se tinham muito de boa-fé, tinham pouco de certeza. Assim, enchi uma latinha com os cigarros que ganhei – um tesouro, e única paga daquelas gentes sem paradeiro. Naqueles últimos dias de calor, a solidão vinha me acenando, chegava mais cedo, junto com os primeiros ventos de outono. O Velho, único interlocutor de meus dias, já não existia mais.

    Depois da partida do último grupo de veranistas, sentei-me na varanda da casa, sozinha, o baralho esparramado no chão, e fumei tanto e tanto que semanas se passaram e eu continuava ali, metida num limbo enroscado de sonhos. Na verdade, tinha medo de ir embora, mas não queria ficar. Talvez seja essa a grande dúvida dos que chegam à margem do rio de sua vida: atravessar para o desconhecido, pleno de possibilidades e de angústias, ou restar na margem conhecida e gasta que, se nos traz insatisfação, também nos deixa em paz. Gastei aqueles dias a pensar no Poeta, em algum lugar da mais bela cidade dessa terra, cantando suas rimas. Pensava no inverno dourado, nos ventos frios que varriam o morro e que faziam vergar as árvores; pensava na minha mãe cigana.

    Caíram as primeiras chuvas e eu ainda estava ali. Estiquei meu braço para as cartas e as abri com cuidado, disposta a mentir até para mim mesma, porque a última coisa que eu precisava era de um futuro infeliz. Ao fundo, as copas das árvores zuniam com o vento e recordei-me da cantoria do Poeta: era hora mesmo de partir. Espalhados pelo chão de madeira, o Mundo, o Enforcado e o Sete de Paus eram exatos: coragem, vinha o tempo de seguir adiante. Mas os Arcanos Maiores davam-me medo e enxerguei para mim um belo amor, uma mão amiga acenando numa curva, uma cama quente e de cobertas perfumadas. Sorri, satisfeita com meus acalantos. E então, num sopro, as copas das árvores sacudiram-se com fúria redobrada e a chuva começou a tamborilar no telhado de zinco. O vento embaralhou as cartas, espalhando-as pela varanda, mas não foi preciso que eu as juntasse porque o Velho o fez para mim. Era ainda o mesmo, embora mais suave e luminoso, sem massa nem peso.

— Você não aprende, Eva — ralhou ele com um fio de voz. — A lógica e a mágica juntas, esqueceu? Nem só uma nem a outra sozinha. — Depois, tomou as três cartas do meu destino, olhou-as com seus olhos opacos, e disse: — O Enforcado traz a mudança, mas com sacrifício: esteja preparada porque o medo da vida segue ao seu lado. Sem mentiras, menina, o destino pertence somente a Deus.

— Mas você ensinou-me assim — disse eu.

O Velho fez um bailado no ar e rodopiou, balançando os cabelos de prata. Depois, tornou a pousar no chão.

— O vento está forte — desculpou-se ele, e continuou: — Ensinei você a inventar. A improvisação é tudo na vida.

— E meu amor, não existe? Será possível que vim para esse mundo somente para sofrer?

O Velho riu.

— Não, menina. Para você um único amor de verdade. — E deu de ombros: — Não sei mais nada e hoje não quero inventar. Decifre sozinha o que lhe disse, quando sua cabeça desanuviar da maconha.

Envergonhei-me, mas insisti:

— É o Poeta? É ele o meu amor?

— Talvez sim, se Deus não mudar de idéia. Deus é imprevisível feito as mulheres. Talvez por isso, seja sábio.

Então o vento enrolou-se em suas vestes esfarrapadas, carregando-o no ar. Por um único instante, o céu tingiu-se com o rosa eterno daquelas paragens e, no meio da explosão de cor, o Velho ainda gritou:

— Vá sem medo. O que é seu fica aqui esperando a sua volta.

Foi a última vez que o vi, porque, quando retornei a essa praia, muitos anos mais tarde, suas vontades de morto já o tinham transformado em brisa de mar e não deve ter achado um corpo com o qual vir visitar-me.

Na manhã de minha partida, acordei antes do sol. Varri e organizei as poucas coisas de minha vida com o Velho, um fogãozinho oxidado, um par de pratos, as facas, a coberta de lã axadrezada que ainda cheirava ao seu suspiro de brisa. Guardei tudo numa caixa, meti-a embaixo da cama e cerrei as cortinas carcomidas, mais por carinho que por precaução, pois eram tão velhas que deixavam vislumbrar tudo do muito pouco que tínhamos.

A minha bagagem coube, sem esforço, numa sacolinha de palha que eu achara esquecida na praia, alguns meses antes. Antes de sair, com o baralho de Tarô bem escondido no bolso da saia, aspirei o ar da latinha onde eu guardava minha erva: tentava achar ali um pouco de coragem para ir-me. Mas a lata estava vazia já há muito e seu odor de metal frio mandou-me embora crua de tudo, lúcida, agarrada na bolsinha de minha vida e com uns poucos trocados que haveriam de manter-me até que eu achasse um futuro para bisbilhotar. A casa, nem tranquei — até porque o Velho nunca fora dado a trancas de espécie alguma — havia tão pouco para ser levado além das próprias paredes que não era caso para fechaduras.

Aquele dia, as estradinhas de barro tiveram para mim a estranheza dos caminhos nunca cruzados, mesmo que eu as houvesse atravessado vezes sem conta nos anos de minha vida; porque agora eram caminhos sem volta. Nem olhei para trás. Reto, grudei o olho na próxima curva, no pinheiro retorcido que eu sabia que viria, na andorinha, no céu azul levemente desbotado por uma camada de nuvens pálidas. Grudei meu olho no próximo passo com a força dos que não têm passado, e por tanto tempo até que desconheci os caminhos que me descortinava o mundo. Logo, não adivinhava mais nada, nem do mar nem das flores que adornariam a próxima curva. O Velho, a casinha no morro, tudo ficara para trás. Eu era como minha mãe cigana, sem teto nem paradeiro — e a grandeza disso não me incomodou, ao contrário, me fez feliz. O Velho certa vez dissera-me: "Você é filha do Vento, sua casa é o mundo."

Na euforia das primeiras novas paisagens, achei que ele tinha razão. Quando já estava longe de tudo, cruzou comigo um menino da praia, filho de um pescador. Estranhou de ver-me tão distante dos lugares onde me via sempre e perguntou para onde eu ia.

— Adivinhar a vida — respondi.

O menino deu de ombros e começou a pedalar a sua bicicleta. Mas, quando vi o sulco dos pneus no barro vermelho, lembrei-me de uma coisa.

— Espere aí — gritei.

O menino voltou.

— Diga-me — pedi — para que lado devo ir no caso de estar procurando o maior número possível de destinos?

Ele pensou um pouco e disse:

— Você não quer atravessar a fronteira, quer?

Eu não sabia muito bem se queria ou não, mas não era caso de perguntar-lhe o quê, exatamente, significava "fronteira", uma palavra de som tão taxativo. Então respondi que não; não queria.

— Bem — retrucou o menino, puxando pela memória — para o sul sobra pouco do país. Nesse caso, então, você deve ir para o norte.

Perguntei onde ficava o norte. O garoto, esperto, indicou-me estendendo seu braço fino, de ossos graúdos.

— Só mais uma coisa, por favor. Se você fosse um poeta, iria para onde? Para o sul ou para o norte?

— Eu? — e pensou por um instante. Era um moleque que sabia pouco de poetas, mas arriscou: — Para o norte, com certeza.

— Então é para lá que eu vou — disse, decidida. — Muito obrigado, e cuide bem da nossa praia.

Assim nos separamos, eu e o menino, cada um com seus segredos e caminhos. O norte esperava por mim, suas cidades cheias de brilho, seus arranha-céus, suas ruas coloridas e inquietas e, em algum lugar disso tudo, um Poeta dizia umas rimas.

Este livro foi composto na tipologia Rotis
semi-light, em corpo 11/15, e impresso em papel
Chamois Fine Dunas 80g/m² no Sistema Cameron
da Divisão Gráfica da Distribuidora Record.

Seja um Leitor Preferencial Record
e receba informações sobre nossos lançamentos.
Escreva para
RP Record
Caixa Postal 23.052
Rio de Janeiro, RJ – CEP 20922-970
dando seu nome e endereço
e tenha acesso a nossas ofertas especiais.

Válido somente no Brasil.

Ou visite a nossa *home page*:
http://www.record.com.br